春時雨よわ

illust. Ciel

Characters

The bad queen who destroyed the country

ルスラン

ラスカーダ帝国の皇太子。淡い褐色の肌とすっきりとした鼻梁を持つ美丈夫。外交手腕が評価され、新妃エジェンとの結婚後は異例の若さでラスカーダ帝国の皇帝となる。元々はエジェンと結婚予定だったのを、政略結婚でイェルマとは無理矢理結婚させられたと噂されているが……。

イェルマ

ルビオン王国からラスカーダ帝国の皇太子ルスランに嫁ぎ、後に皇帝妃となる。白金色の髪に薄紫色の瞳が特徴の美女。我が儘放題でラスカーダ帝国を滅ぼした希代の悪妃として三百年後も語り継がれている。やり直しの今世では猛省し、ラスカーダ帝国の滅亡を避けるため奔走するが……。

エジェン

ラスカーダ帝国の有力領主スヴァリ家の娘で、ルスランの新妃。気品のある落ち着いた女性で、漆黒の黒髪と黒曜石のような瞳が特徴の美女。ルスランとは元々恋仲だったにも関わらず、イェルマとの政略結婚が原因で結婚が遅れたと言われているが……。

サドゥ

ラスカーダ帝国の呪医。常に頭には頭巾を被り、表情の見えないミステリアスな存在。今世では侍女代わりとして、素直で好奇心旺盛なイェルマと関わるうちに感情を出すようになっていく。どうやら出自に謎があるらしいが……。

ベフラム

ラスカーダ帝国の大宰相。ルスランとは古くからの友人で、気心の知れた間柄。真面目な性格で、近頃浮ついているルスランを心配している。

Contents

The bad queen who destroyed the country

プロローグ ◆ 一度目の前世

Prologue

「ルスラン様！」

ラスカーダ帝国の皇太子妃(こうたいしひ)イェルマは、ラベンダーの花を思わせる青みがかった薄紫色の大きな瞳を輝かせながら、ルスランに呼びかけた。どこかへ向かっていたのか、彼の周りには難しい顔をした宰相(さいしょう)達がいる。

イェルマは豊かな白金色(はっきんいろ)の髪を揺らして、もう一度彼の名を呼んだ。

唐草(からくさ)模様の壁に彩られた大宮殿の廊下で立ち止まったルスランは、ここラスカーダ帝国の皇太子であり、つい先日イェルマと婚儀(こんぎ)を挙げたばかりの夫でもある。

ラスカーダ帝国は東の大陸に属しているが、西の大陸とも陸続きで繋(つな)がっているため、東と西の文化が混在する。陸路交易の中間点であり、東西の人と物が行き交い金が集まるこの国は、今最も注目を浴びる裕福な国だ。

皇帝の住まいでもあるこの大宮殿は、大小あるいくつかの庭園と数多くの美麗な建築物で構成される、広大な宮殿群だ。燭台(しょくだい)ひとつとっても、色硝子(いろガラス)や陶製(とうせい)の飾り玉などによって美しい装飾が施されていて、壁にも美しいタイルや色硝子、螺鈿(らでん)などが埋め込まれている。

ラスカーダ帝国の隣国ルビオン王国も豊かな国で、王女として何不自由なく暮らしてきたイェルマだったが、これだけ贅を極めた建物は見た事がなかった。

宰相達と話していたルスランが、少し長めの黒髪を揺らしてこちらを振り向く。淡い褐色の肌を持つ彼は、東大陸の男には珍しく、すっきりとした高い鼻梁で端整な顔立ちをしていた。

東の大陸ではカフタンと呼ばれる服を着ている。ラスカーダの男性用カフタンは、中に、詰襟の胸元から腹部までくるみボタンで合わせた裾の長い物を着て、その上に上着を羽織り、更にその上から布や、貴金属、皮などでできた帯を巻く事が多い。カフタンの下には、シャルワールと呼ばれる下衣を穿く。

今ルスランの着ているカフタンは、どちらも上質な絹製の白地のものだ。

上着は袖なしで、襟元から裾に至るまで、金色を主とした色とりどりの花々や細かな唐草模様の刺繍が施されていて、ルスランによく似合っている。また、体の線に沿ったすっきりとした金の帯によって、ルスランが均整のとれた体つきだという事を存分に伝えていた。

「イェルマ」

柔らかな声で名前を呼ばれ、思わず頬が熱くなる。肌の白いイェルマは、顔が赤くなればすぐにわかってしまうため、気づかれないように俯いた。

彼を一目見た時から心を奪われていたが、それを悟られるのは恥ずかしく、何かに負けたような気がしてしまうのだ。

黒大理石と金細工でできた巨大な柱を抜けて、連綿と続く植物模様のタイルに彩られた壁を辿って行くと、すぐそこに彼がいた。

「私も君の事が気になっていたんだ。婚儀が終わったばかりで、疲れもまだ残っているだろうが、新しい生活には慣れてきただろうか？」

優しさと喜びが混じったようなルスランの朗らかな声に、俯いたまま「少しは」と返す。

安堵のため息と共に「それならよかった。それで、何の用かな？」と問われるも、宝石のような美しさを放つ金色の瞳を前に言葉が出てこない。

実は、姿を見かけて思わず声をかけてしまっただけで、大した用事もなかった。何か言わなければと焦れば焦るほど、瑠璃色の服の広い袖をひらひらと弄ぶばかりだ。

女性用カフタンは、胸元が大きく開き、腹部までくるみボタンで合わせられた、裾が長く広がった物を中に着て、その上に袖口が広くて長い細身の上着を着る。

上着も男性用と同じように刺繍や宝石などで飾られる事が多く、イェルマが今着ているカフタンも、細部に至るまで銀色の刺繍と真珠がちりばめられているため、袖を動かす度にキラキラと光を反射していた。

「何でも言ってくれて構わないんだよ」

そっと彼を見上げると、いつもは知的な切れ長の目が優しく細められて、イェルマの言葉を待ってくれている。

二十歳になったばかりのイェルマにとって、五歳上のルスランの落ち着いた大人の対応は、理想の姿そのものだ。

そんな彼の瞳が自分に向けられる度、イェルマはこの上ない喜びと満足感を得ていた。

何かいい用件はないかと考えたイェルマは、思いついた言葉を発した。

「毛皮を用意してください。これから私達が住む宮殿は寒いと聞きました。ルビオンの城では必要なかったので、私は毛皮を持っていません。ですから、早めに用意してください」

数日後には彼が治める領地に向かう予定なので、ちょうどいいはずだ。

皇帝が所有する宮殿は、大宮殿と避暑地(ひしょち)にある夏の宮殿だが、皇太子や兄弟などに主要領地を治めさせて新たな宮殿を与える事があり、領地を治めない皇族などは、旧宮殿と呼ばれる古い宮殿で政治に関わる事なく余生を過ごす事になる。

ところが、イェルマがそう言うと同時に、同じくそばにいた第二宰相がため息を吐(つ)いた。

この国には宰相が複数人いて、一番偉い宰相は大宰相と呼ばれて皇帝の右腕として仕えている。

「そんな事のために皇太子殿下(でんか)をお呼び止めしたのですか？　女官にでも言えばよいものを。そもそも、なぜ女官も宦官(かんがん)も伴わずに後宮から出てしまうのか……。しかも、皇族用の毛皮なんて急に言われても調達が難し……」

しかし、ルスランは片手でそれを制し、彼らに「先に行っていい」とだけ返した。

まだ何か言いたそうな宰相達だったが、ターバンの巻かれた頭を丁寧に下げると、服(カフタン)の長い裾を引きずらせながらどこかへ行ってしまった。

イェルマには、第二宰相の言う意味がよくわからなかった。

ルビオンでは、両親はもちろん、誰に何を話しかけても微笑(ほほえ)み返されていた。それが、ラスカーダに来た途端にうるさく言われて煩わしいくらいだ。

ルスランの母が治めるという大宮殿内の後宮は居心地が悪いのに、なぜそんな所に閉じ込められなければならないのか。ルビオンでも城から出た事はなかったが、こんなにも窮屈な思いをした事は一度もなかった。

言葉は通じても、単身嫁いできて気軽に話せる相手もいない。

不満な気持ちが表れていたのか、ルスランの顔が近づいてきて「申し訳ない。気を悪くさせてしまったね」と言ってきた。

「別に……」

やっと二人になれて嬉しいはずなのに、恥ずかしさが上回って顰めっ面がなおらない。

「毛皮は、確かに必要だ。すぐに手配して部屋に届けさせるよ。危うく君を凍えさせるところだったね。気づかず申し訳なかった」

やはり、ルスランは優しい。

ルビオンでは、男性といえば父や近しい貴族にしか会う事もなかったが、イェルマは東の大陸の男は野蛮で粗暴な者が多い事を知っていた。

しかし、ルスランは、まるで物語に出てくる西の大陸の男のように物腰が柔らかくて紳士的だ。

ただ、ふとした拍子に、困り顔でこちらを見つめてため息まで吐く事がある。

敢えて指摘するほど気になるものではないが、最近は明らかにその回数が増えていて、まさに今も、苦しげな困り顔でため息を吐いてこちらを見つめていた。

——婚儀から今日まで、ほとんど休む間もなかったから、お疲れなんだわ。

その時、第三宰相が戻ってきて、ルスランに「国王陛下がお待ちです」と言ってきた。

婚儀以来顔を合わせる機会がなかったルスランの父親に会っておくべきかと思い、イェルマもルスランに声をかけた。

「皇帝陛下がいらっしゃるのなら、私も行こうかしら」

「いや、君は来なくていい」

思ってもみない厳しい声で断られ、イェルマは目を丸くした。

先ほどまでとは打って変わった様子に戸惑って「でも……」と言いかけると、もう一度「来なくていい」と遮られてしまった。

イェルマはどうしても納得がいかず、去り行くルスランを見送りながら頬を膨らませたのだった。

◆◆◆

「ルスラン皇太子殿下と新妃エジェン様の初夜性交が滞りなく完遂されました事、謹んでご報告申し上げます」

大宮殿の回廊を歩いていたイェルマは、その言葉に大きな衝撃を受けた。

皇帝の間からは、立て続けに「皇帝陛下、誠におめでとうございます」「謹んでお慶び申し上げます」という祝いの声が聞こえてくる。

信じられない気持ちでいっぱいのイェルマは、震える手を壁について浅い呼吸を繰り返した。

——ルスラン様と、あの女が？

イェルマとの結婚から一年足らずで、ルスランが昨日、新たな妃(きさき)エジェンを迎えて婚儀を行ったのは事実だったが、イェルマは今聞こえてきた言葉に納得がいかなかった。

窓越しに部屋の中を覗(のぞ)き見ると、ルスランの父親であるラスカーダ帝国皇帝が、褐色の顔を綻(ほころ)ばせて何度も頷(うなず)いていた。

皇帝の前には、宮廷筆頭医師やルスラン付きの医師達が恭(うやうや)しく頭を下げている。

彼らの背後には後宮(こうきゅう)の看護役頭や、呪医(じゅい)などまでもが立ち並ぶ。

呪医は、医師達と同じく医療に携(たずさ)わる者だが、医師達が西大陸の医学に頼るのとは異なり、自然信仰を元にした呪薬や祈禱(きとう)によって治療をする。医師同様に地位は高いものの、後継者育成に時間がかかるためその数は極端に少ないらしい。

彼らの背後には、宰相達までもがほくほくとした表情で手に手を取って喜び合っていた。

昨日の婚儀後の宴(うたげ)は夜通し行われていたようで、宰相らの顔は皆一様に赤らんでいる。

医師達は、ルスランとエジェンの初夜が無事に行われたかを監視する立会人だ。

イェルマとルスランが結婚した時も彼らの監視はあったが、筆頭医師の言葉は信じられなかった。

「嘘(うそ)よ」

イェルマは一睡(いっすい)もできずに夜を明かした目を彼らに向けて、呪(のろ)いの言葉を吐くように呟(つぶや)いた。

医師達がぞろぞろと皇帝の間から出て来た所に立ち塞(ふさ)がって止めると、彼らは面倒な人に捕まったと言うような表情を向けてきた。

「これはこれは、皇太子妃イェルマ様。ご機嫌麗しく存じます」

筆頭医師のため息混じりの挨拶に返事もせず、「嘘をつかないで」と言って睨みつける。

「嘘……とは？」

白々しく首を傾げる医師の長い髭を引き抜いてやりたくなりながら、イェルマは「ルスラン様とエジェンの初夜の事よ」と続けた。

「嘘ではございません。ご存じのはずですよ。我々は、皇帝陛下に嘘を申し上げる事はできません。全て真実を申し上げる誓いを立て、お仕えしているのですから。我々が皇帝陛下に嘘をつくという事は、すなわち死を意味するのです。ここにいる全員が、しかとそれぞれの目で見届けた結果でございます」

これが証拠だとでも言うように、くっきりとクマの浮かんだ目で見つめられる。

「でも、ルスラン様は、私だけを愛しているのよ！　あんなに優しくて、いつも私の事を気にしてくれているんだもの。他の女を抱くなんて、ありえないわ！」

「いえ、皇太子殿下は、夫婦の契りをしっかりと完遂されました。つまり、皇太子殿下の陰茎をエジェン様の膣に挿入され、膣内にて射精されたという事です」

淡々と告げられた台詞に言葉を失う。

「イェルマ様のお生まれになった国ルビオンでも、夫婦の契りの意味は同じものでございましょう？　また、腕のある呪医によってエジェン様の受胎期を見定めた上で、婚儀、及び初夜性交の儀も最良の日によって行われました故……」

「言わないで！」

荒れ狂う心を剝き出しにして彼の言葉を遮ると、やれやれと言わんばかりにため息をつかれた。

筆頭医師の後ろで頭を下げ続ける者達の中に、その呪医はいた。深く頭巾を被り、顔の下半分以外は爪の先まで服の中にしまって、肌の一部さえも見せない女だ。確か名をサドゥといった。

イェルマとルスランの婚儀の日を占ったのも彼女で、女官達と共にほんの少し前までイェルマの世話をしていた女のはずだ。

裏切られたような気持ちでサドゥを睨んでいると、それに気づいた筆頭医師が「我々は、決して偏った目で判断はいたしません」と言ってきた。

「……どうだか」

誰も信じられない。どうせ皇帝への初夜の報告も、皆で口裏を合わせたとかそんな事に違いないのだ。

「イェルマ様がお認めになろうとなかろうと事実は変わりませんが、そんなにも気になるのであれば、ご自分の目で直接確かめられてはいかがでしょうか？　ご存じの通り、婚礼を終えた後の初夜性交は三日三晩行うのがよいとされております故」

実際にはそんなことをしないと踏んでけしかけたつもりだったのか、イェルマが「そうね。それがいいわ」と返すと、彼はふさふさの眉を上げて皺に隠れた目を大きく見開いた。

「信じられるのは自分の目だけだもの。この目でしっかりと確かめてやるわ」

「……はぁ。どうぞ、ご勝手に」

医師達の呆(あき)れ返る様子に怯(ひる)む事なく、イェルマはその場を立ち去った。


その日の夜、イェルマは、必死に止めようとする女官達を振り払って後宮の廊下を走っていた。

「イェルマ様！　こんな勝手をされては、皇帝妃(こうていひ)様に叱(しか)られます！」

「もうすぐ私が皇帝妃になるのだから、大丈夫よ」

ラスカーダの皇帝は本来終身制だが、なぜかルスランの父は退位を決意して、近々ルスランが皇帝に即位する事が決まっている。

それに伴って皇太子妃であるイェルマは、皇帝妃となる予定だ。

「その時には、皇帝妃様は母后様(ぼこうさま)となるだけで、この後宮を支配されている事に変わりはありません！　以前のような環境ではないのですよ！」

大宮殿の後宮は、皇帝の母である母后の支配となる。母后が亡くなるか、嫁である皇帝妃にその権利を与えて旧宮殿などに住まいを移した時のみ、皇帝妃が大宮殿の後宮を支配することができるのだ。

「扉の隙間(すきま)から少し覗くだけよ。チラッと見たらすぐに部屋へ戻るわ」

イェルマはそう言うと、服(カフタン)の裾を掴(つか)んで小走りを始めた。

空にはすでに星々が輝く時刻なのに、宮殿の中は至る所に置かれた燭台やランプのおかげで昼間のように明るい。

今までどんな願いも叶えてくれていたルスランが、エジェンとは結婚しないで欲しいという事だけは叶えてくれなかった。

——愛しい私が嫌がっているのに、ルスラン様はなぜ他の妃なんて迎えるのかしら。こんな事なら、女官達に任せず直接言っておけばよかったわ。どうせ政略結婚に違いないから、あの女を抱くわけがないけれど。

エジェンの寝所に着くと、それは確信に変わった。

二人の衛兵が部屋の前に立っているのだ。部屋の主人が不在ならば衛兵が二人も立つ必要はないだろう。十中八九、エジェンは部屋にいる。つまり、ルスランの部屋には呼ばれずに、部屋で一人寂しく過ごしているという事だ。

ほくそ笑んだイェルマは、女官達に適当な理由をつけて彼らを連れ出させて、そっと扉を開いた。

エジェンの部屋からは、煌々とした灯りが漏れ出てきた。

——ほら、やっぱりね。

ゆっくりと扉の隙間を広げようとしたイェルマの手が、ぴたりと止まった。

確かに、そこにはエジェンがいた。

しかし、そのエジェンと共にルスランもいたのだ。

なぜ彼がここにいるのか、疑問に思う暇もなかった。

天蓋の隙間から見える寝台の上、布団の中にも入らずに二人はその体を繋げていたのだ。

横向きに寝転んだ黒髪のエジェンを、同じく横になったルスランが後ろから片脚を抱え上げて大きく脚を広げさせている。彼は背後からエジェンの蜜口に反り返った猛りを挿入して、激しく出し入れを繰り返していた。

昔、女官達に夜の性技について簡単な説明を受けた時にあった、側位という体位だった。

目を瞑る事も耳を塞ぐ事もできないままのイェルマは、二人の性交を見つめながら、ある事に気がついた。

——私の時と、全く違う。

あのルスランが、まるで我を忘れたかのように腰を振り立てている。

イェルマとルスランの性交は、初夜の直後に月経がきてしまった事と、ルスランが不在にする事が多かったために、初夜の一度しか行われなかったが、その時の彼は惚れ惚れするほど紳士的で優しかった。

余裕があり、イェルマの体を気遣ってゆっくりと事を終えてくれたのだ。

見た事もないようなルスランの乱れっぷりに、何かがガラガラと音を立てて崩れていく。

呆然とするイェルマをよそに、ルスランの腰使いは一層激しさを増していく。エジェンの腰を掴んでぐっと引き寄せると、彼の動きがぴたりと止まった。吐精をしているのだと、すぐにわかった。

しばらくして、再びルスランが動き出す。

——私の時は、一度で終わったのに……。

それを優しさだと思っていたが、これほどまでにエジェンを求め続けるルスランの姿を目の当たりにして、イェルマは自分が間違っていたのだとようやく気づいたのだ。

果てなく繋がり続ける二人を眺めながら、イェルマの心は嫉妬に燃え、どす黒い感情を生み出していったのだった。

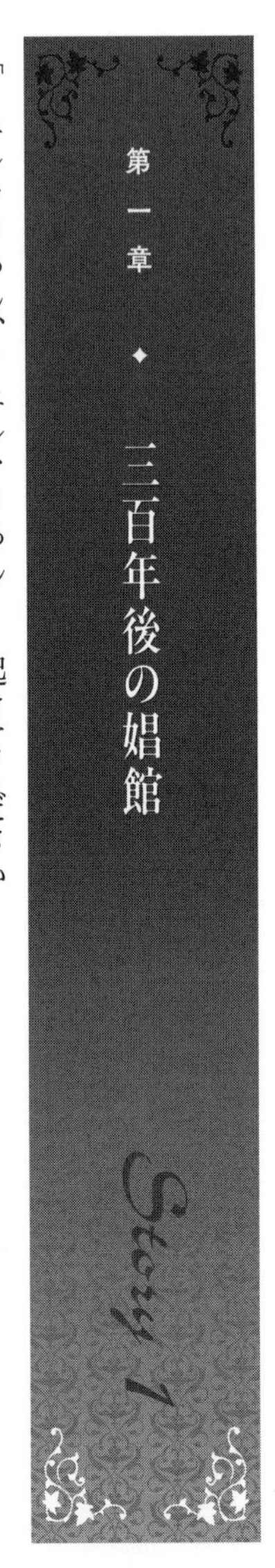

「イェルマさぁん、イェルマさぁん！　起きてください！」

誰かに肩を揺さぶられながら、イェルマは無意識にうんうんと頷(うなず)いていた。

もう一方から「ダメだわ、この子半眼で寝てる。このままじゃ、お客に逃げられちまうから、早く起こしてやって」などと言われて、イェルマはようやく「んぁっ」と声を上げて目を開けた。

そこは、つい先ほどまで目にしていた大宮殿とは随分(ずいぶん)とかけ離れた印象の場所だった。

天井(てんじょう)からは安っぽいペラペラの布が幾重にも垂れ下がり、少ないランプが薄暗い部屋をどうにか明るくさせている。

「あ、起きましたぁ？　イェルマさん、また寝てましたよぉ。そろそろお店開けるから、女将(おかみ)さんが起きろってぇ」

胸元の大きく開いたドレスを着た見覚えのある女性セブダに覗(のぞ)き込(こ)まれ、イェルマはようやく意識を覚醒(かくせい)させた。

ここは、今のイェルマが身を置き働いている我が家同然の娼館(しょうかん)で、セブダはイェルマの後輩だった。眠たげな目と、薄茶色の肩までの巻き毛、間延びした語尾が特徴的な彼女だが、中身は意外としっかりしている。

『ごめんね。また寝ちゃってた？』

「え？　今なんて言ったんですか？」

――しまった。また間違えた。

思わずラスカーダの言葉でしゃべってしまい、セブダを戸惑わせてしまったのだ。

「あ、また故郷の言葉ですかぁ？　イェルマさん寝起きにいつも出ちゃいますよねぇ、そこの言葉。そんな抜けないもんなんですねぇ。あと、うなされてましたけどぉ、嫌な夢でも見てたんですかぁ？　体調悪いとかなら、奥で休んでますぅ？」

イェルマは、心配そうに尋ねるセブダの優しさに感謝しながら、ハル語で「ありがとう、大丈夫よ」と言った。

――ほんと、色んな意味であの頃とは比べ物にならない生活ね。

もう二度と戻ってはいけない、戻りたくもない宮殿での暮らしを何度記憶の奥底に仕舞い込んでも、イェルマは度々あの頃の事を夢に見ていた。夢の中では、まるで、今もその時を生きているかのように過去に起きた出来事が鮮明に蘇る。

そうして目が覚めて安堵するのは、ルスランとの幸せな結婚生活が長く続かなかった原因が、全て自分の行いにあるとわかっているからだ。

蝶よ花よと育てられ、我が儘放題に育てられた娘が嫁ぎ先でも散々迷惑をかけていたのだ。

恥ずかしさと申し訳なさのあまり、あの頃迷惑をかけた人達一人一人に謝罪行脚をしまくりたいところだが、それももう叶わない。

あれからすでに、三百年ほどの年月が経ってしまっていた。

何の因果か、イェルマはあの頃と同じ姿形と、あの頃の記憶を所々持ったまま、三百年の時を経て今の時代に生まれ変わってしまっていたのだ。

「さすがに、もう皆死んじゃったしねぇ」

ぼそっとこぼした言葉に、セブダが「ん？」と反応してくる。

「ごめん、なんでもない。まだ寝ぼけてるみたい」

「えぇ～、本当に大丈夫ですかぁ？」

心配そうなセブダに「大丈夫、大丈夫」と返しながら、密かにため息を吐く。

この三百年であの頃関わった人々は、あの頃の自分も含めて歴史上の人物となっていた。ラスカーダ帝国も祖国ルビオン王国も今はもうない。

あれだけ栄えていたラスカーダ帝国は、当時中央海域の海上貿易を一手に握っていた隣国のハル共和国という国に国土も何もかも奪われてしまったのだ。ハル共和国は、当時から貴族や商人が権力を握っている共和国だった。

かつてラスカーダであったはずのここも、今はハル共和国と呼ばれている。

しかし、それも今や風前の灯と言えた。

ハル共和国は商売上手ではあるが、兵力に乏しかった。三百年前、とある事件をきっかけにハル共和国が北方にある軍事国のアッガーナ帝国に協力を仰いでラスカーダ帝国とルビオン王国を一気に潰したのだが、それがまずかった。最初の頃こそ、力を貸した分の見返りを友好的に求めてきたアッガーナ帝国だったが、その圧力は徐々に増していった。

それまでラスカーダ帝国やルビオン王国がハル共和国の防波堤のような役割を担ってくれていたのが、一気に矢面に立つ事となり、ハル共和国はアッガーナ帝国によって実質的な支配を余儀なくされてしまったのだ。どれだけ貿易で金を稼ごうとも、大国アッガーナに全て吸い尽くされて貧しい国へと転落し、今のハル共和国もかつての栄華を過去のものとしている。

「ほらほら、そんなしけた顔してると客が逃げちまうよ。さぁ『ハーブラカダーバラ！』」

店を開けた女将のアラナが、針金のように痩せ細った体で店内を歩き回る。

『ハーブラカダーバラ』とは、アラナが口にするおまじないのようなもので、辛気臭くなった時や、客が入った時、誰かが怪我をした時など様々な用途で使う言葉だ。この店の名前でもあるため、ややこしい事この上ないが、イェルマ達も同じように返すのが当たり前になっていた。

「はぁい、ハーブラカダーバラ……って、逃げる客なんて言っても、誰も来てませんけどねぇ」

セブダが垂れ眉を更に下げて苦笑いをする。

「今日も閑古鳥かしらね」

それでも、このご時世に拾ってくれた恩義がある。何より、いつも店の女の子達に優先して食べ物を与えてくれるアラナのためにイェルマは立ち上がった。

店の外に向かって、安物の腕輪を嵌めた右手をしなやかに差し出して声を上げる。

「さぁさ、悪妃イェルマが踊るわよ！　寄ってらっしゃい見てらっしゃい！」

店の一番広い場所に陣取ると、セブダや他の女達が大はしゃぎで駆け寄ってくる。針金と鈴で作ったお手製の楽器を持ち出して来たようで、シャンシャンと音を鳴らせて取り囲んでくれた。布の薄い服を靡かせて回りながら踊り始めると、吸い寄せられるようにやって来た客達が、入口に立つアラナに金を渡して店内へと入って来た。

男達は「回りながら睨みつけるのが、まさに悪妃って感じで、たまんねぇよ」などと好き勝手言いながらも、楽しんでいる様子だ。

イェルマが今世に生まれて得たものは、ほとんどない。かつて手にしていた宝石などがその手に残っているわけもなく、今あるのは踊りの技と断片的に残る記憶だけなのだ。

姿形もあの頃と同じに生まれてしまったイェルマは、今世の親から疎まれていた。

それもそのはずだ。この大陸で、イェルマのような白金の髪や薄紫色の目を持つ者はいないのだから。

自分達の容姿とは全く異なる娘が、幼い頃から「私はイェルマなのよ！」とラスカーダの言葉と、歴史上の人物の名前を喚き続けていれば気味も悪くなるだろう。ある程度の年齢まで育ててはもらえたが、結局は早々に売られてここにやって来た。

最初の頃こそ昔のように我が儘を言っていたイェルマも、アラナ達と接するうちに様々な事を学んで反省してきたのだった。

だからこそ思う。前世の自分の言動は、本当に酷いものだったと。

「イェルマ、もういいよ。少し休んでな」

アラナの一言で、イェルマは回り続けていた足を止めて席へと戻った。

その時、入口からそっとこちらを覗き込んでいる男がいた。

「いらっしゃい、お一人様？」

アラナに声をかけられて飛び上がった男は、ずれた眼鏡をかけ直しておずおずと尋ねてきた。

「あ、あのぉ……今『悪妃イェルマ』って聞こえたんですが……」

「あら、イェルマをご指名で？」

アラナが珍しいとでも言うように返すと、男はぶんぶんと首を振った。

「いえ！　あの、本当に悪妃イェルマがいるんですか？」

「いるわよぉ、エジェンも他もうちにはたくさんいるから入って入って」

「え？　エジェンも？　え？　えぇ？」

戸惑う男をよそに、アラナが「はい、代金ちょうだい」と片手を出しながら案内する。騙されやすい質なのか、男は素直に金を渡すと目をきょろきょろさせながら席についた。

イェルマは、隣で真剣な目をするセブダと頷き合った。

――西の大陸の服装に高そうな眼鏡。これは金を持っている人間だわ。

逃してはなるまいと、セブダと挟む形で男の両側へと座る。

「どうも、悪妃イェルマです。お兄さん初めてですよね？」

「あなたが……これはすごい。白金の髪に紫色の目……本当に史実にあるイェルマみたいだ」

「もう、よく見てください。青みがかった薄紫色なんですよ。普通の紫色じゃありません」

じっと見つめると、あわあわと目を逸らされてしまった。

「あ、あの……このお店って……なんなんですか？」

「女の子と遊ぶお店ですよ。うちのお店の子はみんな、歴史上の女性になりきっているんです」

「歴史上の女性……？」

「そう。だから、私は悪妃イェルマ。ほら、あそこにいる長い黒髪の女性、彼女がエジェンです」

「あぁ！　本当だ、肖像画で見たエジェンと同じだ！」

その声に、この店のエジェンが笑顔で手を振った。

確かに彼女はこの店一番の美人なのでエジェンらしく見える。ここのエジェンはイェルマとも仲がよく、店一番の稼ぎ頭でもある。店の手前、表向きはイェルマが虐める演出をする事もあるが、裏では彼女お手製の腕輪をくれるような仲なのだ。

人気の座に胡座をかくことなく、わざと客に冷たくしたりして翻弄させる事も怠らない。そんな彼女に常々感心しているイェルマだが、セブダに言わせれば何でも鵜呑みにしてしまうイェルマは騙されやすい人間らしい。

伝説の悪妃で売っている身には、とんだ営業妨害なので、セブダには余計な事を言わないようにと口を酸っぱくして言っている。

エジェンに見惚れていた眼鏡の男がこちらの視線に気づいたようで、「あ……しかし、敢えて『悪妃イェルマ』をやるなんて、勇気がありますね」と声をかけてきた。

「あー……まぁ、この見た目ですから……ねぇ」

イェルマは苦笑を浮かべて「ね？」と男に同意を求めながらも、心の中では大きなため息を吐いていた。

――本人以上にイェルマができる人なんて、いないからね。

歴史上のイェルマはラスカーダを滅亡させた遠因の『亡国の悪妃イェルマ』として今世にまでその名を轟かせていた。

嫁いだラスカーダ帝国と祖国ルビオン王国はハル共和国に奪われ、そのハル共和国もあっという間にアッガーナ帝国に支配されてしまっている。三百年という年月が人々の記憶にとって長いのかどうかわからないが、これだけ激動の歴史を辿れば、ラスカーダ時代の事が人々の記憶から薄れてしまっているのも無理はなかった。

しかし、今でも『悪妃イェルマ』についての話だけは、色濃く伝えられていた。

子供達の絵本にまで登場する反面教師的な存在であったり、尾鰭のついた伝説上の人物のように扱われる事もあるが、大半は現状の元凶として度々その名前が出されているのだ。

「でも、さすがに悪妃イェルマとなると……嫌がらせを受けたりするんじゃないですか？　こんな綺麗な人なのに……」

イェルマを演じていて一度も閨に誘われた事がなかったため、イェルマは今の役割にとても満足していた。その分給金は低いが、衣食住を与えてもらえるだけありがたいのだ。

「ふふ、ありがとうございます。ところでお兄さんはハル語がお上手ですけれど、どちらから来たんですか？」

「あ、西大陸から来ました、フィリップ・エルノーと申します。どうぞ、フィリップと呼んでください。滅亡したラスカーダ帝国の研究をしている史家でして。他国にはラスカーダ帝国の事を伝える書物が数々あるのに、ここにはほとんど当時の書物が残っていないんですよね。だから、人々に直接聞いて回ってるんです。ただ、町では必ず『悪妃イェルマ』の話になるので……贅沢をした我が儘な悪妃イェルマのせいで民の税金上げる羽目になって、暴動が起きたとか、気に入らない女官の目を抉り出したとか……」

フィリップの話に、イェルマは引き攣り笑いを浮かべていた。

——さすがに、女官の目を抉り出した記憶はないわよ！

とんでもない尾鰭が付けられていて、げんなりするが、全て過去の自分の行いから派生したものなので文句も言えない。

だが、フィリップの「ルスラン皇帝は、皇太子時代から各国からの評価も高く、賢帝になるだろうと期待されていたんですよねぇ」という言葉に、イェルマは鼻高々になった。今でもルスランを褒められると、我が事のように嬉しくなる。

「町の人々の声では、ルスラン皇帝は歴代の皇帝の中でも極端に戦歴が少なかったために、戦に弱いだの、臆病者だのというのも多くありましたが、彼は皇太子時代、父である皇帝の代理として西の大陸の大国に自ら赴いて、有能な外交官のように交渉を重ねてきましたからね。ラスカーダ帝国と西大陸の各国との活発な交易は、彼なくしては実現しなかったでしょう。あの時代の西大陸やラスカーダ帝国がとても豊かになったのは、皇太子時代のルスラン皇帝のおかげだと私は考えています。また、これだけ有能だったために、ルスラン皇帝の父親は早々に退位してその地位を息子に譲ったのだと言われていますからね。当時の西大陸の人々は、東の大陸の人々を野蛮で下賤な民族だと考えていましたが、平和主義者で紳士的で知的なルスラン皇太子が現れて、ラスカーダ帝国の評価が一気に高まったそうなんですよ。更に彼は、母親譲りでかなりの美形でもあったらしいので、各国の王族に好意的に受け入れられたようですね」

フィリップの言葉にイェルマの笑顔が固まった。

「し……紳士的？」

「はい、彼の母親は西大陸の南方にある国の王族の出身だったので、母親が西大陸流に教育を受けさせていたと言われています」

「そ、そうだったの⁉」

ここにきて、また新たな情報を得てしまった。

「そうだったんですよ……って、イェルマさんどうしたんですか⁉」

のたうち回りたい衝動を抑えながらも、抑えきれない羞恥心に悶えて息も絶え絶えになる。

結婚当初は、自分だけに優しくて、自分だけが愛されているとばかり思っていたが、それすらも違っていた。彼は誰にでも紳士的だったのだ。

母后とはほとんど会話をする事もなかったため、何も知らなかったが、夫の母親の情報くらいは女官達からきちんと聞いておくべきだったのだろう。不勉強にもほどがあるから、こういう失態を犯すのだと痛感しながらフィリップに先を促した。

「だから、そんな彼の足を引っ張っていた悪妃イェルマとの結婚は本当に残念でならないんですよね。彼女と結婚しなければならなかったのは仕方ないにしても、あそこまで好き勝手させてしまったのは彼の落ち度でもあります」

知らぬ間にルスランへの評価まで下げてしまって、申し訳ない。

セブダが自分の出番だとばかりに口を開いた。セブダは大宮殿に仕えていた女官の子孫だそうで、曾祖母（そうそぼ）から聞いた話を度々披露（ひろう）してくれるのだ。今では、彼女の方がイェルマよりも三百年前の話に詳しい。

「だってぇ、そもそもあの二人って政略結婚ですからぁ」

ルスランとの結婚が決まった経緯を、ルビオン国王である父は、有耶無耶（うやむや）にしてきちんと説明してくれなかった。完全なる責任転嫁（せきにんてんか）だとわかっていても、イェルマの勘違いを生み出した一端は父にもあるはずだった。

「エジェンっていう本命がいたのに、皇太子時代は親の言う事が絶対だからと政略結婚で仕方なくイェルマを娶（めと）らされちゃって、自分の好きにできるようになって、エジェンと結婚したんですよねえ。そうじゃなきゃ、エジェンの父親は国内の有力者だったとはいえ、ルビオンの王女イェルマとの政略結婚が成立して国益も十分な状況だったはずなのに、わざわざ二度目の結婚なんて普通はしませんもん」

セブダの話に、フィリップが頷く。

「そうですね。当時ラスカーダ帝国は重婚が認められていましたが、エジェンの事は側女（そばめ）として置くだけでも十分だったはずです。それを敢えて結婚という形にして、イェルマとほぼ同列の妃にさせたのは……彼なりのエジェンへの愛の証……だったのかもしれませんねぇ」

しんみりと、いい話風に言わないで欲しい。

瀕死の心を抱えながら、どんよりとした空気を纏うイェルマに気づく事なく、フィリップが「それでも」と続けた。

「ルスラン皇帝は、皇太子時代に父親からイェルマとの政略結婚の話を出された時、きっぱり断ったそうなんですよね。しかし、国同士の話だから、そうそう簡単に断れないと言われ、ならば自分の交渉力でなんとかしてくると皇帝に約束して、単身ルビオンへ乗り込んだそうです。ところが、ルビオンの城に三日間監禁されて無理矢理結婚の話を飲まされて帰ってきたそうですよ」

「な、なんですって⁉」

そんなものは尾鰭のついた話のひとつだろうと鼻で笑いたいところだが、イェルマにはそれができなかった。

なぜならば、確かにルスランが結婚が決まる前に父を訪ねてきて、三日間ほど城に留まっていた記憶があるからだ。思い起こせば、彼はとても疲れている印象だった。

そして、その後にルスランとイェルマの結婚が正式に決まった。

イェルマにとっては、彼に一目惚れをした素晴らしい思い出のものだったが、その背景を知ってしまった今となっては黒歴史の上塗りでしかない。

「当時のルビオン王国はラスカーダ帝国よりも国土が広く、アッガーナ帝国にも負けない兵力を誇っていましたからね。その上、『鉄壁王』と呼ばれるルビオン国王は気難しい国王で有名でしたから、若きルスランがいかに有能な交渉力を持っていても、太刀打ちできなかったのでしょう」

　父への怒りでいっぱいのイェルマを他所に、セブダが口を開く。

「あとぉ、イェルマとの結婚の話が出ちゃったせいで、ルスラン皇帝とエジェンの結婚が当初の予定よりかなり先延ばしになっちゃったって聞いた事がありますよぉ。イェルマが二十歳で成人するのを一年待ったから、ただでさえ相手は多忙な皇太子で散々結婚を待たされてたのに、エジェンは更に待つ事になったってぇ。ほらぁ、ルビオン王国の王女のイェルマと国内領主の娘のエジェンだと格の差があるから順番を譲らなきゃならなくてぇ。エジェンは二十五歳で結婚できるまで、他の領主達からの求婚も全て断ってルスランとの結婚を待ち続けたとかってぇ」

　思わぬ所で二人の純愛を知ってしまい、イェルマはあの頃の二人に心から詫びたくなった。ここまでくると、過去の自分の存在がとても邪魔に思えてくる。

　エジェンとの初夜を目撃してしまった事で、話を聞く気になれずにルスランを無視し続けていた時、彼はエジェンとの結婚が成立した事を何度も謝ってくれていたが、それも、イェルマや父への配慮や機嫌取りのようなものだったと思えば納得がいく。

　そのうち、エジェンとルスランの仲を引き裂こうと躍起になったイェルマが彼に話しかけようとしても避けられるようになり、それまでの立場が逆転してしまったのだ。

「私のひーばーちゃんが言うには『毎日おまんまが食えるのは、エジェン様のおかげだ』ってぇ。『イェルマがもう少し早く表舞台から消えてくれていれば、もう少しは歴史も変わって国も貧しくならなかっただろうに』ってぇ。エジェンが、ルスラン皇帝との間に皇子を生んでやっと皇帝妃の座をもらえたその時には、ルビオンのせいでラスカーダ国内は戦争でめちゃくちゃでぇ、ルスラン皇帝がハル共和国とアッガーナ軍に処刑された後も、ラスカーダの民には手出しをさせない約束で、エジェンがハル共和国の捕虜になったんですよねぇ。だから、ラスカーダの人達も奴隷にされずに済んだんですってぇ。まぁ、唯一の救いは、イェルマに子ができなかった事くらいですよねぇ。エジェンより先に子ができていたら、エジェンが皇帝妃になる事もできませんでしたしぃ」

今でもルスランへの気持ちは薄れる事なく胸の奥深くにあり、ルスランの子を身籠もれなかったどころか、彼に一度しか抱いてもらえなかった事が心残りではあったが、実は正しい結果をもたらしていたのだと知った。

初夜からしばらくすると、ルスランは外交や遠征に出てしまって顔を合わせることすら少なかったが、今となれば、彼がイェルマを避けて仕事に邁進していたのだとわかる。政略結婚相手の自分を甘やかし続けるのも限界で、あのような困り顔でため息を吐いていたのだろう。

ラスカーダの皇帝や皇太子が二人以上の妃を迎えた場合には、元の身分が高く先に結婚した方が「皇帝妃」や「皇太子妃」とされ、その他の妃は「妃」とされていた。このように明確な序列があるが、それは子供が生まれるまでの当座のものでしかない。

最も重要なのは、一番最初に皇子を産むことだった。妃でも、皇帝妃より先に皇子を産めば新たに皇帝妃となる事ができるのだ。その場合でも、元々皇帝妃だった者の序列は落ちる事はないが、他の妃に先を越されたという事と、夫である皇帝の寵愛を受けていないという証にもなるため、宮殿内での権力は一気に失われてしまう。

ついにはアラナまでやって来て「せめてイェルマが二人の邪魔をしないでいてくれてれば、もっと平和な世になっていたろうにね」とため息を吐く。

「あれはね、一種の疫病神なのよ。あの悪妃イェルマが来てから、ラスカーダには碌な事が続かなかったらしいじゃないか。贅沢三昧した妃のせいで徴税が厳しくなって、圧迫された平民が騒動を起こしたなんて話まで聞くからね」

確かに様々な物を買ってもらった上に、一部の平民による騒動があった事は記憶している。

――その節は……本当に申し訳なく。

うっかり頭を下げそうになったイェルマを遮って、アラナが続けた。

「何より一番許せないのは、エジェンへの嫉妬が発端で、ルビオンとラスカーダが大戦争になった事だね。ラスカーダが長い年月かけて、やっとこルビオンに勝った時には国内はボロボロで、疫病まで蔓延したんだよ。そこへ、戦争が落ち着くのを待ち構えていたハル共和国とアッガーナ軍にしてやられたってわけだね」

「つまり、イェルマが全ての発端……てことね」

自分で言っていて自分が情けなくなる。

そんな事になってしまうとは夢にも思わなかったが、確かにルスランの即位を祝いに来た父に、嫉妬のせいで泣き喚きながらエジェンの事を話した記憶がある。

激昂した父の顔は今でも忘れられない。

父はすぐに帰国したが、直後にエジェンの妊娠が発覚し、ルスランとの溝は更に深まった。

そして、事件は起きた。潜伏していたというルビオンの兵にエジェンが襲われかけ、退位したルスランの父が襲撃を受けたのだ。兵はすぐに捕らえられ、ルスランの父は怪我はしたものの命に別状はなく、エジェンも無事だったが、エジェンも標的だった事から、嫉妬したイェルマが二人を恨(うら)んでルビオン国王に頼んで襲わせたか手引きをしたとして、宰相(さいしょう)から疑われた。

身に覚えがなかったため、父やルスランと話をさせて欲しいと言ったが、ルスランは病に臥(ふ)していると言われて会わせてもらえず、結局は幽閉(ゆうへい)されてしまった。

エジェンと初夜を迎えた直後から、ルスランの顔色がよくなかったのは確かだったが、そこまで重い病気にかかっているとは知らなかった。そのうちに、ルスランの症状も毒による可能性があるとして調査が行われたが、エジェン達の襲撃事件もあったため、最も疑われたのはイェルマだった。

長い事会っていないと否定しても、エジェンとの初夜を覗いた事を女官達に告げ口され、その時に何かを盛った可能性があるとまで言われた。結局は、ルスランに毒を盛った犯人が確定しないまま、全てがルビオン王国によるラスカーダ帝国への宣戦布告とみなされ、臥したままのルスランに代わり、宰相達がイェルマを捕らえた事をルビオン王国へ知らせてしまったのだ。

それから間もなく、ルビオンがラスカーダへ攻めてきた。

その間に、エジェンが身籠もっていた赤子を早産したと聞いた。襲撃未遂や戦争による影響もあっただろうが、幽閉前には嫉妬に駆られてエジェンを怒鳴りつけたり、ルスランや周りの者に向かって彼女の悪口を声高に叫んだ事も度々あったため、自分も彼女を追い詰めてしまった一因なのだ。

幸い、奇跡的に赤子は無事に産まれてきてくれたらしいが、今思えば赤子の命さえも危険に晒したのだから、罪深い事には変わりない。

ラスカーダがルビオンとの戦に勝って疫病が蔓延し始めると、イェルマは流罪となった。せめてルスランからの命であれば納得できたのに、誰の命令かも教えてもらえずに無理矢理船に乗せられた挙句、船は難破。海の上で全てを恨みながら、生涯を閉じたのだ。

ルビオンに帰国した父とはその後会えなかったので、襲撃事件の真相はわからないものの、聞いた話が事実だとしたら、元は自分の言動のせいだ。

その後の歴史から人々が自分の事を「悪妃」と言うのも頷けた。

アラナが声を潜めて話を続けた。

「一説には、疫病はイェルマの呪いだったんじゃないかとまで言われているからね。あの女は魔物の娘だったって噂なんだよ。イェルマの逸話の中には、空を飛んで嵐を呼んだってのまであるんだよ」

とうとう魔物扱いされてしまい「さすがに、それはないわよ」と否定したが、フィリップに首を振られてしまった。

「いえ、遠い異国にも、魔物が化けた女が妃となって国を滅ぼしたという逸話もあるので、あながち間違ってないかもしれません。イェルマの母の出自は今でも不明ですからね。どんな女だったのかも、何も残されてはいない。イェルマのような容姿は東の大陸にはもちろん、西の大陸にも少数、それも最北端の村に少数なだけでした。女一人がルビオンまでやって来られるような距離じゃありません」

白金色の豊かな髪に薄紫色の瞳の母は、娘の目から見ても人間離れした美しさをもっていた。もしかしたら、母は本当に人ではない存在だったのかもしれない。そういえば、一度も母の出自を教えてもらった事はなかった。実はそんな生まれだから、自分はこうして生まれ変わる事ができたのではないだろうか。そう思うとなんだか辻褄が合う。

イェルマは気味の悪さから、全身を粟立たせていた。

「大丈夫ですかぁ？　イェルマさぁん、顔色悪いですよぉ」

「だ、大丈夫……」

大丈夫ではない。正直言えば、この手の話は大の苦手なのだ。しかし、悪妃イェルマが怖い話や魔物に怯えているなどと知られれば設定崩壊は免れないため、気丈に振る舞った。

完全に昔の自分が信じられなくなっていたイェルマに、フィリップが嬉しそうに声をかけてくる。

「いやぁ、いい店に来られました。こんなに色んな話が聞けるとは。本当は、角の金物屋の向かいにしゃがみ込んでいるお爺さんを紹介されたんです。ラスカーダの大宮殿に仕えてた方の子孫だと聞きましたが、すぐに見つからなかったもので……。こうやって話が聞けるだけでも御の字です。まぁ、悪妃イェルマの話だけは事欠かないんですけどね」

「あぁ、八芒星とかいう変な形の印が入ったボロ布を巻き付けてるじーさんね。ダメよ、ありゃ。あたしにはいっつも『俺は、ハル国王専属呪術師の子孫なんだー』って唾飛ばして来るんだから」

アラナの話にセブダが「ハル共和国に王様ぁ？」と反応すると、フィリップがうんうんと頷いて答えた。

「ハル共和国はかつて『ハル王国』という国で王様がいたんですよ。とても裕福な王族だったそうですが、貿易で力を持った貴族や商人達に権力を奪われて、その後の行方は知られていません。噂では、ラスカーダに亡命したとか……」

「じゃあ、あのおじーさん本物ぉ？」

セブダが色めき立つと、アラナが顎を上げて返した。

「なんだい、あのじーさんが有名な呪術師の子孫なら、あたしなんてハル王国王家の末裔だよ！この国はそこらじゅうに、自称ラスカーダ皇家の末裔やハル王家の末裔がいるけど、うちはひいばあちゃんの時代まではここらで一番の金持ちだったんだからね。アッガーナの軍人が来なきゃ、今頃ここはでっかいお屋敷だったはずだよ」

ふふんと仰け反って笑うアラナに、セブダが期待の眼差しを向ける。

「それじゃあ、私達はお屋敷に住めてたかもしれないんですかぁ？」

「侍女くらいには、してやっただろうね。だから早く本物のお屋敷に住めるように、キリキリ働くよー。ほら『ハーブラカダーバラ！』」

◆　◆　◆

夜も更けて店仕舞いすると、女の子達は皆店の奥に移動して適当な布団にくるまって雑魚寝する。

イェルマ以外はすでに寝息を立てて、ぐっすりと眠っていた。

今日一日で多くの事を知った。今までも反省してきたつもりだったが、そんな程度では足りないくらいにルスランに迷惑をかけてしまっていたらしい。

「何より……ルスラン様の大切なラスカーダを失わせてしまったのが……ねぇ」

大好きだった人の大切な国は、自分が原因で滅びてしまった。

ハル共和国とアッガーナ帝国に攻められなければ、ルスランが処刑される事もなかっただろう。なんと不甲斐(ふがい)ない事かと、己が情けなくなってくる。

生まれ変わって早二十年。一度としてあの時に戻りたいと思った事はなかった。そして、それはこの先もずっとそうだと思っていた。

しかし、今はほんの少しだけ戻ってみたいと思う。もしも戻れたら、ルスランや皆の邪魔をせずに、少しは明るい未来にする事ができたのではないかと思うのだ。

叶わぬ事を夢見ても仕方ない。そうわかっていても、イェルマは願わずにはいられなかった。

——もしも、あの頃に戻れるのなら、ラスカーダを存続させて、ルスラン様を幸せにしてあげたい……。

そんなことを考えているうちにいつしかイェルマは深い眠りに落ちていった。

第二章 ◆ 悪妃イェルマに逆戻り

Story 2

——あぁ、今回はあの夢なのね。

目の前には、美しい天鵞絨の天蓋が揺れている。

生まれ変わってからこの方、夢に見るのは三百年前の記憶の中のものばかりだ。

この夢も何度か見た事があるが、あまりいい記憶のものではないため、なるべく見たくない夢だった。

ルスランが出てきてくれる夢の時は、このままずっと覚めなければいいと思えるが、今回のような夢はとにかく早く覚めてほしい。

とは言え、なかなか覚めてくれないのが夢というもの。

——さて、そろそろかしら？

思った通り、カタンと音がして人の気配がした。

この夢は、イェルマが大宮殿の自室で寝ていた時に、見知らぬ男に襲われかけた時のものだ。

死に物狂いで抵抗したため男は逃げたが、助けを呼んでも誰も来てくれず、ようやく見つけた女官達は今はそれどころじゃないという顔をして、イェルマの事を後回しにしたのだ。しかも「後宮に宦官以外の男がいるわけないので、寝ぼけていたのでしょう」と言って適当に流されてしまい、誰も信じてくれなかった最悪な事件だった。

その後調査すらされずに、有耶無耶のままこの事件はなかった事にされてしまったのだ。

イェルマは仕方なしに「たすけてー、たすけてー」と声を上げる。

夢の中のイェルマは、過去の自分の行動通りにしか動けない。しかし、この先に起きる事も全て知った上で記憶をなぞるように同じ繰り返しをするものだから、どうしても棒読みになってしまう。

夢の中ではどれだけ叫ぼうとも、うまく声が出ないもどかしさで疲れ果てるだけなのだ。頑張るだけ無駄だとわかっていた。

だとしても、いつも以上に棒読みだった気がする。

記憶にある通り、イェルマの体は病気の時のようにカッカッとして熱い。だが、下腹部に感じる疼きが、この熱さが風邪や何かの病気とは違うものだと示していた。

やはり、この時の自分には何か薬が仕込まれていたのだろうと察する。

大宮殿といえども様々な派閥があるため、身の安全が完全に保証されているわけではない。そうでなくとも、日頃の己の行いを考えれば十分に納得できる状況だ。

――毒ではなかっただけ、感謝よね。

そんな事を考えながら、一際大きな声で「助けてぇ！」と叫び声を上げた。

犯人らしき男がイェルマの腕を取ろうとしたその時、男の後ろから「何者だ！」という強い声が聞こえた。

ぼやけた視界の先に見えたのは、自分に伸し掛かろうとした男がブンッと投げ飛ばされる姿だった。

すぐ後に、ドンッ！　という重い音と「ぐぇっ」という苦しそうな声が聞こえる。

記憶とは異なる流れに戸惑うが、夢現のためか頭がうまく回らない。

「捕らえておけ！」

聞き覚えのある低い声に、まさかと思いドキッとした。

「イェルマ！　イェルマ！」

頭を上げようとしたイェルマに、覆い被さるようにしてルスランの顔が迫った。

「イェルマ！　無事か！」

「あ……ルスラン様……」

少し長めの黒い髪に、淡い褐色の肌に煌めく金色の瞳。間違いなく、ルスランその人だった。

――わぁ！　今回の夢は随分と大盤振る舞いね！

あの時、ルスランが助けに来てくれていたらよかったのにと思う事は何度もあったが、まさかその通りの夢を見せてくれる日がくるとは思わなかったのだ。

嬉しさのあまり、自然と笑みが溢れる。

「嬉しい……ルスラン様が来てくれたぁ」

まるで酔っ払いのように舌たらずになっていたが、構わない。

大きく見開かれた金色の目が美しくて、つい何度も「ルスラン様ぁ」と呼び続けてしまう。

「イ……イェルマ？」

伸ばされた手はなぜか震えていて、優しく頬を包み込んでくれた。

「ルスラン様ぁ、すごく……すごく会いたかったんです」

ルスランが出てきてくれる夢は稀なのだ。たまに出てきても前回のようなものばかりで、こちらに目を向けてくれる事さえほとんどない。

仕込まれた薬のせいか上手く呂律が回らないが、この大盤振る舞いの夢に乗っかって溜まりに溜まった思いをぶちまける。

「ルスラン様ぁ、大好き」

夢なのだから、どれだけ素直になっても問題はない。前世で言いたくて仕方なかった「好き」という言葉をここぞとばかりに連発すると、目の前のルスランの顔が見る見るうちに真っ赤になっていって面白かった。

「イ、イェルマ。何もされなかったか？」

「えぇ、ルスラン様が助けに来てくださったから。でも……少し……苦しいの」

サッと顔色の変わったルスランが、後ろを振り返って誰かに指示を出す。

何人かの女官と呪医がススス……とやって来て遠巻きにこちらを見ると、コソコソとルスランに何か耳打ちした。

聞き間違いでなければ「サイインジョウタイ」などと言っているように聞こえた。

静まり返る中、心配そうに覗き込んでいた彼の顔つきが変わった。

ルスランが静かな声で「人払いを」と一言告げる。

「し、しかし皇太子殿下！」

彼は、必死に止めようとする女官達を睨みつけると「お前達も去れと言う意味だったのだが、伝わらなかったのか？」と、強い声を出した。

「早く、あの男に話を聞いて来い。素性から目的まで全て明らかにするんだ。もちろん、どんな手を使っても構わない」

それは、今まで見た事のない厳しいルスランの顔だった。

女官達にも伝わったようで、彼女達は無言のまま頭を下げて、そそくさと出て行った。

——はあぁ、そんな貴方も素敵。

胸の高鳴りと体の疼きが相まって、もどかしさが頂点に達する。

イエルマは、ゆっくりと顔を近づけてくるルスランに「ルスラン様」と呼びかけると、震える両手をどうにか伸ばして、その頭をそっと引き寄せた。

「ん……」

ふにっと触れた唇の柔らかさが、やけに生々しくて、呼吸が止まりそうになる。

ちゅっちゅっと啄むような口付けにうっとりしていると、ぬるりと何かが口の中に入り込んできた。

「んん？」

びくりと肩を震わせると、宥めるように「私の舌だよ」と言われた。

――夢って……すっごぉい。

現実のルスランと口付けを交わしたのは、婚儀の時と初夜の時だけだった。もちろん、触れ合ったのもその一度きりだ。

なのに、こんなにも高い再現度で楽しませてくれるのだから、夢は万能のものとしか思えない。

唇を合わせている間にも、彼の手が夜着の合わせ目から入り込んで胸をまさぐり始める。

「あんっ、ん」

初夜の時は、はしたないと思われたくなくて声を殺し続けていたが、夢の中でまで気にする事はない。どうせ隣で寝ているセブダ達に激しい寝言と思われるだけなのだからと、遠慮なく感じるがままに声を上げる。

すると、耳元で彼の囁き声が聞こえた。

「初めて君から求めてくれたのが、こんな形だなんて不本意でしかないが、私もそんなに強い人間じゃないんだ。ごめん……拒めない己を恨むよ」

拒まなくていい。そんな思いで広い背中に腕を回して抱き締めると、もう一方の手のひらで頭を優しく撫でられた。

胸から伝わる快感に「あっあっ……んっ」と喘いでいると、ごくっという何かを飲み込む音がした。

「参ったな……」

続けて言われた言葉の意味がわからずに「え？」と返すと「何でもないよ」と潤んだ瞳で微笑ま

れた。

優しい眼差しに、心がほわほわと温かくなる。

ルスランが、誰にでも紳士で優しいという事は理解していた。しかし、今回の夢は自分の理想通りに進んでくれるようなので、今は自分に向けられる優しさを思いっきり享受した方がいい。

彼と見つめ合っているだけで、先ほどより脚の付け根がむずむずとしてくる。

荒い呼吸を繰り返すルスランに「物足りない？」と聞かれて、無意識に体をよじらせていた事に気がついた。

「え、あの……それは……」

さすがにそれを言えるだけの勇気はないので、察して欲しいと目で訴える。

「もう少し、時間をかけてあげたかったのだが……私も無理そうだ」

どこか切羽詰まっているようなルスランの声に首を傾げると「触るよ」と言われた。

疼いてたまらないそこに、ルスランの長い指が入れられる。

「ん……ぁ」

何かを確かめるように数回行き来すると、それは、くちゅんっと音を立てて出ていってしまった。

「……あん」

切なさに思わず声を上げると「よく濡れている」と教えられた。

準備万端で期待していますと、あからさまに彼に見せつけてしまっているようで、さすがに恥ずかしくなる。

それに気づいてか、ルスランの唇が額に付けられて「大丈夫。私も同じだから」と柔らかな声が届いた。

そのまま安心させるように彼の口付けが顔中にちりばめられ、イェルマはほぅっと息を吐いた。

金色の瞳が揺れながら、こちらを見つめてくる。

「挿れながら、広げていくから……我慢して」

嗄れた声でルスランがそう囁くと、イェルマの下腹部は期待に震えた。

やっと彼のものがもらえるのだという安堵の方が強かったため、そんなものは大した我慢でもないと言いそうになってしまった。

ルスランの熱いものが、陰部に当てられる。

「ん……」

ぐっと力が込められ、先端部分が無理矢理入ってくる感覚がわかった。

「あ……あっ」

夢のわりに、圧迫感が凄まじい。

何度も出し入れを繰り返しながら、ゆっくり、ゆっくりとそこが押し開かれていく。

いっそのこと、一気に貫いてくれればいいのにと大胆な事を思うも、額に汗を滲ませる彼の姿に胸がキュンとなる。

「痛く、ない？」

「……はい」

「よかった……」

ホッと息をついたルスランだったが、再び真剣な眼差しになると「奥まで、挿れるから」と言ってきた。

返事をする間もなく、ぐぐっと奥まで埋め込まれる。

「ん、んんっ」

すぐに、ゆるゆるとルスランが動き始めた。

柔らかく中を擦（こす）られる感覚に「あ……あっ、んっ……あぁん」と、堪（たま）らず声が漏（も）れる。

——あぁ、本当に紳士的な人。優しく……て、や……やさし……ん？

その時、イェルマは何かが違う事に気づいた。

ゆっくりとした動きから、段々と深く力強い律動（りつどう）になってきているのだ。

「あっ、あっ、んん……っ！　あっ！」

次第に強くなる抽挿（ちゅうそう）に、イェルマの頭の中が混乱し始める。

——は、はげし……激しくない!?

「あっ、あのっ！　ちょっと、あの！　つ、強い……ん、んんっ、ちょ……っ、つよ……あっ！」

「ごめん。あの時とは、違うから、やはり……余裕がない……っ」

「あ、あっ、あぁ！　んんっ！　んっ、んんっ」

——あの時と違うって、何が!?　何で!?

激しく揺さぶられる中で自然と歯を食いしばっていたイェルマに、ルスランから「くち、開けて」という言葉が届いた。

決して強い口調ではなかったのに、不思議と従いたくなるような声だった。

「あぁ、あっ、あっ……んぅ」

言われるがままに口を開くと、かぶりつくような口付けを受けた。

「ん、んんっ、ん」

——あれぇ？　あれぇ!?

息継ぎも上手くできないほどの深い口付けに、叩きつけるような腰の律動を受け、両手はひとまとめにされて押さえ付けられている。

散々口内を貪られた後で、ようやく唇が離された。

しかし、それは瑣末な事だった。

太く硬い肉棒に激しく犯され続け、イェルマは息も絶え絶えの状況だ。

「あっ、あ、あぁ……んっ！　あっ！」

生々しい水音が、激しく軋む寝台の音さえも掻き消している。

「はげし……ぃ、あっ、んっ……ル、ルスランさまっ、ダメ、あぁ！」

「イェルマ、イェルマ……っ！」

目の前のルスランは初夜の時の穏やかさとも、エジェンとの初夜に見せた様子とも異なっていた。

獲物を捕らえて逃すまいとするような鋭い目つきは、しっかりとイェルマに向けられて、口元は満足そうに笑みを浮かべているのだ。

――夢って、やっぱり予想通りにはいかないものなの⁉

見た事もないルスランの姿に戸惑いながらも、イェルマは夜通し嬌声を上げ続けたのだった。


翌朝、目を開けたイェルマは深いため息を吐いた。

――あぁ、もう。二度寝なんてしてる場合じゃないのに。

ルスランとの、めくるめく一夜に後ろ髪を引かれているのはわかるが、さすがにもう目覚めなければならない。

そろそろアラナの『ハーブラカダーバラ』が聞こえてきてしまう頃だろう。

再び目を開けるが、景色は変わらなかった。

続け様に五回ほど瞼の開閉を試みたが、結果は同じだ。目の前には、美しいルスランの寝姿がある。

「な、なかなか手強い夢ね……」

こしゅこしゅと両目を擦って、瞬きを繰り返しても何も変わらない。そんなバカなと思いながらも、ひとつの可能性が頭を過った。

――いやいや、そんなはずはないわよ。

途端に心臓がバクバクし始めて、嫌な汗が流れる。

いても立ってもいられずにガバッと起き上がると、辺りを見回した。

寝台を包み込むように垂れ下がる天鵞絨の天蓋には、朝日を浴びて色とりどりの光を放つ硝子玉や飾り玉が下げられている。更には、黄金に輝く寝台の支柱、美しい装飾のタイルで覆われた半円形の天井までもが目に入り、イェルマはごくりと唾を飲み込んだ。

――嘘、嘘よ！

古くて狭い『ハーブラカダーバラ』とは見間違えようもない豪華な室内だが、それを見ても状況が飲み込めず、慌てて寝台から下りて窓へと駆け寄った。

――落ち着いて……落ち着くのよ、イェルマ！

ぎゅっと目を閉じて深呼吸を繰り返し、いざ！　と勇気をもって、カッと目を見開いた。

窓の外には、孔雀を模した彫刻が施された白亜の噴水と、それを取り囲むように咲き誇る花々が広がっている。そこはまさに、ラスカーダの大宮殿にある後宮の中庭だった。

全然落ち着く事ができない景色に頭が追いつかず、イェルマが愕然としていると、後ろから声をかけられた。

「イェルマ、体が冷えるよ」

ハッとして後ろを振り返ると、肩に温かな裏起毛の長衣が掛けられる。

「朝晩は、まだ冷える」

そこには、すっきりとした絹製の下衣だけを穿いた、上半身裸のルスランが立っていた。

肩に掛けてくれた長衣は、イェルマの身の丈には余りすぎる上に、美しい装飾が施されているため、おそらくルスランが着ていたものだったのだろう。

しっかりと筋肉のついた褐色の裸体を前に、激しく交わり合っていた昨夜の事を思い出す。

「あ、あの……ルスラン様」

「ん？　どうした？」

背の高い彼に覗き込まれ、イェルマは口をパクパクさせる事しかできない。

——これは、夢ではないのですか？

頭の中は疑問でいっぱいでも、さすがにそれを口にする事はできなかった。

なぜならば、下腹部に残る独特の重ったるさが、昨晩の行為が現実だったと証明しているからだ。

——あの頃に戻ってきてる……。

にわかには信じられないが、それは現実に起こっている事のようだった。

「イェルマ、大丈夫か？　まだ薬の作用が残っているんじゃないのか？」

心配そうにこちらを窺うルスランに抱き寄せられ、イェルマは自然と彼の胸に体を預けた。

その時、脚の付け根から、とろりと何かが腿を伝い落ちてきた。

「……あっ」

「イェルマ？」

もしやと思いつつ恐る恐る下を見ると、案の定それは白濁した粘液だった。

「あっ、汚れちゃ……」

慌てて長衣を脱ごうとするイェルマだったが、すぐにそれどころではなくなってしまった。

ルスランが「あぁ、そうだった」と一言言うと、すぐに手を伸ばしてきて長い指でイェルマの陰部をまさぐりはじめたのだ。

「な、何を！」

「掻き出すんだよ」

イェルマよりも先にその行動に出た彼に驚きながらも「自分でやりますから！」と言って身を捩った。

しかし、あっという間にルスランは背後に回り、後ろから大きな体に拘束されてしまった。

「君では無理だ。イェルマの指では届かないくらい、奥に出したからね」

そう言うと同時に、ルスランの長い指がずぐっと奥まで入り込んできた。

「あぁっ！」

くちゅくちゅと膣壁を引っ掻くようにして、長い指が出し入れされる。そのうち、指が引き抜かれる度に奥からどろっとしたものが出てきて、イェルマの足元を濡らした。

「あっ、あ……ん、も、もう結構です」

「いや、まだある……」

ルスランは、執拗に奥から自ら放った精を掻き出そうとしている。

確かにルスランの言う通り、一度落ち着いたかにみえたものが再び奥から流れ出てきていたが、そこまで彼がしようとする意図がわからない。

イェルマの頭の中には、娼館で言われた「イェルマとルスランに子供ができなかった事が幸い」という言葉が駆け巡っていたが、真剣な表情でイェルマの体を確かめるルスランはそんな話を知らないはずだ。

だとすれば、その行動はイェルマを孕ませたくないという彼の意思に他ならなかった。

そして、真剣に指を動かす彼が後悔を滲ませた声で「しまったな」と呟くのを、イェルマははっきりと聞いてしまったのだった。

ぼんやりとするイェルマは「大丈夫か？」と再び尋ねられて、ハッとした。

――よ、よかったじゃない。ルスラン様も同じ考えなら、ラスカーダの未来は明るいって事なんだから。

乱れた長衣をルスランに整えられながら、イェルマの頭には大きな疑問が浮かんでいた。

そもそも、今は三百年前のいつなのだろうかと。

男に襲われた記憶はあるものの、それがいつあった事件だったのかを思い出せないのだ。

自分達が大宮殿にいて、ルスランが女官達から「皇太子殿下」と呼ばれているという事は、かなり時期が限られるはず……と考えを巡らせていると、コンコンッと扉が叩かれた。

「なんだ」

ルスランが反応すると同時に、小姓頭のベフラムと共に女官達と呪医が入ってきた。

「入室を許可した覚えはない」

厳しい声で彼が咎めると、ベフラムは頭を深く下げたまま「皇帝陛下のご命令でございます」と言って返した。

彼はルスランと行動を共にする事が多く、ルスランの右腕のような存在だ。

ずらっと並んだ女官達がイェルマとルスランの姿を見て、互いを小突き合いながらヒソヒソと何かを耳打ちしている。

王族に生まれて私生活も全て曝け出される事に慣れていたはずのイェルマでも、その不躾な視線に耐えきれずに顔を逸らした。

この国では、いつの時も歓迎されない存在だった。その上、一晩中乱れに乱れてルスランと交わり合っていたのだ。

彼女達の言わんとしている事がわかるだけに、正面から目を合わせる事ができなかった。

気まずい空気が流れる中、一歩前に出てイェルマを隠すようにしたルスランが女官達に「何を見ている」と言って、頭を下げさせた。

その様子を気にする素振りも見せずに、ベフラムが再び恭しく頭を下げた。

「どうぞ、お支度を」

動揺している女官達からも「お、お支度をお願いいたします」と言われて、ルスランは切り替えるように息をふぅっと吐いた。

「わかっている」

「支度って……何のですか?」

気になったイェルマが尋ねると、一瞬にしてその場の空気が凍りついた。

聞いてはならないものだったのかもしれないが、自分にも関係あるものだったら困るので、聞かないわけにはいかない。

辛抱強く答えを待っていると、コホンと咳払いをしたベフラムが口を開いた。

「ルスラン皇太子殿下と、エジェン様の婚儀のお支度にございます」

「ルスラン様と、エジェンの……婚儀？」

ぽつりぽつりとおうむ返しにして、ようやく事態が飲み込めた。先ほどまでの説明のつかない気持ちが一気に吹き飛ぶ。

「あ、あぁ！　婚儀ね！　そ、そうね、ルスラン様とエジェンの……あ、いえエジェン様の婚儀ね！」

これだけ大事な日を忘れていたのかと言わんばかりの女官達の視線に、大量の汗が吹き出す。

「そ、そうよ、なんておめでたい日なのかしら！　ルスラン様、おめでとうございます！」

焦(あせ)りから当たり前のように寿(ことほ)ぐと、ルスランから驚きの目を向けられた。

——うわぁ、この反応もダメなの……？

かつての自分ならば嫉妬心(しっとしん)剝き出しにして癇癪(かんしゃく)でも起こしていたのかもしれないが、こんな日にそんな姿を見せるのはどうかと思ったのだ。

しかし、女官達からも驚きと白けた眼差しの半々を向けられて、その意味を悟(さと)った。

——あー……私、そのルスラン様と一晩中致してたんだわ。

最悪の事態に頭が痛くなる。

いくら夫婦であるとはいえ、新婦を迎える夫を送り出すべき自分が、よりによって婚儀の間際(まぎわ)までまぐわっていたのだから、そんな目で見たくもなるだろう。

きっかけを与えられた事で、様々な事が連なって思い出される。イェルマが襲われたのは、ルスランとエジェンの結婚式の前夜だったのだ。

それは、助けを呼んでも誰も来ないに決まっている。婚儀ともなれば、宮殿中の使用人達が大勢駆り出されて様々な準備で忙しくなる。普段は閉じられた後宮にも部外者が入ってとにかく大忙しとなるのだ。

皇太子妃が襲われたとなれば、さすがに一大事だろうが、いつも何かしらを騒いでいた自分が騒ぎ立てていても、信憑性がなかっただろうと想像がつく。ルスランとエジェンの儀式の邪魔をしてやろうと、ホラを吹いたのだと疑われていたとしても不思議はない。

あの時の自分は二人の婚儀にも出ずに、恐怖と怒りで一晩中自室に籠もっていた。そして、翌朝になって二人が初夜性交も終えて正式に結婚した事を聞いてしまったのだ。

シン……と静まり返る部屋の中では、誰一人動こうとしない。気まずく重苦しい空気を打開するべく、イェルマは殊更明るい声を出した。

「さぁ、ルスラン様！　エジェン様がお待ちでしょうから、早くお支度をしに行ってください」

「え……あ、あぁ」

きょとんとするルスランだったが、ようやく動き出してくれてホッとする。そのまま部屋から出ようとした彼が、陰に隠れるようにしていた呪医に声をかけた。

「イェルマに、避妊薬を」

「はい。念のためご用意いたしますが、その必要はないかと思われます。イェルマ様は、じきに月の清めを受けるでしょうから」

呪医達は、独特の言い回しで表現する事がある。

今のもそうだ。「月の清めを受ける」などは、月経がくるという意味。その逆に、懐妊する事を「月の祝福を受ける」と言うらしい。

「そうか、それなら……」

そう答えたルスランの声は、どこか安堵しているようにも聞こえた。

イエルマは、その事をどういった感情で受け止めるべきかわからないまま、笑顔でルスランを見送ったのだった。

第三章 ◆ ルスランとエジェンの婚儀

Story 3

ルスランに続いてベフラムが退出したものの、女官達はそわそわとお互い目配せをして動こうとしない。

「どうしたの？」

「あ、いえ……その……」

チラチラと部屋の外を見る様子でピンと来た。

廊下ではバタバタと使用人達が走り回り、人手の少なさを物語っている。

「あなた達も行っていいわ」

「え!?」

そんな許しが出るとは思ってもいなかったのだろう。丸くした目が大量に向けられて、何とも言えない気持ちになる。

「お二人の婚儀(こんぎ)が最優先でしょう？　いいから手伝いに行って」

「でも、イェルマ様のお支度(したく)は……」

「私は……」

さすがに湯浴みの必要がありそうな状態だが、そのくらいは一人でもできる。

三百年前の自分では考えられなかったが、娼館では当たり前のように全て一人でこなして、ついでに新入りの世話もしていた事もあるのだ。

しかし、さすがに襲われた皇太子妃を一人にさせるのは気が引けるのか、誰も動こうとしない。

「そうね……一人だけ残ってくれればいいわ」

「では、私が残りましょう。お体の確認などもございますから」

声を上げたのは呪医であるサドゥだった。頭巾の中からわずかに覗く彼女の顔は、あの頃と同様に感情が読めない。

「そうね、彼女だけで十分よ。さぁ、早く行って」

そう言うと、女官達はホッとしたような表情をして、会釈をしながら部屋から出ていった。

サドゥと共に移動して大理石でできた浴室へ入ると、ルスランから借りていた長衣を脱いだ。

広々とした浴室には、惜しむ事なく金の装飾が施されている。天井付近に作られた硝子窓から入り込んだ朝日が反射して直視できない。当時は何も思わなかったが、娼館での生活に慣れた目には、眩し過ぎるのだ。

「どこか痛みますか？」

サドゥの問いかけに、首を振る。

「大丈夫よ、サドゥ」

「……私の名前を、ご存じだったのですか？」

そういえば名乗られてから一度も呼んだ覚えがない。名前があるのに呼ばれないのは、さぞ寂しかったろうと思い、申し訳なさでいっぱいになった。

「ごめんなさいね、サドゥ。今まで呼んだ事がなかったけれど、もちろん知っていたわ」

「そう……ですか」

無言になったサドゥは、衣服が濡れるのも構わずにイェルマの体を隅々まで確認するようにして、ゆっくりと洗い始めた。

優しく撫でられて心地よくなったイェルマは、そっと目を閉じた。

「サドゥ、昨日の男はどうなったか聞いてる？」

「……いえ。ただ、イェルマ様に仕込まれたものは、やはり媚薬だったのだろうと思われます」

「……でしょうねぇ」

あんなにふわふわとして、敏感になるのはそれしか考えられない。

「その後の、ご気分はどうですか？」

「特に問題はないわ。ただ、少しここが……しくしくするような」

下腹部に手を当てると、小さな声で「イェルマ様」と声をかけられた。

「月の清めがきたようです」

驚きと共に目を開けると、足の付け根から鮮血が流れていた。

サドゥの言葉通りになり、彼女の優秀さをまざまざと見せつけられた。

対して彼女は、黙々とイェルマの体を洗い続けている。

もしやと思い、イェルマはサドゥに向き直った。

「ね……ねぇ、サドゥ？」

「はい、イェルマ様」

「あのね、死んだ後に生まれ変わった世界に行く方法ってあると思う？　えーっと、だから……元いた世界に戻る方法というか……えーっと」

呪医といえば様々な呪術も知る専門家だが、さすがにこんな質問は受けた事がなかったのか、頭巾から覗く彼女の表情は、「何を言ってるんだ、この人は」と表していた。

「ん。何でもない……忘れて」

聞いた自分がバカだった。こんな非現実的な事は、さすがの呪医でも聞いた事がないはずだ。

危うく「散財ばかりする我が儘な悪妃」に「意味不明な妄想に取り憑かれている」という情報が加わってしまうところだった。

——やっぱり、元には戻れないかぁ……。

洗われるがままに身を任せ、サドゥが先回って用意していた綿をあてて、新しい服を着てから自室へと戻った。

部屋に入るなり、頭を下げたサドゥから淡々と告げられる。

「ご存じの通り、月の清めを受けている間、太陽神への誓いの儀式などに出る事は禁止されております。そのため、ルスラン殿下とエジェン様の婚儀に、イェルマ様はお出ましにはなれません」

「わかっているわ」

「その代わり、その後に行われる祝いの席にお出ましください」

「お祝いの席……この国でのそういう席に出た事がないのだけれど、どんな服を着ればいいのかしらね？」

だいぶ経(た)ってから、サドゥが小さな声で聞き返してきた。

「……私に仰(おっしゃ)っているのですか？」

「そうよ、何を着て行けばいいと思う？」

「私は呪医でございますから、そのような事には通じておりません」

「そ、そうなんだけど……他に聞ける女官もいないし」

廊下にはすでに人の気配もなく、いるのはごく僅(わず)かな衛兵のみだった。

しばらく考え込んでいたサドゥが、何かに思い至ったかのように頭を上げた。

「お祝いの席なので、目一杯飾り立てるべきではないでしょうか」

「目一杯？」

「はい。イエルマ様の宝石箱には、たくさんの宝飾品があり、美しい衣装も数多く揃(そろ)っているはずです。それらで美しく飾り立ててお出ましになれば、お祝いする気持ちが目に見えて伝わる事かと」

「なるほど、それもそうね」

納得したイエルマは、早速衣装箱から衣装を取り出した。それは、金糸で花文様の刺繍(ししゅう)が施されている、天鵞絨(ビロード)でできた深い紅色の衣装だった。袖には大振りのレースも施されて、見映えもする。

すぐに宝石箱も持って来て、金細工と宝石で作られた、冠のような髪飾りから耳飾りから首飾に腕輪、最後にはたくさんの指輪まで取り出した。

「こんなにたくさん買ってもらって……そりゃ、暴動も起きるわよね……」

ぼそっと呟いた言葉にサドゥが「どうかしましたか？」と反応した。

「なんでもないわ」

そう言いながらも、イェルマはそれらを前にして祈るように手を合わせて詫びる姿勢をとった。

今後は買い控えるにしても、すでに手に入れてしまったものを返す事は難しいかもしれない。きっとこれだけのものを買い取ってくれるような相手すら見つからないだろう。

「せめて、大切に使わせてもらいます」

その言葉にサドゥが「え？」と確認してきたが、敢えて説明はしなかった。

「さ、そろそろ始まる頃よね。行きましょう」

サドゥを伴ってイェルマが皇帝の間に着くと、両脇を固める衛兵がギョッとしてこちらを見てきた。

どうしたんだろうと思いながらもすぐに扉が開かれたので、気にせず部屋の中へと入って行く。すでに始まっていた祝いの席の邪魔にならないように中腰で進もうとしたが、それは叶わなかった。

婚儀を終えた主役の二人に加えて、ルスランの両親である皇帝と皇帝妃、それに宰相達から女官達までもが一斉にこちらを見て目を丸くしていたからだ。

「あの……この度はおめでとうございます」

蚊の鳴くような声で寿ぐも、誰も言葉を返してこない。

そのうち、ひそひそと囁き合う女官達の「花嫁よりも飾り立てて来たわよ。皇太子妃だからって、ちょっとやりすぎじゃない？」という声が聞こえてきた。その時になってようやく、自分の姿が皆の顰蹙を買っているのだと理解した。

思わず隣に控えるサドゥを睨んだが、彼女は意図していたのかそうではなかったのかわからない顔で、無言のまま前を見据えていた。

文句を言っても「だから、通じてはいないと申し上げたはずです」と返されるだけだとわかっていたので、ぐっと堪えて主役の二人の元へと移動する。

「ルスラン皇太子殿下、エジェン様、この度は誠におめでとうございます。これから、エジェン様と共にルスラン殿下をお支えできる事を、私も嬉しく思います」

ルスランの衣装の裾に口付けながら祝いの言葉を述べると、頭上から二人の声が降ってきた。

「ありがとう、イエルマ」

「ありがとうございます、イエルマ様」

ルスランは、金銀の糸によって細かい刺繍が所狭しと施され、宝石入りのボタンが使われている礼服を着ていて、いつもの何倍も素敵だったが、あまり新郎をじろじろと見るのも失礼かと思い、エジェンの方に目を向けた。

エジェンも美しい刺繍と宝石で飾られた花嫁衣装を身につけていて、すっきりと纏められた黒髪と相まって、とても綺麗だった。

見栄えばかりを優先したイェルマの衣装とは異なり、エジェンのものは指先まで隠れる袖の衣装だ。ラスカーダでは、古くより女性の指先が隠れるほどの長い袖が好ましいとされている。ただし、近年では身動きのしにくさや、宝飾品の見栄えのために長すぎる袖は廃れつつあり、このような儀式に着られる程度となっていた。

古式ゆかしいエジェンの姿は、あからさまにギラついている己の姿とは雲泥の差だ。

「わぁ……」

思わずその美しさに息を呑むと、エジェンに「え？」と尋ねられた。

「その、あまりにもお美しくて、驚いてしまいました」

素直にそう言うと、はにかむように笑いながら「ありがとうございます。イェルマ様もとてもお綺麗ですよ」と返された。

——ごめんなさい。本当は、こんなに着飾るべきじゃなかったんだと思います……。

その上、ルスランまでもがにっこりと微笑んで「イェルマ、とても綺麗だよ」と言ってきた。

途端に、女官達や宰相達の鋭い視線が向けられる。

「……社交辞令でも、火に油を注がないでください」

小さすぎる抗議の言葉は届かなかったようで、仕方なしに「ありがとうございます」と小声で返した。

睨みつけても、すぐにエジェンとの会話に戻ってしまったルスランは気づきもしない。

イェルマは、花嫁よりも目立つ衣装でやって来た自分に微笑んでくれたエジェンの優しさに感謝しながら「惚れ込んじゃうはずよね……」とぽつりとこぼした。

ルスランと同じ歳のエジェンは、しっとりとした美人で、目が合うだけでイェルマでさえも心臓が跳ね上がってしまうほどだ。

当然のように、ルスランもイェルマの存在を忘れたかのようにエジェンと話し込んでいる。

ほんの少しだけ胸の奥がチクリと痛んだが、二人の世界が出来上がっている事に、どこか安堵もしていた。

楽しげに笑いかけるルスランに、愛おしそうに見つめ返すエジェン。二人は、とてもお似合いだった。

会話を続けながら、エジェンは長い袖をひらりひらりと動かして、食布の上の食事を少しずつ摘んでいる。優雅な動きの中にも、あれこれと悩んでしまう可愛らしい仕草も見受けられ、大人っぽい見た目との差に、イェルマでさえも口元が緩んでしまうのだ。

当然ルスランも、エジェンの一挙手一投足をしっかりとその目に焼き付けるように、じっと彼女を見つめ続けている。

イェルマは、昨晩の事は事故のようなものなので、なかったことにしてもらおうと考えていた。あの頃願い続けていた、もう一度だけルスランに抱かれたいという願いが叶えられたのだから、心残りはもうない。

――戻って来たからには、少しでもよい方向に向かわせなきゃ。

見たところ、ルスランとエジェンの関係は心配なさそうだ。であれば、あとは自分が何もせずに大人しく隠居生活でもしていれば、この国の未来も明るくなるはずだろう。

そう思いながら顔を逸らすと、鋭い視線とぶつかった。

ルスランの母、後の母后となる現皇帝妃だ。

思わず「ひっ」と声が出てしまうほどのキツい眼差しに、身がすくむ。

イェルマの姿を咎めたいのか、皇帝妃は大きく目を見開いたまま無言でこちらを睨みつけていた。

娼館で史家のフィリップが言っていたように、皇帝妃はとても美しい人だった。ただし、エジェンのようにこちらがドギマギして惚れ惚れとするような美人ではなく、ドキドキしながら冷や汗が出るような迫力のある美人なのだ。

同じ美人なのに、なぜこうも違うのか。

イェルマは、この鋭い眼差しのせいではないかと思った。皇帝妃の目は、まるで相手を意のままに操ろうとするかのように強いもので、その目に見つめられると、相手はつい平伏したくなるのだ。

しかもイェルマは、息子を脅して政略結婚をした上に我が儘三昧をしてきた憎い皇太子妃なので、敵のように見られても仕方ないだろう。

帰りたい気持ちを隠すように、ゆっくりと視線を外しながら祝い酒に口をつける。

「まぁ、美味しい」

その視線には気づいていませんと見せるように、わざとらしく舌鼓を打つふりをする。しかし、そのふりもすぐに本物になっていった。

娼館でまともな食事ができなかった身としては、目の前のご馳走はとてもありがたい。ルスランとエジェンの皿とは別に、五十皿はくだらない料理が所狭しと並べられているのだ。

ただ、娼館ではドロドロの粥しか食べてこなかった体だ。これだけの物が消化できるのかが不安だった。

そもそもこの体は、どちらの体なのだろう。先ほどまでは気にも留めなかったので、自分の体をまじまじと観察する事もなくここまで来てしまったが、かなり重要な事なのではないかと今更ながら気づいた。

思案しながら手をつけずにいると、女官達のひそひそ声が聞こえてきた。

「また『ラスカーダの食事はまずくて食べたくない』とか言って、手をつけない気かしら」

「どうせまた『こんなの早く捨てて』とか『ルビオンの料理長を早く連れて来て！』とか、我が儘言うのよ」

心の中で、かつての所業を懺悔しながら、そっと自らの脇腹や袖の中の手首に触れてみると、衣装越しにも肉付きのよさを感じた。娼館時代のように、骸骨が如く浮き出たあばら骨もない。

体は三百年前のもののようだと判断して、ご馳走を次々と口に運び、ひと時の幸せを味わう。

しばらくして、ちらりと皇帝妃を盗み見ると、逃すまいとするかのような目がまだこちらを見ていた。

もしかしたら、ルスランの隣に陣取っているこの場所が悪いのかもしれない。ルスランに余計な事を言ったり擦り寄ったりしないか、監視している可能性の方が高かった。

イェルマは、そそくさと移動してエジェンの隣に身を置いた。

「あら、イェルマ様」

「あ……失礼いたします。エジェン様」

しまったと思った。せっかく盛り上がっていた二人の会話を、図らずも中断させてしまったのだ。

恐る恐る皇帝妃に目を向けると、案の定射殺さんばかりの空気を漂わせていた。

見なかった事にしてエジェンに酒を注ぐ。

「イェルマ様、どうぞお気遣いなく」

恐れ多いとでも言うように、エジェンは頭を下げた。

すると、エジェンを取られたのが気になったのか、ルスランが何かを言いたそうに口を開きかけたが、皇帝妃に呼ばれて仕方なさそうに席を移動して行ってしまった。

これ幸いと肩の力を抜く。

「それよりもエジェン様……私のせいで、長くお待たせしてしまっていたようで、本当に申し訳ありませんでした」

何を言われたのかわからないのか、きょとんとしたエジェンは、黒曜石のように輝く瞳を瞬かせた。

その美しさにため息を吐いたイェルマは、エジェンの耳元に口を寄せて、彼女だけに聞こえる声で囁いた。

「お二人のご結婚の事です。途中で私とルスラン様との結婚が決まってしまったから、お二人の結婚を更にお待たせしてしまったのだと聞きまして」

せめて一言は詫びておきたかったので、ちょうどよい機会だと思ったのだ。

エジェンは、しばらく言葉を探すようにして考え込んだ。

そうして、悲しげに目を伏せると、彼女は「……ご存じ……だったのですか？」と小さく呟いた。

申し訳なさそうなエジェンの声に、胸が痛くなる。

「申し訳ございません、イェルマ様に知られていただなんて……。しかし、イェルマ様が謝られる事はないのです。私が……ルスラン様をお慕いして、勝手にお待ちしていただけなのですから」

その頃の切なさを思い出しているのか、エジェンの目には涙が浮かんでいた。

「ごめんなさい、泣くつもりは……」

ポロッと落ちた涙に、イェルマの胸は強く締め付けられた。

「エジェン様……」

「違うんです、悲しくて泣いているのではなくて……ルスラン様と結婚できた事が、本当に嬉しくて」

ポロポロと溢れるエジェンの涙は、イェルマの胸に突き刺さり続けた。

ほっそりとしたエジェンの手を取り、イェルマは心に固く誓った思いを口にした。

「エジェン様、私はもうお二人の邪魔はいたしません。どうぞ、幸せになってください。私とルスラン様は政略結婚ですから、気にする必要はありません」

エジェンは、安堵したように「ありがとうございます」と、手を握り返してきた。

「エジェン様、大丈夫です。必ずやルスラン様のご寵愛はエジェン様だけに注がれますから、存分に愛されてください」

あの頃に見た二人の姿を知る身としては、つい予言めいた言い方をしてしまう。

言い過ぎたかもしれないが間違ってはいないのだからいいだろうと思っていると、背後にものすごい気配を感じた。

先にエジェンが気づいたようで、慌てて平伏している。

嫌な予感がしながら振り返ると、そこには案の定口元をひくつかせた皇帝妃と、疲れた様子のルスランの姿があった。

──なんと間の悪い。

これはどう見ても、古株の妻が新妻を泣かせているようにしか見えない。

どんな言い訳をしようかと震えていると、先に皇帝妃が口を開いた。

「イエルマ、そなた……この後宮にいながら、危険な目に遭ったとか？」

昨晩の事を尋ねられているようだ。

「は、はい」

「宦官や衛兵がいるにもかかわらず、不審な男に襲われるなど……。この後宮は全て私の管理下にあるもの。不審者の侵入を許しただけでなく、自決を許したなどあってはならぬ事」

聞き間違いかと思っていると、ルスランが唇を嚙み締めながら頷いたが、彼が口を開く前に皇帝妃が「えぇ」と言って答えた。

「牢に入れようとした時に、口の中に仕込んでいた毒で死んだそうよ」

そんな事を淡々と話す皇帝妃に、イェルマは真の恐ろしさを感じていた。

「ただ、手引きした者がいなければ、このような事にはならないはず。これから女官長などに、宮殿内はもちろん宮殿外まで探させましょう」

慌てたルスランが「母上、それは私が……」と口を挟もうとしたが、片手を上げた皇帝妃に止められてしまった。

「ルスラン、あなたにはやるべき事があるはずです。後宮の事は全て私に委ねなさい」

後宮の支配者の威厳をまざまざと見せつけられ、イェルマは身震いをした。

——そうよね。この宮殿だって安全ではないのよ。

イェルマは前世で起きた、ルスランの父やエジェンへの襲撃事件を思い出し、エジェンに声をかけた。

「エジェン様も、私のように襲われないよう、くれぐれも気をつけてください」

それから、イェルマはエジェンだけに聞こえるように「特に、兵士は要注意です」と付け加える事も忘れなかった。

突然話を振られた事で驚いたのか、エジェンは目を丸くしていたが、それ以上にルスランと皇帝妃が驚いている様子だった。

「そうだわ、皇帝陛下にも気をつけてもらわなければ」

宰相達と談笑する皇帝にも、注意を促しておこうと向かいかけたが、ルスランに止められてしまった。

「君が父に言う必要はない」

――なぜ、私は、ルスラン様のお父様と話をさせてもらえないの？

それまでの穏やかな空気から一転して、冷たい声を出したルスランに疑問をぶつけようとしたところで、皇帝が声を上げた。

窓の外には、いつのまにか茜色の空が広がっている。

「我が同胞達よ。今日のこのよき日に、息子ルスランと、ヴィダマルガの地を治め、古くは高貴なるシフ族の血を引くスヴァリ家の娘エジェンとの婚儀を執り行う事ができた。この結婚により、更に強い結束が生まれる事だろう。ラスカーダに幸あらんことを！」

皇帝の言葉に呼応するように、エジェンの父親らしい大柄な男が「ラスカーダに幸あらんことを」と続けると、居並ぶ宰相達が同じように何度も繰り返した。

ルスランとイェルマの結婚の時も、皇帝は同じような言葉を言っていた。そして、この言葉がとても重要なものだという事を、イェルマはすでに知っていたのだった。

ルスランがエジェンの手を取って立ち上がった。

皇帝の言葉を合図に、二人だけがこの宴を抜けて『初夜性交』を行うのだ。

ルスランの顔つきは穏やかだったが、エジェンは頬をほんのりと赤く染めて、俯きながら彼に手を引かれている。

扉が開くと、後ろには外で待ち構えていたらしい立会人である宮廷の筆頭医師達が二人の後に続き、皆が見守る中、二人はルスランの寝所へと向かっていったのだった。

再び皇帝の間に喧騒が戻り、酒を啜る音があちらこちらから聞こえ始める。中には仕事に戻る女官や「私は遠方なので、これにて」などと言って、ふらつきながら外へ出て行く者もいた。

当てている綿の様子も気になっていたイェルマは、早々に部屋に戻る事を決めた。

「サドゥ、私も部屋に戻るわ」

前を見据えたまま黙って座っていたサドゥに声を掛けると、無言のまま付いて来た。

「サドゥ、さすがに恥ずかしかったんだからね」

「申し訳ございません」

全く心の籠もっていない謝罪を受け、イェルマはため息を吐いた。

「まぁ、あなたの意見を採用したのは私だから、怒る権利もないけれど……愚痴くらいは言わせてよ」

「お叱りにならないのですか？」

まさかと言うような声で返され、少し笑ってしまった。

「わからないなりに意見をくれた人を叱る事はないわ。私だって逆の立場だったら困るし、ない知恵を振り絞って答えた結果叱られたんじゃ、嫌になるでしょう？」

「そう……ですか」

「いい勉強になったわ」

できれば二度と体験したくはないので、イェルマはしっかりと心に刻んでおく事にした。

自室に戻ると、サドゥは「それでは、私も立会人なので」と言って出て行ってしまった。

——なんで⁉　なんでー⁉

その日の夜、すでに寝支度を整えていたイェルマは、自分の寝所の扉の向こうに立つ人物を見て、驚きのあまり言葉を失っていた。

扉を守る二人の衛兵でさえも、ギョッとしてこちらを見ていたが、すぐに何も見ていませんと言うように背中を向けてしまった。

イェルマの目の前には、湯浴みを終えた様子のルスランが立っているのだ。

「やぁ、イェルマ」

朗(ほが)らかに挨拶(あいさつ)をされて、思わず「やぁ」じゃないと、突っ込みそうになる。

こんな時間に誰だろうかと、叩(たた)かれた扉をすぐに開けてしまったのが失敗だった。

「ルスラン様、いかがされました？」

努めて冷静に確認したつもりだが、どうしても口元はひくひくと引(ひ)き攣(つ)ってしまう。

「昨日の今日で、君の事が心配になってね」

「あ……ありがとうございます。今日はもう大丈夫ですから……」

「そうか、それならよかった。少しでも気になる事があったら、言ってくれ」

「わかりました。なので……」

「今夜も少し冷えるな」

「え？　あ……そうですね、湯上がりは余計に寒く感じるでしょう。ですから……」

「ありがとう。では、入らせてもらうよ」

「違います、違います！」

危うく突破されそうになり、イェルマは必死に通せんぼをした。

「え、ダメなのか？」

『ダメなのか？』っておかしいですよね。なんでそんな予想外みたいな顔をしているのですか！

ダメに決まっています！」

「なぜ？」

「な、なぜって……おわかりのはずですよ」

口にしなくともわかる事をわざわざ言う必要もないでしょう？　という気持ちで睨みつけると、ルスランは「あ……あぁ」と言って口をもごつかせた。頬にほんのりと赤みがさして、気まずそうにしている。

——よかった、伝わった。

言葉を探していた様子のルスランが恥ずかしそうにしながら、内緒話をするように耳元に口を寄せてきた。

「もしかして……月の清めが？　それなら、私は別に構わな……」

「違いますっ！」

ルスランに全てを言われる前に、大声で遮（さえぎ）った。

「あ、ごめん……違ったのか」

「違くはありませんが、そうではなくて！」

「あぁ！　構わないって言うのは、それでも構わずにその状態の君に何かするという意味ではなくて、何もするつもりはないという意味で」

——ものすごい早口で、何を言っているの……この人は……。

無実を証明するように両手を上げるルスランに、返す言葉も出てこない。

「本当だ。誓って何もしない」

キリッとした目を向けられても困る。

「それ以前の問題です。ルスラン様が、こんな所にいる事自体がおかしいのですよ。エジェン様はどうしたんですか！」

「エジェン？　彼女は今、湯浴みをしているはずだが……」

「ゆ、湯浴み中なのですか？」

事が済んでからの湯浴みなのか、事をする前の湯浴みなのかを聞くことはできなかったが、新妻の入浴中に他の女の部屋に入ろうとしているという事に変わりはない。

いくらイェルマの事が心配だったとしても、新妻であるエジェンにしてみれば面白くない話だ。

「ご心配はありがたいのですが、本当に大丈夫なのでお戻りください。今夜は、エジェン様と過ごさなくてはならないはずですよ！」

「あー……まぁ、それはそうなんだが」

「おわかりなら、早くお戻りください。正式な結婚とみなされなくなってしまいます！」

なかなか動こうとしないルスランに焦れて、イェルマは彼の体をぐいぐいと押し戻しながら小声で続けた。

「……それに、花嫁にとって……しょ……初夜は……とても、特別なものなのですから」

その途端、押し戻そうとしていた両手を摑まれて、グッと引き寄せられた。

「本当か？　イェルマも、特別だったのか？」

唇と唇が触れ合いそうなほどの近い距離にくらくらしながら「私の事は……関係ありません」と返した。

「教えて欲しい。イェルマにとっても、初夜は特別だったのか？」

力強い手に両手首を取られ、身動きができない。

「教えてくれたら戻る。だから……」

それならばと仕方なく答えようとしたが、改めて『初夜』という言葉をルスランの前で言う事がとてつもなく恥ずかしく感じられて、極限まで俯いてどうにか絞り出した。

「しょ……初夜は……特別、でした」

目一杯に顔を逸らしてどうにか答えるも、耳朶に唇を当てられて「ちなみに、期待通りだった？」と問われた。思わぬ質問に、顔から火が出そうなほど熱くなる。

「し、質問には答えました……っ！」

思い切りルスランの胸を押すと、彼は、わかったよというように再び両手を上げて距離を置いてくれた。

「早く、お戻りください」

キッと睨んでそう言うと、彼はしっとりとした黒髪を掻き上げながら「そうだな。本番はこれからだから、そろそろ行くよ」と意味深に微笑んで、去って行ってしまった。

その余裕のある後ろ姿を見ながら、イェルマは「一度目の前世で、こんな事あったかしら？」と首を傾げて、静かに扉を閉めたのだった。

◆◆◆

翌朝。

まさか今回も寝不足のままこの日を迎えるとは思わなかったが、イェルマの心は晴れ晴れとしていた。

――昨晩はいい仕事をしたわ。

今頃は、皇帝の間で筆頭医師達が皇帝に報告をしている頃だろう。

こういう時に、自分のような立場の者がどんな態度を取るべきなのかわからなかったため、部屋に籠もっているのが無難だろうと考えた。しかし、どうしてもそわそわとして落ち着かず、結局は部屋を出て皇帝の間へと足を向けてしまったのだ。

あの時と同じように声が聞こえてくるのを、窓のそばで待ち構える。

しかし、一向に「ルスラン皇太子殿下と新妃エジェン様の初夜性交が滞りなく完遂されました事、謹んでご報告申し上げます」という言葉が聞こえてこない。

どうしたのかと窓からそっと覗き見ると、筆頭医師達が難しい顔をして、皇帝に何かを報告していた。

報告を受けた皇帝は渋い顔をして頭を抱え、「今日こそ、初夜性交を完遂させろ！」と怒鳴りつけて彼らを追い出したのだった。

イェルマは、その言葉に大きな衝撃を受けた。

「嘘よ」

イェルマはあの時のように彼らの前に立ち塞がった。

やはり彼らは、面倒な人に捕まったと言うような表情を向けてきた。心なしか、前回よりも疲労の色が濃く見える。

「こ、これは……これは、皇太子妃イェルマ様。ご機嫌麗しく存じます」

筆頭医師のため息混じりの挨拶に返事もせず、「嘘を吐かないで」と言って睨みつける。

「嘘……とは？」

白々しく首を傾げる医師の長い髭を見つめながら、イェルマは「ルスラン様とエジェン様の初夜の事よ」と続けた。

「イェルマ様には関係ございませんので、これにて失礼を……」

「いいから教えて！　ちゃんと成立したのよね!?　お願いだから、そうだと言って！」

筆頭医師の両腕をしっかりと掴んでがくがくと揺さぶると、耐えきれなくなったように大声を張り上げた。

「ですからぁ！　お二人の初夜性交は、成立しておりませぇん！」

筆頭医師が、ぬおおぉー……と悲痛な叫び声を上げて天を仰ぐと同時に、イェルマも「成立していないですって⁉」と言って、崩れ落ちるようにして膝を突いたのだった。

予想だにしなかったイェルマの反応に戸惑う医師達だったが、二人をそのままにしておく事はできないと判断したのか、なんとか正気を取り戻した筆頭医師と共に来た道を連れ戻されてしまった。

途中でイェルマが「なぜなの……ルスラン様……それでは困るのよ」と言ってしくしく泣いていたため、医師達の何人かはオロオロしながらも「きょ、今日こそは完遂されますから。大丈夫ですよ」と慰めてくれていた。

寝不足で頭が回らないイェルマは、つい「確かに、お二人の初夜は完遂するはずなのよ……なのに、今回はなぜ同じではないの？」と医師達に尋ねていた。

不思議な事を言うイェルマに戸惑う彼らを他所に、イェルマは独り言を繰り返した。

「前回と何が違うの……前回と……あ」

「イェルマ様、いかがされましたか？」

ある事に気づいたイェルマの顔を、筆頭医師が覗き込んだ。

「わかったわ！　満タンじゃなかったからだわ！」

「まんたん……ですか？」

娼館に来ていた品のない客の情報でしかないが、今は信憑性が高い。その客曰く、男性の精は大量に出してしまった後は、性欲が減退してしまうらしいのだ。だから、その男はよく「満タンにして来たぜぇ」などと言いながら店にやって来ていた。

「そうよ、きっとそれだわ」

確信を得るも、さすがにその事を医師達に説明するのは憚られる。しかも、その原因の一端はイエルマにあるのだ。

前夜に自分と散々したせいで二人が上手くいかなくなってしまった事に気づき、再び頭を抱える。

しかし、昨晩何もしていないのなら今夜には溜まっているだろう。

そう考えたイェルマは自信を持って医師達に「安心して。今夜こそは成功するわ！」と言って励ましたのだった。

しかし、彼らと別れ、自室へと戻ったイェルマは、本当に一日で溜まるのかと疑問に思った。

個人差もあるだろうが、平均どのくらいで溜まるかまでは知らなかった。よく考えれば、ルスランはエジェンとの初夜のために準備していた可能性がある。

それが、あんな事に巻き込まれてルスランの想いや計画とは裏腹に、イェルマとしてしまったのだ。

「だからあんなに激しくて、しかも『しまった』なんて言ったのかも……」

エジェンに注ぐべき精を、孕ませるつもりもないイェルマに注いだのだから、そんな言葉も出てしまうだろう。

想像ばかりが膨らんで、先ほどの筆頭医師のように、ぬおぉー……と叫び声を上げて自分を責め続けそうになったが、過ぎてしまった事は仕方がないと自らを落ち着かせた。

「せめて一日溜めるだけでも、昨日よりはマシだものね……あ……でも、万が一、自分で処理してしまっていたら!?」

娼館時代に、男性は自慰行為をするものだという事もしっかりと教えられていたイェルマは、ルスランが今日してしまう可能性に気づいて、再び青ざめた。

あのルスランが無計画な事をするわけがないと思いつつも、いても立ってもいられずにイェルマは部屋を飛び出していた。

ルスランはすぐに見つかった。

最高政策決定を行う広間で、彼は立派な椅子に座っていた。その周りには数人の宰相達が頭を下げていて、彼に様々な報告をしている。

即位の儀を目前にして、すでに皇帝から地方自治を任されているので、その姿はすでにこの国を治める皇帝としての風格を持っていた。

「東方にて、一部の平民が暴動を起こしております」

一人の宰相の報告に、ルスランは厳しい目を向けた。

「規模は？」

「およそ、五百かと……」

「同じ領地の領民か？　それとも、別の共通点がある集団か？　要求は何と言っている？」

「……おそらく、同じ領地の者どもかと……要求については、調査中でございます」

「わかった。至急領主を呼び出せ」

「はっ」

聞き覚えのある暴動の内容に、イェルマは頭を抱えた。

——税負担が増えた時の暴動だわ！

昨日自分が身につけていた、様々な宝飾品や衣装のせいで、平民の税負担が増えた結果の暴動だと思い出したのだ。

ルスランを見守るはずが、奇しくも自らの黒歴史を見せつけられる結果となってしまった。

その後もルスランは、一人になる暇もなく忙しく過ごしていた。

ホッと息をついたイェルマは、暗くなってきた空を見上げて「私もそろそろ帰ろう」と呟くと、足取りも軽く自室へと戻った。

しかしその時のイェルマは、ベフラムとルスランが「お気づきですか？」「あぁ、ずっと見ていたな」という会話をしている事に気づかなかった。


「ですから、なぜまたここに来てしまうのですか！」

その日の夜、イェルマの期待は再び裏切られた。

「私に、話があるのかなと思ってね」

昨日と同じように湯浴み後と思われるルスランが、再び部屋を訪ねて来たのだ。

「え……、話ですか？　特にはありませんが」

「そうか？　今日ずっと私の後をついて回っていたようだから、二人で何か話そうとしてくれているのかと思ったんだが……もしかして、気づかれてないと思っていたのか？　イェルマは目立つから、どんな所に隠れていてもすぐわかってしまうよ。特に、私には……」

そう言いながら寄せられる唇を、両手を当てて押し返す。塞いでいた手にちゅっと口付けを受けて「ひゃっ」と声を上げると、低い声で「で？　何を調べたかったんだ？」と聞かれた。

まさか「ルスラン様が、一人でしてしまわないか見張ってました」とも言えずに、もごもごする。

「言えない事？」

「えっと……まぁ……でも、もう済みましたので」

ただ、一日だけで十分に溜まったのかは不明なままだ。

かと言って「今、溜まってますか？」などと聞けるわけがない。はしたないのはもちろんの事、そんな事を聞いたら何か悪い方向にいきそうな予感がしてならないのだ。

どんな男でも、目の前にいる者からそんなあからさまな事を言われれば、据え膳食わぬはなどと考える事もあるかもしれない。

こちらにそんなつもりがなくとも、言葉選びは注意が必要だ。

しかし、気になるものは気になる。

「私の体が気になるのか？」

無意識にそこばかり見ていたようで、気づけばルスランがじっとこちらを見つめていた。

金色の目は、全てを見透かすように細められている。

「いや、別にそういうわけではなくて……ひっ！」

距離を取ろうと一歩後ろに下がったのに、強く抱き寄せられてしまった。

「なんて悪い娘なんだ……そんな目で見られたら、いくら私でも我慢できなくなる」

言葉選びだけではなく、視線にも注意が必要なのだと痛感した。負けじと腕を突っ張りながら、なんとかルスランを押し戻す。

「と、とにかく、今日こそはエジェン様とお過ごしください！」

「今日こそって……私は、昨日もエジェンと過ごした。当然、部屋に戻ったのだからね」

「で、でも……何もなかったって……」

ぽかんとして返すと、ルスランは肩を落として「あぁ……」と溢した。

「エジェンが……思ったよりも、手強くてね」

眉を下げて心底残念そうな表情のルスランを見て、イェルマはピンと来た。

「そういう事ですか、なるほどなるほど」

「ん？　何かわかったか？」

「わかりますとも。そして、その原因も明白です」

むしろ、わからない方がおかしい。

ルスランといえども、女心を理解するのは難しいのだろうか。

いくら大好きな恋人でも、初夜の途中で別の女の部屋へ寄って来るような男とは、大切な夜を過ごせなかったのだ。きっと、エジェンはルスランの手を振り払いながら「なんて酷い方……触らないでください」などと言って、拗ねてしまったに違いない。

「とにかく今日はすぐにお部屋にお戻りください。そして、エジェン様に誠心誠意謝って、優しい言葉をおかけください！」

「あ、謝る？　優しい言葉……昨日も、それなりには……」

「それなりになんて！　ルスラン様が考える以上に優しくなければ、意味がありません！」

「そうか……なかなか難しいものだな……」

沈んだ様子のルスランに、少しだけ胸が痛む。

自業自得とはいえ、愛するエジェンにつれなくされて彼も平気なわけがないのだ。

ならば、こんな所に寄るなと言いたいところだが、もしかしたら、彼なりに気持ちの整理をつけるためや勇気を出すためにも時間が欲しかったのかもしれない。

「少し強引にしてみてもいいかもしれませんよ！」

「強引に……なるほど、それはいいかもしれない。試してみよう」

イエルマは、まるで自分が有能な戦略家にでもなったかのような錯覚を覚えながら、ルスランの両手を握り「健闘を祈ります！」と言って、送り出したのだった。

◆　◆　◆

翌朝、皇帝の間の前では昨日と同じような光景が繰り広げられていた。つまり、昨晩もルスランとエジェンの初夜性交は完遂しなかったのだ。

天を仰ぐ筆頭医師と、打ちひしがれたように膝を突いたイェルマは、共にぶつぶつと「なぜ……なぜ……」と呟いている。

筆頭医師の髭に至っては、完全にしおしおに萎びていた。

ボロボロになった医師達の姿に同情しながら、イェルマは絶望感でいっぱいになっていた。

——昨日の様子では、ルスラン様はそのつもりのはずだったし……。では、やっぱりエジェン様が原因⁉

しかし、元凶と思われているであろう自分がエジェンに会いに行くのは違うと思った。余計にややこしくさせて、二人の仲を拗らせてしまうかもしれないからだ。

しかし、そんな時に限ってばったり鉢合わせてしまうもの。意気消沈しながら宮殿を歩いていると、向こう側からエジェンが女官と共に歩いて来たのだ。

「エ、エジェン様。ご機嫌よう」

「……イェルマ様……ご機嫌よう……」

明らかに、エジェンのイェルマに対する態度は、祝いの席の時と変わっていた。

彼女は憔悴した様子で、こちらに見向きもせずに「急ぎますので、失礼いたします」と言って足早に去って行ってしまった。

エジェンを応援するような事を言っておいて、その実ルスランと逢引していたと思われているのだから、当たり前の反応だ。

それでも、イェルマには堪えるものだった。

一度目の前世では、エジェンとの初夜の後のルスランが、まさに今のエジェンのような態度だった。今とは違ってだいぶ痩せていたあの頃の彼は、イェルマがルスランとエジェンの仲を引き裂こうとしてから、一切目を合わさなくなっていたのだ。

イェルマとは話したくもないとばかりに立ち去ってしまう彼の後ろ姿は、とても冷たく感じられた。

あの様子では、エジェンも話を聞いてくれる事はないだろう。

仕方ないと思いながらもエジェンを説得できる道が絶たれ、八方塞がりの状況に頭を抱えた。

元々愛し合う恋人同士なのだから、自分さえ邪魔をしなければ上手く運ぶはずなのに、なぜこうも上手くいかないのか。

ルスランとエジェンの間に皇子が生まれなければ、王族出身ではないエジェンは皇帝妃にはなれない。そして、それはラスカーダの歴史がイェルマが知る未来とは変わってしまう事を意味していた。

——非常にまずいわ。せめて少しでもよい方向に……なんて楽観的な希望どころじゃないわよ。

いつまでが期限なのだろうか……つまりエジェンの受胎期はいつなのかと疑問に思った。

次の受胎期にできればよしというものでもないだろう。きっと、この時に授かった命こそが、あの皇子なのだ。

運命の歯車は、わずかにでもズレれば異なる未来へと運ばれる。その事をイェルマは今、身をもって感じていた。

イェルマは自室へと戻り、すぐにサドゥを呼び出した。

「お呼びでしょうか、イェルマ様」

珍しいことに、彼女にも疲れと焦りの色が見える。サドゥは本来ならイェルマの専属であったはずだが、大宮殿には呪医が少ないため、エジェンの担当もしているのだ。

つまり、サドゥも医師達と同じくルスランとエジェンの初夜を見守る役目を担っていた。

「サドゥ、変な事を聞くけれど驚かないでね……その……エジェン様の受胎期はあとどのくらいなの？」

「なぜそのような事を聞かれるのですか？」

いつものように淡々と答えたサドゥだが、その声にはわずかに棘が含まれているような気がした。

「いいから、答えて」

「いくらイェルマ様にでも、そのような事をお答えするわけには……」

「大事なことなのよ！　お願いだから、教えて！」

イェルマが大声を上げると、サドゥは気圧されたように頭を上げた。

「なぜそこまで……何かお考えでも？」

「何も企んでないから！」

しばらく無言を貫いていたサドゥだったが、諦めたように「予想のものですが……最適とされているのは、あと二日ほどかと」と小さな声で答えた。

「あ、あと二日……そんな短いの？」

「あくまでも、最適だと考えられているものです。だからこそ、初夜性交は三日三晩をと考えられておりますが、その後でも可能性はなくはありません。ただし、体内への月の巡りの影響は、完全には把握できません。数ヶ月かけて、月の巡りと体内との関係を調べた上で予想するものなのです。我々は、神の領域を完全に理解する事はできないのですよ」

抑揚のない声で、サドゥは教えてくれた。

「あ……だから、結婚前に数ヶ月かけて、あなたは私の元に体調確認と言って、足繁くルビオン王国まで通って来ていたのね」

納得してそう返すと、サドゥも軽く頷いた。

「でも、あなたは優秀な呪医だと聞いているわ。神の領域だとしても、あなたの予想は確かなはず」

一度目の前世で、筆頭医師がサドゥを「腕のある呪医」と評価していたためだが、今のサドゥにその事を言うわけにはいかない。

「それは、買い被りすぎです。それに、私はエジェン様のお体を診るようになって日が浅いため、先ほど申し上げた受胎期も前任者から聞いたものでしかありません。そこから予測された最適な日を定めただけに過ぎないので、過度の期待はできないものです」

しかし、イエルマは筆頭医師の評価が間違っていない事を知っていた。なぜならば、前の世でのエジェンは、確かにルスランの子を身籠もったのだから。

その時になって、ようやくイェルマはある違和感に気づいた。ならば、なぜ自分は初夜の翌日から月の清めを受けたのかと。イェルマとルスランが結婚した時に担当した呪医もサドゥだった。

当然のことながら呪医の役目は、婚儀の日が月の清めを受けない日に定めるための進言をする事だ。

婚儀を終えた後の初夜性交は三日三晩がよいとされているはずなのに、それでは辻褄が合わない。

そこまで考えたイェルマの脳内に、ひとつの可能性が浮上していた。

「サドゥ、あなた……実は、エジェン様派なんじゃない？」

何気なく使ってしまった、娼館の客の間でよく交わされた「誰々派」という言葉がサドゥに上手く通じるのか不安だったが、それは杞憂に終わった。

彼女は「な、何を突然……」と言ったきり続く言葉が出てこなかったのだ。

更に「もしくは、誰かから、エジェン様がルスラン様から寵愛を受けるように……エジェン様が私より有利になるように指示されている……そうじゃない？」と付け加えると、彼女の視線はわずかに揺れ、明らかな動揺を表していた。

「やっぱりね。しかも、私の結婚の時からだから、相当長い期間よね？　だって、あの時私はすぐに月の清めを受けたのだから」

イェルマの予想はきっと合っていた。つまり、サドゥはイェルマとルスランの婚儀を、わざとイェルマが月の清めを受ける日になるように、皇帝や大宰相達に進言したのだ。

しかも、イェルマが月の清めをすぐに受けた事は、立会人から彼らも知らされていたのに、あの時は誰もサドゥの事を咎めなかった。それどころか、優秀という評価まで与えたのだ。

普通ならありえないだろうが、イェルマは、それだけ自分がこの国に歓迎されていなかったのだと悟った。

「首を刎ねさせますか？」

事もなげに言うサドゥに、こちらがギョッとする。

「しないわよ！　そんな事！」

「お怒りではないのですか？」

確かにあの頃の自分なら、悔しくて堪らなかった事だろう。しかし、今は全てを知っている身なので、仕方のない事だと納得してしまえるのだ。

「別に怒っていないわ。そうしなければならない事情があったのでしょうから。そんなのはいいの！　それよりも、大事な事があるのよ！　つまり……私もあなたも、気持ちは同じなのよ！」

「……どういう事ですか？」

本当に意味がわからないらしく、彼女の眉が寄せられてしまった。

「だからね、私もルスラン様とエジェン様に仲よくなってもらいたいの！」

余計にサドゥの眉根が寄っていく。

「お二人に初夜性交を完遂していただき、エジェン様にお子を宿してもらいたいのよ！　あなたもそう願っているわけでしょ？」

「……まぁ、概ね正解です」

「やっぱり！　同じよ、私も同じ気持ちなの！」

無言で疑いの目が向けられる。

「信じられない？」

「さすがに、それはありえませんよね」

「その疑いはもっともだけれど、本気よ！」

全く響いていないのが、よく伝わってくる表情だ。

「んんー、エジェン様は素晴らしい方だし、私よりも適任だし、この国のためにもルスラン様のためにも皇帝妃になるべきだと思うから……じゃダメ？」

本心か？　とでもいうように、更にサドゥが怪訝そうな表情になってしまった。

「とにかく、私もエジェン様派だから！　それだけわかってくれていれば十分よ。あと、少しは助言してもらえたら助かるなぁって」

「助言、ですか……」

「ものすごく嫌そうね……あなたにとっては敵本人に協力するような気持ちでしょうけれど、結局はそちらの目的と同じ道になるのだから、いいでしょう？　あ、別にあなたの事やエジェン派が考えている事を全て明かす必要はないから安心して。私も、あなたに全て説明できるわけではないから、お互い様よ」

「わかりました。何かを協力するつもりはありませんが、こちらの事をご理解くださるという事ならば……」

「それでいいから！　あの頃はあなたと協力できるなんて思いもしなかったわ。こういう事なら、前世と違ってもいいわね。あぁ、なんて心強いのかしら、よろしくね、相棒さん！」

「何の事を言っているのですか？　それに、相棒になったつもりはありません」

不満そうなサドゥに、軽く「気にしないで。じゃあ、協力者で！」と言い返した。

こうしてイェルマは、かつての自分であれば敵であったはずのサドゥというエジェン派の有能な呪医を、協力者として得たのだった。

「それでは、失礼いたします」

立ち去ろうとしたサドゥに「今夜こそは上手くいくように、あなたも頑張ってね！」と言って応援の言葉をかけた。

ところが彼女は「いえ……何もできません」と返したのだ。

「え？　でも、あなた立会人で……」

「はい。立会人ですが、距離は近くありません。部屋の隅に数名、外に数名がその時を待っているだけですから、こちらが何か動く事もできません。しかも、気を散らさないように全員息も殺しております。部屋の中にいる者も、なるべく距離を置いておりますから、渡来品の双眼鏡などを使って見守っております」

「そ、そんな大変だったの⁉　確かに、いる事は知っていたけれど、気配がなかったものね……」

「はい。気が散ってしまっては、元も子もありませんから。なので、お二人のために何かするのが不可能なのはもちろん、小声で話されてしまえば、お二人の会話を聞くことも難しいくらいです。

ですから、私には何もできません」

「……でも、おまじないくらいはするのよね？」

「散々しました。これからも行う予定です」

だから引き留めてくれるなと言う事のようだ。

「それではこれで失礼いたします」

去り行く背中に向けて少しは休むようにと声をかけたが、ずんずんと歩いて行く彼女に休みそうな気配はなかった。


そしてその日の夜も、ルスランは当然のようにイェルマの部屋にやって来た。

「はい、お帰りください」

「なんか、あしらい方が慣れてきているな」

「当たり前です。いいから早くお帰りください。ルスラン様のこの行動は、本来ないものなのですよ」

「どういう意味だ？　まぁいい、私は君に大事なことを聞きに来たんだ」

「……なんですか？」

ルスランにしては珍しく、顔を赤らめたまま口籠もっている。

「お話がなければ、早々に……」

「いや、あの、だから君の……！」

「私の？」

思わず声が大きくなってしまったのをルスラン本人もよくないと思ったのか、今度は潜めるようにしてイェルマの耳元で囁いた。

「君の、月の清めは……いつ、終わるのかと……」

「えぇ⁉　今、そんな事は関係ないですよね！」

なんて事を聞いてくるのかと、思わず声が裏返ってしまう。

「いや、ある。ほら、三日後には私の即位の儀があるから。君が欠席するとなると……」

「あ……それなら大丈夫ですよ。いつも通りであればそれまでには終わるはずなので、影響はないはずです」

「そうか、ならよかった」

即位の儀も、婚儀同様に太陽神に誓いを立てる行事だ。確かに、ルスランの妃であるイェルマが月の清めにより欠席となるのはよくないだろう。

さすがに今回はルスランにも影響する行事のため、サドゥを始め大宰相達も考えてくれたようだ。

「そのような事なら、呪医や宰相達に確認できたはずでは？」

「いや、さすがに……君の体の事を、勝手に聞くのは……」

「お気遣いありがとうございます。さ、そろそろお戻りくださいませ」

「もう少しだけ……」

「いえ、時間は有限ですから。今夜こそは頑張っていただかねばなりません」

真剣な眼差しで言うと、ルスランも同じ気持ちなのかイェルマの目を真っ直ぐに見返してきた。

「あぁ……そうだな。今夜こそは、結果が出せるように頑張るよ」

ルスランは去りかけたが、もう一度戻ってきて寂しそうな声で「少しだけでいい。抱き締めさせてくれないか？」と言ってきた。

仕方ないなとイェルマが腕を伸ばすと、嬉しそうに笑顔を向けるルスランの腕の中に包まれた。

「即位の日が、楽しみで仕方ない」

「そうですね。きっとよい日になるでしょう」

ようやく離れたルスランは、尚も後ろ髪を引かれるように何度も振り返りながら、去って行ったのだった。

◆◆◆

翌朝、皇帝の間のそばまで来たイェルマは、そこに辿り着く前に結果を知る事となった。

皇帝の間からは、立て続けに「皇帝陛下、誠におめでとうございます」「謹んでお慶び申し上げます」という祝いの声が聞こえてきていたのだ。

待ち望んだはずの知らせなのに、イェルマの心にはぽっかりと穴が空いたような感覚があった。

しかし、そのうち薄れてくれる自分の中だけの問題だ。

これから、ルスランとエジェンはあの頃のように長い時間を過ごし、自分は一人でそんな二人を見ているだけになるのだろう。

皇帝の間からは、抜け殻のような医師達がぞろぞろと出てきた。

「成立したのね、本当によく頑張ったわ」

筆頭医師に声をかけると、彼はぼんやりとした目で「あ、イェルマ様……ありがとうございます」と頭を下げた。

「元気がないわね、もっと喜ばないの？」

「はぁ……」

筆頭医師はまるで、燃え尽きてしまった灰のようだ。あまりにも長い闘いだったため、未だに実感が湧かないのだろう。

その気持ちもわからないではないので、イェルマは苦笑いをした。

「大丈夫、あなた達は本当によくやったわ。自信を持って」

そう言うと、筆頭医師や他の医師達は言葉をなくして目を伏せた。

今夜こそは彼らも眠れるはずだ。イェルマは、そう思いながら、去り行く彼らのしっかりとした足取りを見つめていたのだった。

そして、その日の夜、ルスランがイェルマの部屋に来ることはなかった。

第四章 ◆ 困惑の溺愛

Story 4

翌々日、ルスランの即位の儀が執り行われたが、祝いの席で彼と会話する事はなかった。

ルスランはエジェンに意味深な笑顔を向けて何かを囁いたきり終始無言で、エジェンは困った様子で顔を伏せ続けていて、とても会話を楽しむような雰囲気ではなかったからだ。

その代わり、お祝い続きの宮殿中はお祭り騒ぎで、その浮ついた空気のおかげで、イェルマは沈みかけていた心がいくらか穏やかになっていた。

――前世みたいに、ルスラン様にエジェン様と婚姻が成立した事を謝られたらどうしようかと思ったけれど、そんな様子もないようね。

お開きとなり、自室へと戻ろうとしたイェルマは、後ろから声をかけられて足を止めた。

「イェルマ、話があります」

その声の主がすぐにわかったイェルマは、渋々振り向いた。

「はい、母后様」

ルスランが皇帝になった事で、皇帝妃であったルスランの母は母后と呼ばれる立場になったのだ。

「明日、父皇様と共に旧宮殿へと発ちますから、後宮の管理を任せます」

こんな日でも母后は機嫌が悪そうに見えて、イェルマは居心地の悪さを感じていた。

「は……はい」

あまり例のない生前退位という事だったので、ルスランの父を正式に何と呼ぶべきかという議論が繰り広げられていたが、やっと「父皇」と呼ぶ事で決着がついたらしい。

前世ではルスランの父との接点が極端に失われていたため、イェルマは、そんな事さえも記憶になかったのだ。

――でも、今なら、父皇様に会えるかもしれない。

いつもルスランに邪魔(じゃま)をされていたが、期待を込めて母后に願い出た。

「あの……母后様、私も父皇様にお会いしたいのですが、難しいでしょうか？」

「なぜ、父皇様にお会いしたいの？」

「父皇様に危険が迫っているような気がしまして……例えば、誰かに襲われるとか……ですから、直接お話をさせていただきたいのです」

「あなたが心配する事はありません。父皇様には、常に護衛が付いていますから。それとも、何か直接伝えなければならない事でもあるのですか？」

ルビオンの兵士に気をつけて欲しいと伝えておきたいが、今の時点で下手(へた)に口にすれば、余計な詮索(せんさく)と火種を生む事になる。直接ならば誤解を生まずに忠告だけで済むかと思ったのだ。

イェルマはため息を吐(つ)いて諦(あきら)めると「いえ……そういうわけではありません。では、護衛の強化だけでもお願いいたします」と言って、別の機会を待つ事にした。

「わかりました。それでは、女官長を置いて行きますから、何かあれば彼女に聞きなさい」

それだけ言うと、母后は女官長達と共にどこかへ行ってしまった。ある意味、父皇よりも恐ろしい存在なのでそれ以上の会話にならず安堵したイェルマは、今度こそ自室へと戻ったのだった。

しかし、その日の夜、イェルマはルスランからの伝言を伝えにきた女官に、思わず「え？」と聞き返してしまった。

「……もう一度言ってくれるかしら？」

「はい、ルスラン皇帝陛下より……皇帝妃イェルマ様に夜伽をと……」

「夜伽!? な、何を考えているのルスラン様は……そんなのお断りよ！」

「こ、断られるんですか？ 皇帝陛下のご指名を!?」

信じられないと言いたそうな女官に「ええ、お断りしますと伝えて」と言って、そっぽを向く。

彼らを応援していた身ではあるが、それはそれ。もう一人の妻といえども、イェルマにも一応の配慮はして欲しいものだ。

そもそも自分がルスランの寵愛を受けてしまえば、また未来に影響が出てしまう。万が一にも身籠もってしまったら、それこそ一大事なのだから、彼に触れられるわけにはいかない。

女官は食い下がる事もできずにすごすごと退出して行ったが、そのすぐ後に彼女は再び戻って来て「な、なぜなのかと問われました」と言ってきた。

困ったイェルマが「なぜ？ あー……月の清めを受けておりましてとお伝えして」と指示するも、女官は先ほどよりも早く戻って来て「『嘘だ。即位の儀に出席できていたのだから、そんなわけない』と仰（おっしゃ）ってました！」と報告してきた。

「確かにそうだったわ……理由はね、気が乗らないからです！　もう、私は寝ますと伝えて！」

イェルマは女官を追い出すようにして、扉の両脇に立っている衛兵達に「もう、今の女官は入れないで」と言って扉を強く閉めたのだった。

その翌日も、別の女官がルスランからの夜伽の件を伝えに来たので、イェルマは同じ回答をして門前払いをさせた。

更にその翌日。これ以上の問答を繰り返すつもりもなかったイェルマは、衛兵に「夜伽の事を言ってきそうな女官は、入れないで」と指示していた。当然、衛兵はそんな無茶なという顔をしていたが、無理やり頷（うなず）かせた。

ようやくゆっくり過ごせると思いながら自分の寝所（しんじょ）で寛（くつろ）いでいると、扉を叩（たた）く音が聞こえた。

「イェルマ様、あの……」

扉の向こうから衛兵の声がしたものの、続く言葉が聞こえない。

「誰か来たの？　女官なら帰らせてちょうだい」

「いえ、女官ではありません」

「そう、なら開けていいわ」

今度は何事かとため息を吐いて立ち上がると、扉が開かれた。

「ル、ルスラン様⁉」

そこには、どんよりとした空気に包まれたルスランが立っていた。

「どうされたのですか！　まさか、ルスラン様が体調を崩される事が今回も繰り返されるなんて。今、医師を呼んでまいります！」

「心配してくれてありがとう。しかし、私は、体調不良を繰り返しているわけではないよ」

確かに、空気は重苦しいものの、元気そうな見た目だ。

「イエルマ、やっと会えた」

「やっと会えたって、昼間も顔を合わせていますよね」

「すれ違いざまの挨拶だけでは、会っているうちに入らない」

悲しげに言われて、返す言葉が出てこなくなる。

「そ、それで？　何かご用ですか？」

「なぜ、私の誘いを断り続けるんだ……」

「当たり前でしょう」

「わからないから、聞いているんだよ」

「それより、エジェン様はどうしたのですか！」

「エジェン？　エジェンは、母と共に旧宮殿に行ったが？　それよりも……」

「エジェン様もご一緒だったのですか？」

イエルマは、自分の中に落胆するような気持ちがある事に気づきつつも、なるほどと納得した。

「そういう事なら、どうぞお帰りください。本命のエジェン様が不在で独り寝が寂しいからと、私で発散をするおつもりでしょうが、こちらにも矜持はございます。さぁ、お帰りください！」

「イェルマ……君は何を言っているんだ？　まるで私が、君をエジェンの代わりにするような言い方だったが……」

「はい。まさかではなく、まさにその通りに言いました」

ルスランは「これは、一体どういう事なんだ？　全く意味がわからない」と言って、額を押さえている。

「なぜ、わからないのですか！」

「当たり前だろう！　私は君しか愛していないんだから！」

「…………は？」

ぽかんとして返すと、ルスランは更に頭を抱えて「全く伝わっていなかったのか……！」と苦しげに言葉を吐いた。

「何度でも言おう。私が愛しているのは、イェルマ……君だけなんだよ！」

イェルマは驚きのあまり言葉を失うも、すぐに気を取り直してルスランを睨（にら）みつけた。

「私や父を気にする必要は、ありません！　この事がエジェン様の耳にでも入ったらどうするのですか。簡単に心を移ろわせるような方だと思われてしまいますよ。エジェン様がおいたわしくてなりません！」

「……なぜそうなる」

ルスランは、疲れたように天を仰いだ。

「だって、そうでしょう！　エジェン様は待ちに待って、ようやく恋人と結婚できたのに、その途端に恋人が他の女に気を移していたなんて……私なら耐えられません！」

「待ってくれ。エジェンの待ちに待った恋人とは、誰の事だ？」

「ルスラン様の事です」

「何を言っているんだ。私とエジェンは、恋人同士なんかじゃない。誰に吹き込まれたのか知らないが、それは嘘だ。確かにイェルマとの結婚よりも前からエジェンとの結婚話は出ていたが、恋人になった事など一度もない。そもそも、エジェンとは婚儀で初めて顔を合わせたんだ。そんな恋人同士、いたらおかしいだろう」

「え……私の勘違い？　でも、エジェン様は……」

そこまで口にして、イェルマはあの時の会話をゆっくりと思い出した。確かにエジェンは、ルスランと恋人同士だったとは一言も言っていなかったのだ。

一度目の前世で自分だけが愛されていたと思い込んでいたのは勘違いだったはずだが、それすらも違ったという事なのか。それとも、これもイェルマへの機嫌取りなのだろうか。何が真実なのかわからなくなりながらも、イェルマはこれから先の事を考えた。

「ルスラン様とエジェン様が恋人同士かどうかは、もう結構です。大事なのはこれからお二人が関係を築いていくべきだという事なのですから！」

大切なのは、ルスランとエジェンがこれから関係を築いてくれないと困るという事だ。

——これは、噂話（うわさばなし）ではなくて史実なのだから。

迫り来るルスランを押し返しながら、イェルマは負けじと睨みつけた。

「私の事は放っておいてください。ルスラン様のそのお気持ちは一時の気の迷いみたいなもので、本来ならば、エジェン様を愛するべきなんです！」

「私は、君しか愛していないと言っているだろう」

ルスランの言葉に心が揺さぶられながらも、イェルマが拒み続けると、ルスランが「あぁ、そういう事か……やっとわかった」と言って、肩の力を抜いた。

「やっと、わかっていただけましたか！」

「そうやって、私にエジェンを当てがおうという魂胆か。イェルマの意図する所はわからないが、そんな作戦は私には通用しない。君への想いは、そんなものに惑わされるほど軽いものじゃないんだ」

理解が一致していなかった事に落胆しつつも、ルスランの強い眼差しに心臓がギュッとなる。

「イェルマが男に襲われそうになった夜……やっと君に好意を向けてもらえたと喜んだのに、どうしてそんな事を言うんだ。憎むべき事件だったが、それまで冷たかった君が『好き』と言ってくれた上に、笑顔まで向けてくれて……私は有頂天になった」

ルスランの本心が読めずに「ルスラン様、その『好き』は聞き間違いで……」と返すも、「私に好きだと言ってくれていたのが、聞き間違いだったと言うのか⁉」と遮られた。

ルスランの勢いに気圧されながらも、イェルマは負けじと声を張った。

「えぇ、聞き間違いです！　私色々錯乱していましたから！　それにルスラン様はエジェン様と婚姻が成立したわけですから、私にばかりというわけにはいきません！」

勢いを押し返すように笑顔を向けると、ルスランは慌てて「待ってくれイェルマ、私はエジェンとは……！」と言ったが、すぐに「おっと……そうはいかない」と、自らの口に手を当てて意味深に微笑んだ。

「そうやって上手く私からエジェンの話を引き出させて、また私とエジェンを無理矢理くっつけさせようとしているのだろうが、その手にはもう乗らない。それよりも、今度こそなかった事なんかにされないように……本気で攻めていく」

いつの間にか扉は閉められていて、壁に追い詰められるようにしてルスランに迫られている。

「ダ……ダメですよ」

必死に顔を背けるのに、胸はドキドキして落ち着かない。

「そんな可愛い顔でダメと言われても、全く響かない。私は、君の……月の清めが終わる日を知って、とても楽しみにしていたんだ」

「でも、あれは即位の儀のため……」

「もちろん、それも喜ばしいものだった。けれど、ずっと我慢していたご褒美が同時にもらえると思って、君が来てくれるのを部屋で待っていた私の気持ち……わかるか？　期待していたものがもらえず、本当に辛かったのに、それに対しての慰めはないのか？」

甘えるようなルスランの声に、心は限界を迎えた。

イェルマが「わ、わかりました！」と言うなり、嬉しそうに微笑むルスランにぎゅっと抱き締められた。ふんわりと心が和らぐのを感じたが、すんでのところで踏みとどまった。

「こ、ここまでです！　これ以上はなしです！」

目が据わった彼は「そんなの、通用するわけがない」と言って、唇を重ねてきた。

「……んっ！」

同時に揉み込むように乳房を掴まれ、肩が震える。

「待ってください！」

「十分待たされた。もう、待たない」

脚の間にルスランの膝がガッと入ってきて、無理矢理股を開かれる。

薄手の服の裾を簡単に捲り上げられ、硬い指が割れ目に当てられた。

「やぁ……っ、やめ……やめて」

「ここに触れただけで、そんな蕩けた顔になってしまっているのに？　ほら、ここも、もう濡れている」

ルスランはそれを証明するように、長い指を一気に入れてきてわざとらしく音を立ててきた。

「んん、ん……ちがうから……」

「違う？　でも、イエルマのここは、私が触るとすぐに濡れてしまうみたいだ」

ルスランに中を確かめるように指を動かされながら「それに嬉しそうに、ひくひくしている」と囁かれ、イエルマは「や、やだ……そんなこと、あっ、言わないで……」と言って涙を溢した。

「イエルマ、恥ずかしがることはない。私も、君を前にすると……こうなってしまうのだから」

ルスランが片手で下衣をずらすと、跳ね上がるように剛直が飛び出した。

その迫力に、思わず凝視してしまう。

初夜では見る余裕もなく、媚薬を仕込まれた夜もそんな事ができる状況ではなかった。

凶悪な姿のそれが、己の存在を主張するかのようにイェルマの腹にぐりぐりと押しつけられてきた。

「ここまでだ。イェルマのここまで……私のもので埋まるんだ」

嬉しそうな声にゾクッとして「ここ」と指差された場所を見ると、ちょうど臍のくぼみの辺りだった。

「こ、こんなところまで……？」

「あぁ。でも、怖がらなくていい。イェルマは、ここまで挿れても、ちゃんと受け入れてくれているから。一番奥を突くと、気持ちよさそうに震えて、ぎゅっと締め付けてくれるんだ」

ゆっくりと低い声で言われると、その時の事を否でも応でも思い出してしまう。

ルスランは「イェルマ」と呼ぶと、甘い響きで「思い出した？」と聞いてきた。

ゆるゆると首を振るも「本当？」と囁かれる。

「ここは、私の指を千切ってしまいそうなくらいに絞ってきて、奥から蜜をこんなにも溢れさせているのに？」

言うと同時に、ルスランの長い指が再び動き始める。

喘ぐように、必死に呼吸を繰り返し、「もう、ゆ……指、入れない、で……」と言うと「わかった」と返された。

「じゃあ……これを挿れよう」

え？　と思う間にずるんと指が引き抜かれ、片脚をひょいと持ち上げられる。

不安定になったイェルマは、思わずルスランの肩に両手を掛けた。すると「いくよ」という宣言と共に、ルスランの熱い怒張がイェルマの蜜口に当てられ、そのままめりめりと挿入されたのだ。

「あ、ダメ、ダメ、ダメ……っ！　あ、あぁー……っ！」

「今回こそはゆっくりしたかったんだが、無理そうだ……。でも、仕方ない……お預けをしてしまったのは、君なのだから」

男の体を押し返したいのに、自然と腰が浮いてしまう。

それを見逃さなかったルスランが、奥まで入ろうとするように腰を突き出して、ずるるっと中に入り込んできた。

「あぁっ、あっ！　ダメ……ほんとにダメ、抜いてぇ」

「無理だ、イェルマ。君を前に、そんな我慢……できるわけがない」

もう片方の脚も抱えられてしまい、体重がかかって彼の全てを飲み込んでいく。

ジンジンしていた奥まで埋められて、いけない事のはずなのに充足感に包まれる。

「ちゃんと、寝台に……行こう」

ルスランに抱えられたまま、寝台へと連れて行かれる。

ぽふっと寝台に寝かされた途端に、ぐちゅんっと奥を突かれる。

続け様に腰を振り立てられて、悲鳴にも似た嬌声を上げた。

無意識に体をずり上げて逃げようとするも、両腕を大きな片手でぐっと押さえつけられ、身動きが取れなくなる。

「逃がさない。絶対抜かないよ、イェルマ。朝まで挿れたままにしようね」

「んん、ダメっ、やだ……あ、あっ！」

その夜、イェルマの中からそれは一度も出る事なく二人は繋がり続けたのだった。

◆◆◆

翌朝、ルスランに頭を下げてイェルマは嗄れた声で願い出た。

「私がご寵愛を受けるわけにはいきません。昨晩を最後ということで、是非エジェン様と……」

「またエジェンなのか……。わかったよ、受けて立とう。君がどんなにエジェンを勧めてこようと、私は君だけを愛し続ける」

ややこしい事になったと、イェルマは頭を抱えて突っ伏した。

「それに、前もだったが、昨日の君も言葉とは裏腹にとても幸せそうだった。それなのに、なぜそんなに頑ななのか、私には全くわからない」

「うぅ……耳が痛いので言わないでください」

「あまりにも魅力的で、理性を保てないほどだったが……ちゃんと避妊薬は用意させる」

昨日も中のものをしっかりと掻き出されてしまったのに、更にそんなものまで用意するのかと唖然とする。

それなら、中に出さないで欲しいと文句のひとつも言おうとしたが、それは叶わなかった。

扉の向こうから、大宰相となったベフラムが苛立ったような声で「陛下、こちらにいらっしゃるのはわかっているんですよ！　朝の会議のお時間です！」と言ってきたためだ。

ルスランは仕方なさそうに「今出る」と返すと、夜着を羽織ってイェルマの頬に口付けた。

「また、すぐに会おう」

部屋を出るルスランの背中を見つめながら、イェルマは心の中で、今度こそは流されないようにしようと誓ったのだった。


しかし、その翌朝も、イェルマは同じ状況でルスランと共にいた。

部屋を出たルスランと入れ違いに、サドゥがやって来た。

「避妊薬をお持ちしました」

「どうしよう、サドゥ……」

「どうしようと仰るわりに、二日連続で流されていますが？」

振り向いた先にあった、サドゥの冷たい目が胸に痛い。

「わかってる！　ダメなのよ！　これは、本当にダメなの！　エジェン様を愛してもらわないといけないのに！」

「どの口が仰るんですか。正直、私はやる気があるのか？　と疑っているんですが」

「私だってこのままじゃダメってわかってるの！　でも、拒めないのよ！　あなたなら拒める⁉　あのルスラン様に求められたら、どうしても流されちゃうのよ！　そして、いつの間にか事が始まってるのよぉー！」

突っ伏したまま、クッションに頭をめり込ませて叫び声を上げる。

「確かに女官達も陰で大騒ぎするほどですから、男性として大変魅力的な方なのだろうとは思いますが……私はそのような目で見た事がないので、何とも言えません」

「サドゥの目が欲しい！」

「抉り取りますか？」

「そういう事じゃないのよ！　なんでいつもそういう事を、眉ひとつ動かさずにサラッと言うの……」

ぐすんと涙を流すと、サドゥがため息を吐いてそばにやってきた。

「とにかくは、エジェン様がお戻りになるまでに、頑張って距離を置いてください」

「サドゥも協力してよ」

「無理です。私の首が飛ぶだけですから。皇太子殿下の頃ならいざ知らず……ここでは、皇帝陛下の思し召しは絶対なのです。以前は、あれだけ距離を置かれていたのに、なぜそうされないのですか？　あの頃のように拒否をすればよいだけでしょう」

「あの頃って？　今だって、ちゃんと拒否しているわ」

「いえいえ、最近のイェルマ様はルビオン王国にいらっしゃった頃……何度か体調伺いに訪ねただけですが、あの頃に戻られたかのように見受けられます。私が言っているのは、ラスカーダに嫁がれてからの……皇太子妃時代の事です」

「ラスカーダに嫁いでからの私？　そんなに違ったかしら？」

「そうですね……拒否の度合いが違うと言いますか、端々に感じさせる冷たさが違うと言いますか、悪さが酷かったと言いますか……」

「それ、詳しく教えて」

不思議な事を言う人だと思っているのだろう、サドゥは含み笑いで「詳しくも何も、ご自分の事でしょう」と返してきた。

「あー……いや、忙しくなったりしていて、ラスカーダに嫁いでからの記憶が曖昧なところがあってね……」

以前の宮殿にいた頃はもちろん、大宮殿に来てからの記憶も朧げだ。

「確かにお忙しい身の上ですから、わからないでもありませんが……、そんなに忘れるものですか？　それに、私が見聞きしたものなので、大した内容でもありませんよ？」

「もし足りなければ、女官達にも聞いて来て」

「……私がですか？」

頭巾の中から、眉間に皺を寄せた顔が覗く。

「嫌な顔しないで」

「……女官達と仲がいいわけじゃないので、あまり期待はしないでください」

そう言っていたサドゥだったが、その後イェルマの元には、彼女が集めてくれた、ルスランを避けるように行動をしていた頃の様子や、物をねだって散財させていた頃のイェルマの言動の情報がもたらされたのだった。

◆　◆　◆

その日から、イェルマはかつての悪い自分を取り戻すべく行動を開始した。

——私が変わって、昔みたいに我儘(わがまま)や意地悪をしなくなったから、ルスラン様も変わってしまったのかもしれないわ。

それまでは、宮殿内で歩いていると、会話を楽しもうとするルスランから声をかけられる事が多かったが、ルスランに見つかる度に方向転換をして無視を決め込み、食事も一緒にとりたくはないと断り続けていた。

「疲れたぁ……昔の私、よくこんな事やってたわね」

自室の長椅子にぐったりと体を預けて、サドゥお手製の薬茶をちびちびと飲む。体も疲れるが、心が痛み過ぎて疲労感でいっぱいだ。最初の頃はイェルマを追いかけて来ていたルスランも、今では諦めたように足を止めるようになり、その時の寂しげな顔が胸に突き刺さった。

「あの頃は、嬉々(きき)として拒否されていましたが？」

過去の自分には、人の心がなかったのではないかと疑いたくなる。

「ここまでして今日も部屋に来られてしまったら、どうしようかしら」

「その時は失敗だったと諦めて、次の作戦を実行するべきでしょうね」

切り替えの早いサドゥは、すでに次の作戦に向けて、調査内容が書かれているらしい蠟板を手にぶつぶつと呟いている。

彼女も最大限に協力してくれているのがよくわかり、イェルマは不満や不安を口にするのをやめた。

幸いにも、久しぶりに一人で朝を迎えたイェルマは、ルスランには悪いと思いながらも「やった！　これは成功だったって事よね？」と言って、飛び上がって喜んだ。

サドゥに確認すると、彼女も誇らしげに頷いて達成感を感じているように思わせた。

その日も心が痛むのを我慢して、ルスランを避け続けた。最初こそ悲しそうな表情をしていたルスランだったが、何かを悟ったような表情をして、声をかけない代わりにイェルマを見つめ続けていた。

長期戦を覚悟していたイェルマは、肩透かしを食らったような気持ちになりながら、その日の夜も自分の部屋の長椅子に体を預けていた。

その時、扉が叩かれてルスランが入って来た。

「ル、ルスラン様⁉」

「あぁ、イェルマ……疲れているところ申し訳ないが、少しだけそばにいさせてくれないか？」

そう言うと、ルスランはイェルマの隣に腰掛けて、手に持っていた本を読み始めた。

いつもの勢いのないルスランに咄嗟の返しができなかったイェルマは断る機会を逸して、彼の願いを受け入れたような形になってしまったのだ。

しばらくして、イェルマはドキッとした。

ルスランの左手が、イェルマの右手にそっと重ねられたからだ。

ルスランの視線は本に向けられたままなのに、彼の左手は自然とイェルマの手を取っている。

悪妃ならどうするだろうかと、必死に頭を働かせる。

これしかないと心を決めたイェルマは、ルスランの手を思い切り振り払い「やめてください」と冷たい声で拒絶を表した。

しかし、ルスランは傷ついた様子もなく「あ、ごめん。無意識だった」と詫びて、今度はイェルマの太腿の上に左手を置いたのだ。

「ですから、触らないでください！」

「何もしないよ。君は疲れているんだろう？　そういう時は、こうしてそばにいてくれるだけで十分だ」

優しい眼差しに、イェルマは複雑な思いを抱いた。

――こういう時に紳士的なのは、ずるい……。

悔しくて唇を噛むのに、そんな風に言われてまんざらでもない自分がいるのだ。

どうしようもなく心が疼いてしまい、小声で「このくらいなら、いいですよ」と呟くと、イェルマは太腿に置かれたルスランの大きな手の上に自らの両手を重ねた。

ルスランはわずかに目を開くと、すぐに嬉しそうに笑い返してきた。

イェルマが「でも、このままでは読みづらいのではないですか？」と尋ねると、彼は少しだけ考えるようにして本に目を向けた。

何の本かはわからないが、かなり分厚い本なので片手でも押さえずにめくる事は可能だが、できれば両手で持ちたいところだろう。

「そうだな、ありがとうイェルマ。その言葉に甘えるよ」

急にルスランに体を持ち上げられ、驚いている間に彼の両脚の間に座らされてしまった。

「これなら読みやすいし、イェルマも近い」

ルスランは納得すると、脚の間に座らせたイェルマを後ろから抱えるようにして本を開いた。

「これでは、私は何もできません！」

目の前にある本は西大陸から取り寄せたものなのか、不思議な絵と共に、見たこともない文字が羅列（られつ）してあって、何の本なのかさっぱりわからない。

「……そうか。なら、ひとつひとつ教えるから、一緒に読もう」

戸惑（とまど）うイェルマをよそに、ルスランが話し始める。

「これは『動物寓意譚（ベスティアリ）』と呼ばれる、西大陸の本の写しだ。随分（ずいぶん）前にだが、立ち寄った先で知り、興味が湧（わ）いたから写しを送るように伝えておいたんだ。この本には、様々な生き物と共に西大陸の宗教的な教訓などが書かれている。長い間に付け加えながら書かれてきた書物だ。未（いま）だ完結はしていないようだが、それでも十分に読み応えはある」

　そこには、金や赤や青を中心とした鮮やかな色で描かれた人や動物の絵があり、その横には説明書きのように文字が書かれていた。

「『動物寓意譚（ベスティアリ）』……？」

　少し気味が悪いような絵にドキドキしながら、イェルマは本に手を伸ばした。

「あぁ。西大陸の、宗教的な考え方の面白さを知る事もできる」

「綺麗（きれい）な絵ですが……少し不気味ですね」

「そうだな、特に指示もしなかったから絵も元に近いもののはずだが……もう少し可愛らしくて優しい絵にさせたらよかったかな。そうすれば、イェルマももっと楽しんで読めたか？」

「ふふ、それでは写しになりませんよ。十分面白いです。……これは、象かしら？」

「そうだな、よく描けている」

　ルスランのよく通る声で説明を聞きながら、お互いに絵について、ああでもないこうでもないと取り留めのないやり取りをしながら、夢中で本を読み進めた。

「ルスラン様、また頁（ページ）を飛ばしました。ずるいですよ、ちゃんと見せてください」

　先にチラッと中を見るルスランが、数頁を飛ばしてめくっている事に気づいたのだ。

「んー、イェルマにはつまらないかなと思って」

「それは、わからないじゃないですか」

　唇を尖（とが）らせて抗議すると「参ったな」と言われてしまった。

「いいです。自分でめくりますから」

そう言って頁を戻した途端に、イェルマは「キャアァッ！」と悲鳴を上げたのだった。

「ひ、人が……た、食べられて……」

苦笑いするルスランに「だから、やめておこうと思ったんだよ」と言われ、納得する。

そこには、肉食獣と思われる動物に胸の辺りを食べられている男の絵があった。

不気味な絵柄に加えて衝撃の場面だったため、イェルマは心底恐ろしくなり、思わず顔を背けてルスランに縋り付いていた。

「イェルマ、大丈夫か？」

宥めるように、大きな手に頭を撫でられる。

「こ、怖かった……」

素直にそう返すと、ルスランが「あぁ、可哀相に」と言いながら、イェルマの体を抱き寄せてきた。自然と頬と頬が触れ合って、その心地よさにうっとりとする。

「怖かったね、イェルマ」

慰めようとするルスランの顔が更に近づき、掠めるように唇が触れた。

「ごめん、何もしないって言ったのに」

申し訳なさそうなルスランを見つめながら、イェルマの胸のドキドキは、先ほどまでとは違うものに変わっていた。

怒らないイェルマに希望の光を見たのか、ルスランがもう一度顔を近づけて、唇をしっかりと合わせてくる。

柔らかなそれは、イェルマの恐怖心を完全に取り去り、温かな気持ちを与えてくれた。

名残惜しげに唇を離したルスランが「まだ……怖い？」と尋ねてくる。

彼の金色の瞳が、自分の唇を物欲しげに見つめているのを知りながら、イェルマは小さな声で「まだ、少し怖いです」と答えた。

すぐに温かな口付けを受けて、うっとりとする。

その後も、後ろからルスランに抱えられながら本を読み進めた。恐ろしい絵が出てくる度に、イェルマは甘えた声で「怖い」と言って、彼の接吻を受けていた。

「ルスラン様、これは何かしら……見た事ない動物だわ」

奇妙な形の動物に、イェルマは恐ろしさと共に好奇心が湧いた。

「これは、西大陸に伝わる半人半馬のケンタウロスという生き物だ。こっちも半人半獣のサテュロス。獣の部分は山羊に見えるが、羊で描かれる事もあるから定かではないな」

「生き物なのですか？　それとも魔物？」

「国や宗教によって、生き物だとも精霊だとも、悪魔だとも言われている。しかし……ん？　また、怖くなった？」

イェルマが「す、少し……」と言うと、ルスランの舌が入り込んできた。

すでに、慰めるような口付けから、お互いが楽しむような深いものに変わっていたのだ。

ルスランの熱い舌に、味わうように撫で回され、イェルマもそれに応えるように彼の舌に自らの舌を絡ませた。

じんじんと痺れた唇を離すと、イェルマは視線だけを本に戻した。

震える指先で次の頁をめくりながら「じゃあ……これは？」と尋ねると、ルスランは低い声で「女の姿をした海の怪物、セイレーンだ。その歌声で男達を惑わせ、殺してしまうと言われている」と答えてすぐに唇を合わせてきた。

「ん……私、んっ……怖いって、言ってな……」

「私が、怖かったんだよ」

「……んっ、嘘吐き」

「ごめん、嘘だ。イェルマみたいな、セイレーンなら……是非、惑わされたい」

そうしてイェルマは、抵抗する事もすっかり忘れてルスランの手に身を委ねてしまったのだった。

◆◆◆

翌朝、イェルマは寝台の上にちょこんと座って、サドゥに潤んだ目を向けていた。その姿は素っ裸だ。

「台なしという言葉を、ご存じですか？」

相当お怒りのようで、下から見上げるサドゥの目は頭巾の中で鋭く光っている。

自分でも全く同じ言葉が浮かんでいたイェルマは、涙を流しながら後悔していた。

「普通に本を読んでいれば、こんな事にはなりませんね。たかだか絵に、怖いだの怖くないだの言ってイチャイチャしていたからでは？」

「イ、イチャイチャ……たかだか絵って……呪医が、そんな事言ったらダメなんじゃない？　私は、本当に怖かったし……」

唇を尖らせて反論すると、更に冷たい目を向けられた。

「あれは西大陸の異教徒の、更には写し本なので、我々が扱うものとは異なります」

「そうなのだけれど、サドゥ……どこから聞いていたの……？」

恐る恐る尋ねると「最初から最後まで、扉に耳をつけておりましたので」と、事もなげに返された。

耐えきれなくなったイェルマは「なんで聞いているの……」と言って、布団に突っ伏した。

「お疲れかと思い、薬茶をお持ちしていたからですよ。すでに話し声が聞こえていましたので、あのご様子なら長居もされずに退出されるかと思っていましたが」

「サドゥ、優しい……。本当にごめんなさい……」

「あ、最初から最後まではありませんでした。薬茶を下げると同時に、避妊薬を持って来ていた間は聞いておりません。それ以外は、ずっと聞いていたので徹夜です。イェルマ様が『ダメ』だの『嫌』だの『誓いを破った』だの陛下を責めながらも、いいようにされているのがよく聞こえてきました。どうぞ、避妊薬です」

見慣れた薬をごくんと飲んで、己の意思の弱さを呪う。

「まぁ……あのご様子だと、陛下には冷たくする作戦はさほど効果はなかったのだと思われますので、遅かれ早かれこうなっていたでしょうね。という事で、次の方法に移りましょう」

どこから取り出したのか、サドゥの手には蠟板があった。

「題して『おねだり、我が儘、散財作戦』です」

「題……サドゥが考えてくれたの？」

まさかと思いながら尋ねると、まさかという表情で返された。

「いえ、女官達が口々に言ってきたイェルマ様の印象をそのまま適用しただけです。これで、さすがの皇帝陛下も呆れて距離を置かれるだろうと予想いたします」

「なるほど。よし！　私、頑張っておねだりするわ！」

「はい。では、内容を説明いたしますので、そろそろ服を着ましょうか」

サドゥの説明によると、まさに今日が決行には最適だろうという事だった。というのも、ある者がルスランの所へやって来るらしいのだ。

その後すぐに準備万端整えたイェルマは、ルスランの執務室近くの回廊の陰で今か今かと待ち侘びてルスランの様子を見続けていた。

宰相達と会議をしていたルスランが、徐に立ち上がり、数人の宰相を引き連れて移動を始める。

こっそり付いていくと、彼らは謁見の間に入って行き、ルスランだけが天蓋付きの立派な椅子に腰を掛けた。

すぐ隣に立つ衛兵に「どうされました？」と聞かれても「静かにしていて！」と黙らせて、外から様子を窺(うかが)っていると、すぐそばを恰幅(かっぷく)のいい男が通りかかって、付き添いの宰相と男の使用人らしき者と共に部屋の中へと入って行った。使用人は革でできた立派な箱をいくつも持って来ている。彼らの身なりなどから、男が王族相手の行商人なのだとわかった。

――さすが、サドゥ！　言ってた通り、今日は行商人がルスランに会いに来る日で間違いなかったわよ！

作戦は単純だ。買い物中のルスランにおねだりをしまくって、困らせるというものだった。

行商人の男がルスランの前で跪(ひざまず)くと、彼の服の裾に口を付けて挨拶をした。

二人は簡単な挨拶を交わし、本題に入ったように見えた。ルスランが促(うなが)すように片手を上に動かすと、行商人が深々と頭を下げた。

使用人がすぐに行商人に箱を渡し、行商人が恭(うやうや)しくその蓋(ふた)を開ける。

その瞬間を見計らい、イェルマは、わざとらしく「ルスラン様ぁ、こんな所にいらしたのですか？」と言いながら謁見の間に入って行った。

「イェルマ⁉」

驚きながらも、しまったというようなルスランの表情を見て、よしよしと思う。

今まで、自分に散々ねだってきた相手が折悪く買い物中に来てしまえば、そんな表情にもなるだろう。

「楽しそうな声が聞こえたので、来てしまいました」

イェルマが嬉しそうに微笑むと、行商人も満面の笑みを向けてきた。

「これはこれは、お名前はよく伺っておりました。私は東の大陸から西の大陸までありとあらゆる宝飾品を扱っている商人でございまして、チョバンと申します。契約している工房は星の数ほどあり……」

長々としたチョバンの自己紹介を「ふぅん」「あらそう」などと相槌を打って聞き流しながら、ルスランのそばに歩いて行く。

王族相手の行商人はよほど儲かるのだろう。チョバンの体は丸々と太り、自らの指に嵌めているたくさんの指輪は、むぎゅぅっと指にめり込んでいて痛々しい。

あの状態で指輪を外す時はどうするのだろうかと、他人事ながら心配になる。

動揺しているルスランの肩にしなだれ掛かって「ねぇ、ルスラン様ぁ」と甘えた声を出した。

「それでルスラン様は、私にどれを買ってくださるの？　あら、綺麗。これもいいし、これも素敵！　迷ってしまうわ……とても選びきれない」

あれだこれだと言いながら、イェルマはチョバンが広げる箱の中を指差していく。

箱の中には、銀色の腕輪に黄金の指輪、深紅の宝石が付いた指輪や、明るい緑色の宝石がついた耳飾り、青色の宝石がついた首飾りなどが所狭しと並べられていた。

「イェルマ、その……これは」

慌てるルスランの姿に、こちらの演技にも力が入る。イェルマは自らルスランの片膝の上に、ひょいと座って彼の耳を弄りながら囁いた。

「まさか、この中から一つだなんて、言わないですよねぇ？　せめて、三つは買ってくださらないと……ねぇ？」

流し目を送りながら、おねだりを繰り返す。

自分がやっていた事ではないが、娼館時代、店に商売をしに来ていた行商人から、ここぞとばかりに何か買ってもらおうと、女の子達が客にやっていたおねだりの技だ。

もちろん、あの頃の商品はこんな豪華な宝飾品ではなく、造花の髪飾りや生活雑貨などだったが、買わされる男と買わせる女の攻防戦は凄まじいものだった。

「三つ……いや、三つというか……」

「三つ欲しいんです！」

イェルマは、「三つ……三つかぁ……」と頭を悩ませるルスランを前に、ノリノリで強請る女を演じ続けた。

「では、一つで我慢します……」

わざとらしくしょげて見せると「いや、イェルマ……」と言われたので、更に不満を露にして「それ。それでいいわ」と指差した。

箱の中を見た時に、すぐに目に付いた銀色の腕輪だ。

宝石もなく、銀でできているだけのようなので、そんなに高くもないだろう。

イェルマはお強請りで困らせる予定だったが、実際には買わせるつもりはなかった。

いい仕事ができたと満足してルスランの膝から降りようとしたが、力強い彼の手に阻まれて再び座らされてしまった。

「あ……あの、もういいんですが……」

「イェルマ……よかったよ！　これは、全部君の物なんだ！」

「いえ……全部は結構なんで、あれだけでお願いします」

「違うんだよ。これは、全て君のために皇太子時代に私が作らせていた物なんだ！　全て完成するまで、信頼できるチョバンに管理を任せていたんだよ」

「皇帝陛下、お妃様に全て気に入っていただけたようで、よろしゅうございました」

「あぁ、本当によかった。石も意匠も全て手探りだったから、気に入ってもらえるか心配だったのだが、安心したよ」

にこにこと嬉しそうに笑うルスランに、イェルマは引き攣り笑いを返した。

「え……っと、全部はさすがにお金がかかりませんか？」

「そんな事はない。安い買い物だ」

「あぁ、なるほど！　全て偽物なのですね？」

わずかな希望を口にすると、チョバンが心底楽しそうに「にゃははは！」と高い笑い声をあげた。

「冗談がお上手なお妃様ですなぁ！　こちらの黄金はもちろん、この柘榴石も深紅と共に貴重な緑色の本物を使用しておりますし、こちらの青玉も正真正銘の本物ですよ。特にご所望の銀の腕輪はとある工房の一点物でございまして、実は細かな装飾が所狭しと彫られておるのですよ！　人の手で作られた物とは思えないほどの美しさで、さすが女性職人の仕事は細かいものだと感服いたします！　陛下がご依頼くださったおかげで、その職人は今や人気の腕輪職人として有名になったほどでして！　いやぁ、さすがお妃様の目も確かでいらっしゃる！　お妃様御自ら気に入られたとあっては、この女性職人の人気は不動のものになるでしょうなぁ！」

「大きさも一応確認しておこう。今まで贈った物と同じにしたから大丈夫だとは思うが……あぁ、いい。とてもよく似合う」

ルスランやチョバンや使用人に全ての宝飾品を付けられてしまい、イェルマは本物の重みを感じながら心の中で泣いていた。

「気に入っていただけたのなら、次のお品も注文なさいますか？」

「あぁ、それはいいな。イェルマ、何が欲しい？」

商売上手なチョバンの一言で次の贈り物まで決められそうになり、イェルマは「ま、また今度でいいです」と言って、そそくさと謁見の間から退散した。

自室に戻ってサドゥを呼び出すと「すごい戦利品ですね」と言われて目を丸くされた。

イェルマはめそめそと泣きながら「全然効果なかった。しかも、散財させるの私の方が辛い……もう、この作戦やりたくない」と言って、サドゥに作戦中止を願い出たのだった。

その日の夜はルスランがチョバン達との宴(うたげ)で席を外せず、イェルマは安心できる夜を過ごしていた。

「イェルマ様、あまりのんびりと構えてはいられませんよ。一気に距離を置かれませんと、手遅れになります。すぐ、というわけではありませんが、もうじきイェルマ様に受胎期(じゅたいき)が巡ってくるはずです」

「受胎期……もちろん、そんなの関係なくルスラン様には私から離れてもらうつもりだけれど、万が一でもサドゥがくれる避妊薬があるでしょう？」

「あれは、気休めに近いものです。避妊効果もあるものですが、その効果は弱いものです」

「な、なんでそんな物を……」

「皇帝陛下からご指示を受けた際に『できるだけ、体に害のない避妊薬に』と言われたためです。陛下は医療の本などを読まれたり、筆頭医師などにも積極的に質問をしていらっしゃいますので、ご存じだったのでしょう。薬には同じ効果を得るものでも強弱があり、それに伴って体へ負担がかかる程度も関係すると」

淡々としたサドゥの説明に、イェルマはぽかんとした。

「それは本当？」

「はい。そのため、今までの避妊薬では受胎期での効果は……あまり期待できません」

納得すると共に、新たな疑問が湧いてくる。

「私が言うのも何だけど……ルスラン様の行動って、色々と矛盾していない？」

「そうですね。イェルマ様くらい、矛盾されていると思います」

「本当、手厳しいわね」

頬を膨らませて抗議すると、サドゥは涼しい顔のまま「事実です」と返してきた。

「前々から気にはなってたけれど、やっぱり変よね。直接聞いてみようかしら」

すると、珍しくサドゥはなんとも言えない表情をした。

「……これまでの経験からすると、藪蛇になるので、イェルマ様から確認するのは……お勧めしたくありません」

効果の薄い避妊薬を飲ませるくらいならそういう行為をしないで欲しいという事が伝わればいいが、そうとも限らないのがルスランだ。妊娠を望んでいないという点で一致しているのなら、そこを敢えて突くのは危険だとイェルマも判断した。

「確かに、今は私がその事を確認するよりも、そういう関係から離れる事を優先に動く……っていう方がよさそうよね」

「はい。そのように思います。この件は私の方で調べてみますので、イェルマ様はご放念ください」

「……そうよね。よし、本気を出すわよ！」

握り拳を振り上げて気合いを入れるイェルマに、サドゥは冷めた目を向けて「出していなかったのですか……今まで……」と呟いたのだった。

◆　◆　◆

翌日の午後、イェルマはサドゥと共に、生垣の外側から大宮殿の中庭を見つめていた。イェルマの身長ほどの生垣に囲まれたこの庭園は、大宮殿最大の中庭で、短く刈られた一面の緑の芝生と、芝生を囲むように整備された玉砂利の道でできている。中央には白い大理石でできた巨大な噴水が鎮座し、周囲にはバラやチューリップなどの花々が咲き乱れていた。

「イェルマ様、なぜ私までこんな所にいなければならないのですか。私はイェルマ様の件だけをやっているわけではないので、そろそろ別の仕事に戻りたいのですが」

「ダメ！　もうちょっと一緒にいて！　お願い！」

「声が大きいです。はぁ……あと少し待って話に出てこなかったら、私は行きますからね」

「サドゥ、ありがとう」

二人の視線の先には、ルスランと大宰相のベフラムがいる。

彼らは政務の間の休憩中なのか、生垣の近くに立って噴水を眺めながら談笑していた。

ベフラムは焦茶色の逆立った短い髪の毛に、ラスカーダ人男性特有の鷲鼻と濃い褐色肌、くっきりとした二重瞼に黒色の瞳を持っている。ルスランよりも背が低いため今は小柄に見えるが、実際はイェルマやサドゥよりも背が高い。

彼は、ルスランよりも簡素な服ではあるものの、大宰相らしく上質な絹の服を着ていた。

無駄口を叩く事がないため寡黙な印象を受けるが、ルスランとはよく話している姿を見かける。

「大宰相殿、上手く聞き出してくれますかね……」

サドゥの声には、全く期待をしていない気持ちが漏れ出ていた。

「大丈夫よ！　今朝ちゃんとベフラムに協力をお願いしておいたから。これで『ルスラン様の苦手な物、嫌いな事をわざとやって、嫌われよう作戦！』が決行できるわ」

「長い題ですね。そもそも、なぜ大宰相殿に、皇帝陛下の苦手なものを調査するように依頼されたのですか？　イェルマ様は大宰相殿と接点はなかったでしょう」

確かに、一度目の前世でも、今も、イェルマはベフラムと接点はなかった。

「接点はなかったけれど、ルスラン様のそばにいる彼に頼ればルスラン様と離れられる糸口が見えるんじゃないかしらって思ったのよ」

「なるほど、そう言えば大宰相殿は皇帝陛下の古くからのご友人だと聞いた事があります」

「そうみたいね。今朝、ベフラムと話した時にも聞いたから、それは間違いないわよ」

イェルマは、できるだけ小さな声で今朝の出来事をサドゥに話し始めた。


この日の朝、イェルマは、折よく一人で大宰相の政務室から出てきたベフラムに声をかけた。

「ベフラム、少しいいかしら」

「はい、皇帝妃様」

背筋を伸ばしたベフラムに「イェルマで結構よ」と言うと、彼は丁寧に頭を下げた。

「どのようなご用件でしょうか？」

「何でもいいから、ルスラン様の事を教えてほしいの」

少しだけ眉を寄せて怪訝そうな顔をしたベフラムだったが、皇帝妃から言われれば断れないと思ったのか、すんなりと話し始めた。

「私は、陛下から『友人』だと言っていただいている上に、古くからご一緒させていただいており

ますので、様々な場面を拝見しておりますが……あくまで私個人の感じた陛下のお姿に限られます。それでもよろしければ、お話し申し上げます」

「それで十分よ、話して」

「皇太子時代の陛下は、皇太子という地位に甘んじる事なく、多くの経験をされてきました。主には外交面です。お父上の名代で多くの国へ赴き、無理難題を吹っ掛ける大国の王や皇帝など、目上の相手にも怯む事なく対応され、我が国の貿易権などに於いて多くの利益をもたらしてくださったのです。私のような立場から仕事ができると申し上げるのは恐縮ですが、何でも上手くこなされてしまうので、同じだけの仕事量がこなせない私達が足を引っ張る事もよくあります。内容によっては、気にされずにご自身で進められる時もありますし、根気よく我々の仕事を待ってくださる度量の広さも持ち合わせていらっしゃいます」

　ベフラム自身、真面目な性格なのだろう。最初から私的な内容を教えてくれるとは思わなかったが、想像以上に堅苦しい内容が出てきてしまった。仕事ができる男だというのはよくわかったが、更に突っ込んだ話が欲しいところだ。

「なるほど、よくわかったわ。では、友人として見たルスラン様の姿はどうかしら？　例えば交友関係とか……もちろん女性関係も含めてね。それから、ルスラン様が好きな事とか苦手な事とか……何かありそう？」

　一瞬だけ眉がぴくりと動いたが、すぐに無表情になったベフラムは頭を下げて話を続けた。

「男から見ても惚れ惚れするような外見と柔らかな物腰なので、当然のことながら、ラスカーダ国内でも、異国でも多くの女性達から慕われてきました。しかし、ご自分の立場を理解されてか、どんな誘惑にも一切靡かれずにいました。ただし、相手を傷つける事なく距離を置くため、思惑を持って近づいてきた女でさえも本気になってしまうという問題がありました。言い方は悪いかもしれませんが……昔のあの方は、手の届かない天然の女たらしだったと思います。それがまた世の女達には堪らなかったのかもしれませんが、イェルマ様と出会われてからは、相手を傷つけてしまう可能性があっても、はっきりと断られるようになったので、私としては色々と楽になりました」

「それまでは、あなたにも影響があったのね？」

「お察しください。また、陛下のお好きな事や苦手とする事は……イェルマ様に関する事以外では、実は私にもわかりかねまして。そのような私情を話される事が少ないため……申し訳ありませんがお役には立てないかと存じます」

嘘かもしれないが、無理矢理聞けるような内容ではないので、諦めようかと思ったその時、ベフラムが「ただし」と付け加えた。

「最近の陛下は珍しく浮ついていらっしゃるような……あまりよろしくないご様子なので、私個人としても早く落ち着いていただきたいと思っておりました。という事で、不肖私めが、今度陛下に直接伺ってみる……というのはいかがでしょうか？」

ベフラムの提案に二つ返事で答えたというところまでを説明し終えたイェルマは、自信を持ってサドゥに目を向けた。

サドゥは一瞬間を置くと、小さくため息を吐いた。

「今度……ですか。今度が今日とは限らないですよね。大宰相殿が陛下に尋ねるまで、ずっとお二人の後をつけるおつもりなら、私は無理なので、脱落させていただき……」

「サドゥ、ちょっと待って！　ルスラン様に、何か聞いているわ！」

　立ち上がりかけたサドゥを無理矢理しゃがませたイェルマは、人差し指を口に当てて耳を澄ませた。そこへ、何かの会話途中らしいベフラムの声が聞こえてきた。

「……陛下は優秀すぎて、私がお仕えする意味があるのか度々不安になります。陛下には、苦手なものなどないでしょう」

「あるに決まっているだろう」

「いやいや、ご冗談を。長くお仕えしておりますが、そのような印象を受けたものは一度もありませんでしたよ」

　ベフラムの否定を受けて、ルスランは続けた。

「冗談なものか。本当に、あれだけはどうにも受け付けない」

　ルスランは身震いするようにして、ベフラムから顔を背けた。

「では、本当に苦手なものなのですか。今後の参考に、是非ともお伺いしたいものです」

「そう言って、わざと私にそれを仕向けるつもりなんだろう？」

　ルスランが睨みつけると、ベフラムは参ったとばかりに大笑いした。

「あはは！　バレましたか。日頃の鬱憤を晴らさせていただくには、ちょうどよいかと」

「そうは騙されないからな。本当に、お前は食えない男だ」

呆れたようにため息を吐くルスランに、ベフラムは「お褒めに預かり、光栄に存じます」と言って慇懃に頭を下げた。

「陛下のおそばに仕えていれば、誰でも自ずとそうなりますよ」

「言うようになったな、お前」

「それほどでも。……しかし、よかれと思ってそれを私がしてしまっていては、陛下にとっても私にとっても不幸な事ではありませんか？　それほどまでに苦手な事なのですか？」

「あぁ。考えるだけで気分が悪くなる」

「それは……かなりのものですね。知らず識らずのうちにやっていたらと思うと、私にとっても恐ろしい事なので、きちんと教えてください。絶対に、口外はいたしませんから」

「まぁ、別に……お前に知られたところで……というものではあるな」

「ならば、何も問題はないでしょう」

「寝所で、女に迫られるのだけは……本当に苦手なんだ」

「……な、なるほど？」

言葉とは裏腹に、さすがのベフラムでも意味がわからないらしい。

しかし、ポロッと出した事で止まらなくなったのか、続けざまにルスランは言葉を吐き出した。

「自ら肌を見せて誘う女など、最悪だ。娼婦のように脚などを広げてこれ見よがしに誘われると、見るのも嫌になる。萎えるどころか、寒気まで感じるほどだ」

ベフラムが「まるで、ご経験があるような具体的なお話ですね」と言って苦笑いすると、ルスランは気まずそうに口を噤んでしまった。

「まぁ、陛下は皇太子時代からそのような誘いが多くございましたから、胸焼けを起こしているという事ですか？」

理解を示すように言ってきたベフラムの言葉に、ルスランは「そうかもな」と小さく返して、再び口を閉じてしまった。

イェルマは納得して、激しく頷いた。

思えば今までの自分は常に「ダメ」だの「嫌」だの「やめて」だのばかり言って、逃げ続けていた。男とは狩猟本能から逃げるものは自ずと追いかけたくなるのだと、娼館時代の同僚のエジェンが言っていた言葉も思い出される。

間違いないと確信して、二人のいる方向を指差しながら「あれだ！」と伝えるように、サドゥに無言で笑顔を向けた。

すると、呆れ顔のサドゥが、身振り手振りで「あれは、ダメです」と伝えてきた。

「私は、確実だと思うけれど？」

小声で反論すると、サドゥは無言で肩をすくめて「どうだか……」と言うような動きを見せてきた。

あの様子で疑うとは、サドゥはなかなかに疑り深い性格のようだ。

しかし、何度も失敗している自分だけの判断よりも確実になるだろうと考え、イェルマがサドゥと同じように再び二人の会話に聞き耳を立てると、まさにベフラムがルスランに「しかし、人によるのでは？」と質問を続けていたところだった。

「いや、これだけは絶対に受け付けないから、誰が相手でもダメだな」

無駄だとでも言うように、ルスランは首を振った。

揶揄うような声で聞こえてきた「では、御執心の皇帝妃イェルマ様では？」というベフラムの言葉に、イェルマとサドゥは思わず身を乗り出した。

「いい加減にしろ。この話は、終わりだ」

ルスランの声は、明らかに不快な感情を含んだものだった。

イェルマが「ほらね」という目を向けると、サドゥは腕を組んで長く悩んでいたが、やっとの事で小さく頷いたのだった。


「とは言え、私は賛成というわけではありません。イェルマ様がやる気ならば、試してみる価値はあるかもしれないと思った程度です」

その日の夜、自室で準備をしていたイェルマに、サドゥが訂正するように言ってきた。

「……って言う割に、仕事が早いわよね」

イェルマはサドゥから手渡された服を目の前に広げると、引き攣る顔で「これ、本当に着るの？」と尋ねた。

「はい。この作戦用にご用意したものですが、お気に召しませんか？　先に申し上げました通り、女官でもない私に手配できるものなどたかが知れていますから、あまり期待されても応えられないった。

「いやいや、そうではなくて、お気に召すもなにも……」

イェルマが両手に持ってぴらりと掲げたのは、白くて柔らかい、極薄の絹製の布でできた夜着だった。

薄いといっても、娼館時代に着ていたような安物の布の薄さではなく、上質の絹で丁寧に織られているのに、向こう側が透けて見えてしまうほど繊細な造りの夜着だった。

いつも着る夜着と同じような形なのに、細かな刺繍まで施されていて、まさに誰かに見られる事を目的とし、更には欲情をそそらせるために作られた夜着なのだとわかる。

娼館でも、女の子達は客に気に入られようと様々な工夫を凝らした服を着ていたが、さすがに、こんなあからさまな夜着を着ていた娘はいなかった。

「こ、こんな透けちゃってて、中身丸見えじゃない……裸の方がマシに思えるわよね」

見ているだけで顔が熱くなってくる。

「サドゥ……これ、どこから手に入れたの？」

「とある宰相の、お気に入りの娼婦から入手いたしました。その方の女遊びは宮殿内でも有名ですから。つまりは、色事に長けた方のお気に入りの方から調達した物であれば、確実かと思いまして」

「本当にあなたは有能ね。有能過ぎて……今回はちょっと辛いわ」

自分がこれを着てルスランの前で色々やるのだと思うと、腰が引けてくる。

「こちらは使わずに、裸で挑みますか？」

「……それも無理だから、やっぱり着るわ」

「仕事が無駄にならずよかったです。さ、お召し替えください」

容赦ないサドゥに着ていた服をひん剝かれ、イェルマは泣く泣く極薄のそれを身につけたのだった。


夜も更けた頃、部屋の扉が叩かれた。

ルスランの「イェルマ、私だ。入るよ」という、いつもの声が聞こえる。

イェルマはごくりと唾を飲み込んで「どうぞ」と返すと、計画通りに寝台の上でルスランを待ち構えた。

「昨日は会いに来られなかったから、今日はずっとイェルマの事ばかり考えていたよ……君は……」

湯浴みしたばかりなのか、ルスランはまだ少し濡れている髪を掻き上げながら入って来た。

雫が目に入ったのか、こちらを見ずに歩いていたようで、ルスランと目が合ったのは彼が寝台の前に立った時だった。

「ルスラン様、私も昨晩はルスラン様とお会いできず、一人寂しい夜をすごしておりました」

「イ……イェルマ、その姿は……」

イェルマはサドゥが用意した夜着を着ていた。

「寂しさのあまり、こんな物を用意してしまったんですよ……ルスラン様に、喜んでいただきたくて……」

それまでは、寝台の上にぺたんとお尻をつけて座っていたイェルマだったが、わずかに仰け反るルスランの反応を見て覚悟を決めた。

イェルマは後ろに両手をつくと、両脚の膝をゆっくりと立てていった。

羞恥心が捨てきれないためか、少しばかり内股になってしまったが、どうにか膝を立て切った自分を褒める。

ルスランの目がそこから離れないのを知りながら、イェルマは体を支えていた両腕を前に戻して、わざとらしく膝を抱えた。

そのまま上目遣いで「ルスラン様」と強請るように声を掛けると、ルスランは耐えきれないとばかりに顔を逸らした。挙句の果てには、額に手を当ててそのまま目を覆ってしまったのだ。

優位な立場に立った気分を味わいながら、まだ終わりではないとばかりに声を掛けた。

「ルスラン様……ねぇ、来てくださらないのですか？」

ルスランが怖いもの見たさなのか、こちらにチラッと目を向けた。

その瞬間を逃さずに、イェルマはくっつけていた膝を握り拳一つ分だけ開いた。

ここからは、娼館時代の仲間達がやっていた技を思い出しながら繰り出していく。

とろんと蕩けるような視線を送って、半開きの唇から舌を覗かせ、膝から離した手を口元に持っていき、誘うように自らの指先をゆっくりと舐る。わざとらしく唾液を絡ませて水音をさせながら、切ない声で「ルスラン様」と漏らすと、静かにこちらを見ていたルスランが下を向いて、ふー……

と深いため息を吐いた。

前を合わせずに肩に長衣を掛けただけの彼は、ゆったりとした下衣を穿(は)いていた。

イェルマは昼間のルスランの言葉を思い出しながら、堂々とそこに目を向けた。

――さぁ、これで萎えてしまうはずよ！　……萎え……ぇ？

そこには、ルスランの勃(た)ち上がったものの形がくっきりと浮かんでいた。見間違いかと思い、何度も目を擦(こす)る。再び目を開けた先にあったのは、更に布を押し上げる棒状の形だった。

「イェルマ、想像以上だよ。覚悟はしていたつもりだったけれど、まさかここまで煽(あお)られるとはね……君には、いつも理性を吹き飛ばされてしまう」

「覚悟って……え？」

ぎしっと音をさせて寝台の上に乗ると、ルスランはあっという間にイェルマの目の前まで来てしまった。

「あの、苦手って……聞いて……あっ」

薄手の布を避けて、大きな指が花弁に触れる。

「ここを、私に見せつけて……恥ずかしかった？」

「さ、寒気はしないのですか？　萎えるって……言ってた、はず」

「君には、これが萎えているように見えるのか？」

片手で自らの帯を解いたルスランは、中からそれを取り出して、堂々と見せつけてきた。

それは真上に勃ち上がり、彼の興奮が最高潮である事を示していた。

――どういう事⁉

「襲ってくれと言わんばかりのいやらしい君も、愛しくてたまらない。全く……こんな可愛い技を、どこで覚えたんだろうな。とても上手だったよ、イェルマ。……隠れんぼは、あんなにも下手なのに」

「か、隠れんぼって……あっ！　気づいていたのですか！　ベフラムと仕組んだのですね！」

顔を真っ赤にしたイェルマが文句を言うと、ルスランは近づきながら眉を下げて笑った。

「いやいや、ベフラムの名誉のためにも言っておくが、あいつと一緒に仕組んだわけじゃない。あいつは、そういう配慮を全くしない男なんだ」

ベフラムの名誉は守られたのか定かではなかったが、ルスランは、あの男はそれがいいんだとでも言うように微笑んでいた。

「でも、嘘だったという事ですよね！」

「嘘じゃない。本当に苦手なんだよ。吐き気さえするほどだ。……ただ、イェルマがやってくれたらどうなってしまうかは、想像もつかなかった。ベフラムにまで想像されそうだったから遮ったが……あの後は政務にも支障が出るくらい集中できなくてね。今夜、君はどんな姿で待っていてくれるのだろうかとワクワクしていたが……期待以上……いや、言葉にできないほどのものだ」

口調は穏やかなのに、何かを堪えているのかルスランの首筋には太い血管が浮き出ていた。

「それでも、私の意図はおわかりですよね？　誘うつもりで着たわけじゃないと……」

ルスランの圧に気圧されながら、イェルマは引き攣り笑いを浮かべた。

「君がどんな事をしても、私が君を嫌いになる理由にはならないよ。煽ってしまった責任は、とらないとな」

ルスランの穏やかな笑顔が、今はとてつもなく怖い。

悔しさとこの先に待ち受ける展開に打ち震えていると、ルスランが「あぁ、でも……」と言って明るい声を出した。

「嫌いにはならないが、娼婦みたいな演技を続けてみないと最後まで効果はわからないな……」

イエルマが「え？」と言って、肩の力が抜けたのを見てか、ルスランの顔がすぐそばまで近付いてきて、彼の鼻先が首筋を撫でてきた。

胸元をまさぐられて、思わず「あぁっ」と甘い声が漏れる。

どうにかこの場から逃れようと「でも……」と、何かを言いかけたのに、ルスランの熱い舌が入り込んできて言葉までも吸い取られた。

奥に引っ込んでいた舌を巧みに撫で回され、無意識のうちにルスランの舌と絡め合い始める。

「とろんとして、気持ちよさそうだ」

否定するつもりで首を振ってみるが、力の抜けた体ではたかが知れていた。

「き、気持ちよくなんか……あんっ」

胸の先端を指先で摘(つま)まれて、高い声が上がる。

「ここも、こんな可愛いらしく誘ってくれている」

ルスランの大きな手に乳房を揉みしだかれ、自ずと呼吸が荒くなる。

「こんな姿を見せられたら、理性なんて欠片も残らない……」

ルスランは頼りない薄衣をぐいっとはだけさせると、もう片方の胸にしゃぶりつくようにしてイェルマの乳首を口に含んだ。

「あぁっ、ん、あっ！」

転がすように弄られ、鋭い刺激に背中が反り返る。

「なんて可愛いんだ、イェルマ……。これはどうかな？」

下腹部にルスランの熱い手が触れて、長い指が入口を行き来する。

「あぁっ……ダ、ダメ！」

「ダメ……にしては、とてもよく濡れている。……ほら」

目の前に見せられた彼の美しい指には、とろりとした液体がたっぷりと付いていた。

言葉にならず必死にかぶりを振ると、くすりと笑われた。

再びぬるっとした感触がして、そこを触れられているのだと感じる。更には、下の感覚に気を取られているうちに、ルスランの腕に支えられながら仰向けに寝かされてしまった。

太い指が筋を愛でるように上下するたび、抵抗する力が弱まっていく。

「中も確かめてみよう」

硬い指に遠慮なく膣壁を撫で回され、「ダメ……」という言葉も甘い響きとなる。

「ほんとに、ダメ？　こんなに、柔らかくてとろとろなのに？」

耳元で囁かれながら、中をくちゅくちゅと広げられ「あ、あん、あっ」と声が漏れる。

音を立てて指が出ていくと、はぁはぁと息を上げるイェルマの脚が大きく広げられた。ルスランの手が膝裏を摑んできて、蜜口に火傷しそうなほど熱い塊が当てられる。

「挿れるよ」

そっと囁かれると同時に、ぐっと大きなものが入ってくる。

「あぁ……っ、は、入っちゃ……」

大きく広げられた脚の付け根に目をやると、巨大な肉塊が自分の中に飲み込まれていくところだった。ずぶずぶと奥へと進んでくるものの圧迫感に息を詰めながら、啜り泣く。

「入っちゃったね……」

「や、やだぁ……」

「まだ『やだ』なのか？　甘い声で娼婦みたいに『いい』と言われたら、萎えるかもしれない」

ゆるゆると動き始めるルスランの腰に喘がされながら「ほんと？」と聞くと、上擦った声で「言ってごらん。試してみて損はないだろう？」と返された。

優しく溶かされるような声に誘われ、小さく頷く。

「い……い、いいの……ルスラン様ぁ」

「もっとだ」

大きくなっていく腰使いにガクガクと揺さぶられながら、イェルマは必死に口を動かした。

「いい、いいの！　ル、ルスラン様の……硬くて、おっきぃのが、たくさん、あっ、中を……突いてくれて……んん、すごく気持ち、いいの……っ！」

どこまでが演技でどこまでが本音なのかわからなくなりながら、呂律の回らない口で全てを吐き出す。

するとこ、中にあるルスランのものが、すぐにわかるほど、ぐんっと大きくなった。

「おかしいな……逆効果だった」

「うそつき……ぃ」

涙目になりながら睨みつけると「ごめん」と言われ、深い口付けで舌を吸い取られた。

「いや……本当に、恐ろしいのは、イェルマ自身だったな……」

何を言うのかと無言で睨みつけると、幸せそうな顔で微笑まれてしまった。

「どんなに、理性を保とうとしても、いつも、一瞬で失わされる。君は、本当に恐ろしい妻だ」

早まる腰の律動を受けると同時に、サドゥの忠告が頭を過った。

「や、やぁ……今日は、外、お願い……外に出して」

ルスランは一瞬動きを止めると、すぐに瞼を閉じて「あぁ、そうだった……」と言った。

そのまま覆い被さるように抱きしめてきて、激しい抜き差しが再開された。

「あ、あっ、あ……あぁっ、あぁぁっ!」

イェルマは彼の速い鼓動に包まれながら達したが、それと同時に中にいた彼のものがずるんと抜き出されてしまった。

熱い飛沫が腹の上にかけられルスランも達した事を知ったが、イェルマの胎内は物欲しげに震え続けている。中に出されず安堵するべきはずなのに、イェルマの心の中では、なぜか満たされない気持ちが揺れ動いていたのだった。

翌朝、サドゥが仕事用の匙をぽとりと床に落とした。イェルマの部屋は隅々まで絨毯が敷き詰められているため派手な音は響かなかったものの、仕事道具を落とすなどサドゥらしからぬ行動だ。

「失礼しました。あれだけ自信たっぷりだったにもかかわらず、結局はそういう状況になってしまったのだなと……。まぁ、そうなるだろうとは思いましたが、だからと言って『今回は外に出してくれた』などと、報告されるなど思いもしませんで……。そもそも外に出していても、妊娠の可能性はあるんですよ。悠長にも程があります……。それに、練った策は次が最後なんですよ？　いっその事、思い切りこれを投げた方が私の気持ちは伝わりますか？」

　せっかく拾った匙を窓の外に投げようと振りかぶるサドゥを押さえて「ダメ、投げないで！　お願い！」と懇願する。

　結局は「お飲みください」と言って出された避妊薬の世話になり、イェルマは頭を抱えた。

「次の手が最後……でも、どんな事をしても嫌わないって言われているし、どうすればいいのかしら」

「そこまで想われれば、普通の女性であれば嬉しいはずなのでしょうが……」

　チラッと目を向けられ、なぜそこまで？　と核心をつかれそうになり、イェルマは誤魔化すように「で、次は何？」と言って蠟板を覗き込んだ。しかし、サドゥの俊敏な動きで蠟板の字を読み取る前に、空振りに終わってしまった。

「なんで見せてくれないの？」

「深い意味はございません。私が読み上げますから、お待ちください。次は、題して『嫉妬メラメラ大作戦』です。皇帝陛下が皇太子殿下だった頃にエジェン様とのご結婚が正式に決まりましたが、その頃からイェルマ様はとても嫉妬していらっしゃいました。ただ、イェルマ様から冷たく距離を取っていらっしゃいましたから、女官達を通して『どんな女なのか』とか『その女と結婚するのは、やめて』と、言っていましたね」

イェルマは、嫉妬する自分と聞いて、すぐに一度目の前世の過ちを思い出した。

「その作戦は……できないわ」

「なぜですか？　この作戦を実行すれば、皇帝陛下は、あの頃の面倒臭さを思い出されて、距離ができるのではないかと思いますが？」

「ダメ。私は、エジェン様に、嫉妬してはいけないの。醜い嫉妬は……国をも滅ぼすのよ」

「なぜ、決まった事のように言うのですか？　あれだけ嫉妬されていたのに、随分と変わられて……まるで人が変わったようですね」

イェルマは、サドゥの鋭い指摘にドキッとして肩を震わせた。

「これでも一応、反省したのよ。反省すれば、人はたった一日でも変われるでしょう？　とにかく、その作戦はできないわ」

「しかし、これ以外に思いつきません。皇帝陛下に、あの頃のイェルマ様を思い出してもらって嫌ってもらえれば十分なので、国を滅ぼしそうなほどの激しい嫉妬ではなく、受け流せるほどの軽い嫉妬をお見せするのはいかがですか？」

イェルマは、ぼそっと「別に、地震とか雷みたいに、嫉妬の激しさで国を滅ぼしたわけではないんだけど……」と口にしながらも、ルスランから嫌われる事と嫉妬をしないと誓った事を天秤にかけた。

「……わかったわ」

──ただし、そのためには万が一があってもいいように、エジェン様に護衛を付けるようにお願いしておかないと。


その日の夜、イェルマはルスランが来るのを待っていたが、待てど暮らせどルスランは訪ねて来なかった。イェルマはいつの間にか眠りこけて、気づいた時には朝を迎えていたのだった。

「ルスラン様、昨日は来なかったわね……なぜ来なかったのかしら」

一人ぼっちの部屋に、自分の声だけが響く。サドゥも今日は忙しいようで、ここにはいない。

暇で暇で仕方ないが、仕事の邪魔をし過ぎても悪いと思い、その日は一日中部屋でゆっくりと過ごした。

しかし、その夜もルスランは尋ねて来なかったため、イェルマはさすがに気になって部屋の中を歩き回っていた。

「……何の知らせもなく来ないってどういう事？　何かあったのかしら？　でも、女官達に聞いても『知りません』としか答えないし……しかも、すぐ出て行ってしまうから会話にすらならないし……どうも、宮殿中が慌ただしいというか、騒ついてるというか……」

普段ならサドゥと作戦を立てたりして忙しく過ごしていたが、ルスランとの接点がなく頼りのサドゥがいなくては、何もする事がない。

サドゥとの話し合いのために女官達を追い出す事が多かったため、彼女達もこれ幸いとイェルマの世話をしないようになっていたのだ。

少し部屋の外に出ようとしても、忙しそうに裾を翻す女官達の様子に圧倒されて、すぐに部屋に引っ込むしかなかった。ようやく捕まえた女官に尋ねたところ「母后様とエジェン様が突然お戻りになったのですが、色々と準備ができていない中だったので……申し訳ございません！」と言って、また一人にされてしまった。

納得した上に、少しばかり女官達が可哀相にも思えてきた。一応後宮の管理を任されていたはずだが、結局は女官長がほとんどやってくれていたので、自分は名ばかりのお役目だったのだ。ただ、準備ができていなかったなどと、後からお小言でも言われる可能性もあるため呼び出しがあるのを待っていたが、それすらもなく一日が過ぎていった。

その次の日の夜もルスランの姿が見えない事にさすがに不安が募り、イェルマは翌朝早くから部屋を出ていた。

何の知らせもなく、これだけルスランが会いに来ないのは珍しかった。忙しいために、無理がたたって倒れているのかもしれない。もしくは、夜通し会議詰めで休みを取る暇もないのかもと、悪い事ばかりが頭に浮かんで落ち着かず、イェルマは足早に宮殿中を歩き回っていた。

朝も早いというのに、ルスランは部屋にはいなかった。

すでに政務を行っているのだろうかと向かいかけて、その足を止めた。

角を曲がって、ルスランがこちらに歩いて来ていたのだ。

「ルスラン様！」

頭で考えるよりも先に体が動いて、知らず識らずのうちに走り出していた。

驚くルスランの広い胸に飛び込み、その温かさを確かめるとホッとする。

「イェルマ、どうしたんだ？」

「どうしたって……何日もお顔を見なかったので、どこかで倒れていらっしゃるのではないかと……」

ようやく回り始めた頭が、自分の過ちを気づかせてくれる。

——ルスラン様が来なくて、何よりだったじゃない！

失敗に気づいた時にはすでに遅く、そっと見上げたルスランは嬉しそうに笑っていた。

「それは、私の体を心配してくれていたって事かな」

「心配くらいはします。皇帝陛下が倒れてしまったら、大変ですから」

小声で言い訳をしても、彼にとって嬉しい事に変わりないようで、額に口付けをしながら「ありがとう、イェルマ」と甘い声を出してきた。

恋人同士のような空気に口元が緩みそうになり、イェルマはハッとした。

しっかりと頭を切り替えて、軽く嫉妬する女を演じるべく、娼館時代によく見かけた女の子達のやり方を思い出した。

目の前にある筋肉のついた胸に指先を当てて、くねくねと回しながら唇を尖らせる。

「お仕事が忙しいのもわかりますけど、急に来てくださらなくなって……私の事を忘れてしまわれたのかと思いました」

ゆっくりと見上げると、蕩けそうなほど目尻の下がった金色の目があった。

「片時も君を忘れた事はないよ」

このやり方では軽すぎたのだと悟ったイェルマはすぐにルスランの胸から抜け出して、腕組みをしながら顔を背けて続けた。

「手に入れた女には餌をやらず、待たせておけばいいと思っているのではないのですか？　私よりも、仕事の方が大事なのでは？」

ツンとして睨みをきかせると、予想に反してルスランの目は一層下がってしまった。

「愛しいイェルマ、なんて可愛い事を言ってくれるんだ。政務にまで嫉妬してくれるなんて……そんな事を言われたら、全てベフラムに任せてしまってもいいかもしれないな」

ルスランの声が本気のものに聞こえて、慌てて「ち、違います！」と訂正してしまった。

「ん？　違うのか？」

「そうではなくて。仕事と言いながら、実は先日お聞きしたような事で楽しい時間を過ごしていたとか……。誘いをかけてくる女などと言っていましたから。女官などから誘惑されたり、他国から接待などを受けていたのではないのですか？」

反応を見逃すまいとつぶさに見ると、彼は「あー……」と何かを思い出すようにして「そういうのは、もうないよ」と答えた。

以前はあったという事が含まれた言い方にカチンときて、思わず口をへの字にしながら言い返した。

「昨晩まで私の部屋に来なかったのも、実はエジェン様が、ルスラン様のお部屋に来ていたからではないのですか？」

その瞬間、ルスランが纏う空気にピシッと亀裂が入ったように思われた。

言葉をなくすルスランに、イェルマは頭が真っ白になった。あんなに口の上手い彼が、固まって何も言えないのだ。

「本当にエジェン様をお部屋に呼んだのですか？」

「……いや、そ、そうじゃない」

どこが交渉上手で話上手なのかと、鼻で笑いたくなるような姿だ。彼の明らかな動揺は、はっきりとイェルマの言った事が事実だったのだと証明していた。

——心配して損したわ！　戻ってすぐのエジェン様とお楽しみだったという事ね！　それは何よりだわ！

イェルマはふと我に返り、ぼそりと呟いた。

「……そうよ、何よりじゃない……」

まだ、何かの言い訳を探そうとしているルスランに向けて、引き攣った笑顔を送った。

「いえいえ、ルスラン様、何を隠そうとされているのですか？　それでいいんですよ。私もそれを望んでいたので間違ってはいません。ちょうどよかったんです」

少し棒読みになってしまったが、上手く伝わっただろう。ルスランは何かあれこれと言葉を並べ立てているが、ほとんどが「違うんだ」だの「イェルマ聞いてくれ」だのばかりで、核心に触れるようなものは何もない。

思っていたような流れではなかったし、まさかの事実を知らされてしまったが、結果として作戦は大成功だ。

わかっていた事なのに、全く嬉しくない。

そっとルスランから距離を取ると、向こう側からやって来た母后付きの女官に声をかけられた。

「イェルマ様、こちらにいらっしゃいましたか。あ、失礼いたしました、皇帝陛下。恐れ入りますが、母后様がイェルマ様にお話があるとの事でして……」

頭を抱えるルスランが「いや、今はちょっと……」と小声で反応したが、イェルマがそれを遮るように答えた。

「大変、母后様がお呼びのようなので、急がなくては。それから、是非大切なエジェン様をお守りするためにも、腕の立つ護衛をなるべく多くお付けください。必ずです。それでは、これにて失礼いたします。ご機嫌よう」

呼び止めるルスランの腕を振り払って、イェルマはそこを後にした。

第五章 ◆ 夏の宮殿での再会

Story 5

後宮は、母后や皇帝妃を始めとした妃達の居住区であると共に、女官達の居住区と仕事場にもなっている。かつては、妃達でさえ出入りが厳しく、後宮に閉じ込められているも同然の籠の鳥となっていたようだが、今では宮殿内を自由に歩き回る事が許されているため、随分緩和されたらしい。

何世代にもかけて増改築を繰り返したのか、造りも様式も異なる建物や部屋が、廊下や部屋同士で連なり、複雑に入り組んだ構造になっている。

半地下に降りる階段や、いくつもの部屋を通り抜けて、ようやく母后の部屋に繋がる廊下に辿り着く。それまでの廊下とは異なり、壁一面に描かれた花模様のタイルや、等間隔に設けられたアーチにまで金の装飾が施されていて、後宮の主人たる母后の威厳をこれでもかと見せつけてきた。

母后の部屋の扉を叩くと「入りなさい」という、女性の低い声が返ってきた。

「失礼します、お呼びだと伺ったのですが……」

扉を開けて入ると相変わらずの迫力の母后に迎えられ、イエルマは自然と仰け反りそうになった。旅の疲れも、この人には関係ないらしい。

母后の部屋は、その昔は、何十人もの妃達がその美しさを競いながら宴を楽しんでいたというのが、納得できるほどの広さだ。

イェルマの背丈ほどの巨大な燭台がいくつも並び、そのどれもが金でできている。床には美しい模様が織り込まれた絨毯が敷き詰められ、絹製のカーテンが掛けられた窓際には、細かな装飾の布製の長椅子がいくつもあり、たくさんのクッションと着飾った人形が置かれていて、一層華やかさを感じさせた。

中央の長椅子に座っていた母后が、ゆっくりと口を開いた。

「えぇ、呼びました。それよりもイェルマ、あなた、女官も宦官も連れずに行動しているとか？ルビオンとここは違うのですから、せめて女官だけでも連れて行動なさい」

母后は、目の前に置かれた細かな模様の入った銀製の円形の座卓に、手に持っていた色硝子と金で作られたグラスを置いた。座卓の上には、グラスと同じ素材でできた水差しがある。

「はい……あの、それでお話とはなんでしょうか？」

「ルスラン新皇帝陛下をお祝いして、各国から王侯貴族を始めとした使者がこの宮殿にみえる予定になっています。その中には、あなたのご両親……ルビオン王国の国王夫妻も予定されていますが、当初の予定よりも早く到着が見込まれるとの知らせがあったので、滞在地を『夏の宮殿』にしてもらう事としました」

「到着が早まるなんて……も、申し訳ありません。まさか、そのために母后様のご予定が早まってしまったのですか？」

もしやその文句を言うために呼び出されたのかと、肩を震わせた。

「いえ、それは関係ありません。ルビオン王国の他にも、近隣国の使者が明日以降に順次到着するという知らせがきていますから、ちょうどよかったのですよ。遠方の国々は再来月以降の予定なので、とりあえず近隣国だけでも対応ができれば十分です。滞在される予定なのはルビオン国王夫妻のみですが、元々お二方には、ここよりもゆっくりと過ごせる夏の宮殿か旧宮殿をと考えておりましたから。旧宮殿は荷物がまだ片付かないので、難しいと判断したのです」

これだけ日数がかかっているのに、まだ片付かないとは、どれだけの荷物があるのか想像もつかなかった。

「そのため、明日からあなたに夏の宮殿に行ってもらい、ご両親であるルビオン国王夫妻をお迎えして、もてなしてもらいたいのです」

「両親を……畏まりました」

ルスランの即位を祝って両親が来るというのは、一度目の前世では父に愚痴を言ってしまったがために、その後のラスカーダ滅亡までの流れの発端となったものだが、今のイェルマにとっては願ってもない話だった。

夏の宮殿はこの大宮殿から近いものの、馬車で半日ほどかかる場所で、早馬でも数時間は必要になるほどの距離がある。

つまり、物理的にルスランとの距離を作る事ができるのだ。しかも、母后からの話となれば誰に後ろ指を差される事もなく、彼と別居状態が可能となる。

さすがのルスランも、自分の即位を祝って来てくれる客人を放っておく事などできないはずなので追っても来られまい。両親にはできるだけ長く滞在してもらえるように、ルスランやエジェンへの嫉妬を一切漏らさず、しっかりもてなそうとイェルマは心に決めた。

「夏の宮殿は当然避暑地でもあるので、今の時期はまだ肌寒く感じるでしょう。先に女官達を向かわせて居心地のよい環境に整えさせていますから、あなたも早めに向かって必要があれば指示をしてきなさい」

母后の言葉には両親への配慮が感じられた。

「はい。お心遣い、誠にありがとうございます」

見た目と圧からの思い込みで、意地が悪そうな母后だと考えていたが、思いの外いい人なのかもしれないと思いながら「それでは、支度を始めてまいります」と言って立ち去ろうとしたイェルマだったが、ふとある事に気がついた。

——あれ？　これ……ていよく邪魔者を追い出すための作戦だったりしない？

まさかと思いつつも、湧いてきた疑問はイェルマの頭の中を占めていった。

各国の要人が新皇帝の即位を祝いに来るのに、皇帝妃を不在にさせるのは、おかしい。

母后からもてなせと言われている上に、長旅をして来た実の両親に早く帰れと言うわけにもいかないのだ。

それをわかった上で、このような采配をする母后には、何らかの意図があるように思われた。

——エジェン様がいるから、大丈夫という事……？

旧宮殿への随行もさせるほどエジェンを気に入っているのはわかっていたが、今回の件はそれ以上のものだ。

まるで、エジェンが単なる妃ではなく、要人をもてなすに相応しい皇帝妃となる未来を示唆するような動きに見えてしまう。

そう考えながら、イェルマは扉を開きかけた手を止めて、怖いもの見たさで後ろにいる母后を振り返った。すると、母后は支配するような目でこちらをじっと見たまま「何か？」と言って、薄ら笑いを浮かべていたのだ。

「い、いえ……失礼いたします」

イェルマは背筋に走った寒気を振り払うようにして、急いで部屋を出たのだった。

母后の部屋を出た勢いのまま自室へ戻り、衣装箱に服を詰めてすぐに女官長を呼んだ。

「明日夏の宮殿へ出発するから、馬車を用意して。馬車に同乗する女官はいなくてもいいから、サドゥを寄越して」

「すでに、荷造りまでご自分で済まされてしまったのですか。その上、同行も不要とは……」

呆れてものも言えないという様子の女官長に、イェルマはきっぱりと断言した。

「お気遣いはありがたいけれど、今の大宮殿の女官は皆手一杯で余裕がないはずよ。夏の宮殿にも女官はいるし、護衛が付いていれば十分だから、とにかくサドゥを……！」

手が足りないのは確かなのだろう。女官長は深いため息を吐くと「……畏まりました。手配いたします」と言って頭を下げて、そのまま退室して行った。

久々の遠出とあってか、それとも他の理由なのか、翌朝イェルマはいつもより早く目が覚めてしまった。

それでもすでに太陽が顔を覗かせ始めていたので、朝早く起きるルスランに一応の挨拶をしてから出発しようと考えたのだった。

再び言い訳をしてくるかもしれないが、あれだけ動揺していれば無駄だ。

「そもそも、私に言い訳する必要はないのよ。それを勧めていたのは私なのだから。むしろ、万々歳なのよ。今までの苦労が報われるというものだわ。別に、怒っているわけではないわ。エジェン様とそうなるのが事実だと、知っているのだから。だから、言い訳はいらないのよ。……でも……それでも、何か言いたそうだったから……出発前に一応聞いておこうかしらというだけなのよ」

他に誰もいない完全な独り言だったが、イェルマは気にせず話し続けた。

早口で独り言を呟きながらやってきた皇帝妃に声をかけるべきか悩んだのか、扉を守る衛兵達は目を泳がせながらも、何も言わずにその場から少し離れて無言のまま直立不動を貫いた。

窓から漏れる灯りが、ルスランが起床している事を知らせている。

頬を引き攣らせながら「連絡もせずに突然訪問してしまったら、今日もエジェン様がいたりして」と呟いて、ルスランの部屋の扉を叩くと、返事もなく扉が唐突に開かれて、不快そうな表情のルスランが、ため息と共に姿を現した。

「朝早くに申し訳ございません、ルスラン様」

目の前にいるのがイェルマだと気づいたのか、ルスランは目を大きく開けると「イ、イェルマ!?」と言って、すぐに開きかけていた扉を狭めた。ほんのわずかしか開いていない扉からは、彼の顔の半分しか見えない。

「出発のご挨拶に参りました」

「こんな早くに出るのか？」

母后か大宰相などから、イェルマが夏の宮殿に行く話は伝わっていたようだ。そのためなのか、いつも落ち着いた雰囲気のルスランには珍しく、どことなくそわそわしている。

「ええ。準備が整いましたので、早い方がよいかと。……ところで、なぜそんなに焦っていらっしゃるのですか？」

「え、いや……別に焦ってはいないが」

「そうですか？　まるで、後ろに何か隠していらっしゃるような……」

イェルマが部屋の中を覗こうとすると、明らかに奥を隠すようにルスランが大きな体で視界を塞いできた。

無理矢理作った笑顔が怪しい。

女の勘が働いて、イェルマはわざとらしく「あ、そういえば！」と言って手を叩いた。

「私、こちらのお部屋に忘れてきてしまった物がありまして。耳飾りなのですが、見かけませんでした？」

「いや、見かけてない……というか、君は初夜以来この部屋に入っていない……イェルマ!?」

イェルマはルスランの返事など聞かずに「でも、確かこちらに……」と言いながら、彼の体の横から無理矢理顔だけを部屋の中に入れた。

「あ、いらっしゃった」

イェルマは想像通りの光景に、張り付いた笑顔と共に棒読みの声を出した。

目の前の大きな寝台には、上半身裸のエジェンが起き上がってこちらを見ていたのだ。

「きゃっ！　イェルマ様⁉」

絵に描いた浮気現場のようだと思いながらも、いや、これでいいのだと自分を納得させる。

「お邪魔してしまいましたね。ふふ、ルスラン様、よかったですね」

ルスランは、ずっと部屋の外に向かって項垂れていて、部屋の中を見ようともしない。

「違う、本当に違うんだって」

「何も違ってはおりませんが？」

イェルマがことさら明るく返すと、ルスランは扉の外に向かって俯いたまま続けた。

「違うんだよ、イェルマ。本当にごめん。誤解されたくなくて部屋の中を見せなかっただけで、そういう事じゃないんだ。確かにエジェンはこの部屋に来たけれど話し合っていただけで、途中で彼女が気分が悪いって言うから横にならせていただけなんだ。今、ちょうど人を呼んでいたところで……」

――取り繕うような言い訳も、使い古された典型的な作り話みたい。

人は優位に立つと、高揚するものらしい。イェルマは、わくわくするような気持ちを抑え切れず

「裸で話し合われていたのですか？　それとも、気分が悪い方を裸にするのがルスラン様のやり方なのですか？」と一気に捲し立てた。

驚きの表情で「え!?」と言って、エジェンを振り返ったルスランは、真っ青になっていた。

「あ、もう行かなければ。では、ルスラン様、エジェン様、お邪魔いたしました」

「イ、イェルマ！　これは、本当に違うんだ！　ちょっと待ってくれ！」

しばらく無視し続けて廊下を歩き続けたが、呼び止めるルスランの悲壮な声に仕方なく振り返ると、彼の腕に絡みつくように裸のままのエジェンがしなだれかかっていた。

そんなエジェンをどうにか離そうとするルスランに、冷ややかな視線を送りながら「どうぞ、お幸せに」と言って微笑むと、彼はその手すらも止めてしまった。

イェルマの冷たい表情に気づいたのか、ルスランは「イェルマ……」と小さく呟くと、脱力したように扉にもたれかかったのだった。


「……という事があったのよ！　全く、何が違うのかしら」

ルスランの部屋から自室に戻ってからは、あっという間だった。イェルマはすぐにサドゥを呼び出し、馬車に乗り込み、護衛と共に出発して、今はすでに半分の道のりまで来ている。

「なるほど。で、それはつい先ほどの……出発前のお話ですか？」

ガタガタと揺れる馬車の中で、サドゥと向かい合って昨日と今朝の話をしているところだった。

「そう。だから、早く大宮殿から離れたくて呼び出しが早まってしまったの。悪かったわね。目が赤いわ。また仕事だったの？」

「はい。夜通しの……」

「そう……それは休ませてあげられなくて、申し訳なかったわ。馬車の中で少しは寝てちょうだい」

「ありがとうございます。でも……イェルマ様のお話を聞いて、少し気が楽になりました」

「そうかしら？　そんな楽しくもない話だったわよね？」

「それはそうなのですが……。確かに、なぜなんでしょうね」

いつもより深く頭巾（ずきん）を被（かぶ）っているためか、サドゥの表情はわからなかったが、声に疲れを感じられた。

「サドゥ、やっぱり疲れているんじゃない？　私が無理矢理来させちゃったから……」

「いえ、今はこちらに来られてよかったかもしれません。大宮殿にいると、エジェン様にも付いていなければなりませんから」

エジェンの名前を聞いただけで気分が暗くなる。サドゥはそれに気づいたのか「大丈夫ですか？」と尋ねてきた。

「やはり……イェルマ様は、皇帝陛下のお心がエジェン様に向かわれるのがお嫌なのでは？」

核心を突かれて、ドキッとする。

それは、この二日間でイェルマも痛いほど突きつけられていた、自分の本音だった。

ルスランとエジェンはすでにあるべき形に進んだのだから、もう取り繕う必要もないかと肩の力を抜いて、イェルマは一言ポツリと溢（こぼ）した。

「嫌よ……」

反応しかけたサドゥを黙らせるように「でも、そうするしかないのよ。それが……誰にとっても、一番の幸せなのだから」と続けた。

「……そんな表情で言われても、何の説得力もありませんよ……」

小さく返されたサドゥの声は、なぜかとても苦しそうだった。

「イェルマ様、私も何が正解なのか……わからなくなっています。不確定なものが増えて……信じるべきものが見えなくなり……迷いの中にいるようです」

思わぬサドゥの弱音に、イェルマは心配になって「どうしたの？　大丈夫？」と声を掛けながら、彼女の表情を見ようと頭巾に触れると、持ち上がった頭巾の中からわずかに覗いた彼女の口元に、血が滲(にじ)んでいるのが見えたのだ。

「サドゥ！　あなた、怪我(けが)をしているじゃないの!?」

「これは、大丈夫です。本当に大したものではないので、気にしないでください。私は呪医(じゅい)なので何かあれば、自分でわかりますし、治すこともできます。それに、怪我をしたのはここだけなので、本当に大丈夫です。……それよりも、イェルマ様にお伝えしなければならない事があります。先ほど伺った皇帝陛下の言い訳に聞こえたお話は、全て偽りのない真実です」

「ど、どういう事!?　なんでそんな事がサドゥにわかるの？」

「なぜならば、私もエジェン様が旧宮殿から大宮殿に戻られた日から連日連夜……しかも、夜通し陛下のお部屋でお二人の話し合いに付き合わされていたからです。ただ、確かに皇帝陛下は話し合いをしようとされていましたが、エジェン様は話し合いを目的に自ら訪れて、皇帝陛下に迫りながらも拒否されていたようです。そのうちに体調が悪くなり、度々私が呼ばれた……というものです。これが連日でしたから、さすがに私も先が読めて、話し合いの開始頃から終わり頃まで部屋の隅で待機する事が多くなっていました。昨晩から今朝にかけても、もちろん待機しておりまして、とりあえずと寝台に寝かされたエジェン様をご自身のお部屋に運ぶべく、宦官などを呼びに行っていたので不在となっておりました。当然ですが、私が部屋を出る時のエジェン様は服を着た状態でしたよ」

「話し合い？」

「はい。もちろん私には聞こえないように話されていましたから、内容は存じ上げませんし……」

「わかっているわ。知っていても、言わない約束だものね」

「ただ、皇帝陛下のお部屋にはエジェン様が強引に訪ねていらっしゃった事と、皇帝陛下はエジェン様から何かを聞き出したくてお部屋に入れていたという事は事実です。不確定なものが増えた中でも、これだけは私がこの目で見て確認したものですから」

「でも、サドゥ、そんな事を私に明かしてしまってよかったの？　あなたはエジェン様派だったわよね？　この話は、とてもエジェン様に有利なものとは思えないわ」

「そうですね。どうしてかは、私にもわかりませんが……イェルマ様に言うべきだと感じてしまったのです。申し訳ありませんが、これも気の迷いとでも思ってください」

「そう……でも、エジェン様もどうしてあんな奇妙な行動をしたのかしら。寵愛(ちょうあい)を受けたいのはわかるけれど、あんな強引な事をしていたら余計に距離を置かれてしまうでしょうに」

「そうですね。本来なら、あそこまでする必要はなかったのに……。となると……やはり……」

遠い目をして心ここに在らずといった様子のサドゥが、ぽろっと言葉を溢した。

おや？　と思ってイェルマが片眉を上げると、彼女は「いえ、こちらの話でした。聞かなかった事にしてください」と苦笑いした。

サドゥを困らせてはいけないと、イェルマは「ルスラン様もちゃんと説明してくれればよかったのに！　下手に誤魔化そうとするから、誤解を生むのよ！」と言って話題を戻しつつ口を尖らせた。

「ふふ、皇帝陛下ともあろうお方が、悪手でしたね。ただ、イェルマ様に全てをお話しするべきか悩まれたのだろうとは推察いたしますが……」

そう言ったきり、サドゥの無言が続いた。もしかしたら彼女には、それが何なのか想像がついているのかもしれない。

「それは、サドゥも教えてはくれないのよね？」

「そうですね。ここまで言っておきながら申し訳ありません。迷いの中にあるので、ついポロッと出てしまいますね。気をつけなければ……」

「まぁ、お互い言えない事があるのもわかった上の協力者だったものね！　なのに、ルスラン様とエジェン様の真実を教えてくれたのは嬉しかったわ。ありがとう！　あんな態度を取ってしまったのは、ルスラン様に悪かったかしら。でも、このまま気まずくなれば、うまく距離ができるかもだし……んー……」

「イェルマ様も、迷いの中にいらっしゃいますね」

頭ではこのまま距離ができていけば、いい方向に向かっていけるとわかるのに、心はルスランに寄り添ってあげたくて仕方ない。

「更に迷わせる事を申し上げますと、皇帝陛下が意気消沈されているのは確実ですね。もちろん、現在進行形で。この数日だけでも、私が伺う度に『イェルマは元気か』『イェルマはどうしている』と必ず聞かれました。その度に『お会いしていないので、存じません』とお返しすると『そうだよな、私も全然会えてない』と寂しそうに仰(おっしゃ)っていましたから」

まるで目の前でルスランがそう言っているかのように、イェルマはその姿を簡単に想像する事ができた。

胸が絞(しぼ)られたようにキュッと痛くなり、今すぐにでもルスランに会いたくなってしまった。

「もう、エジェン様派なのに私を迷わせないでよ！」

「そんなに迷われるほどのイェルマ様の中の理由が何なのか、私も気になりますが……この話はここで終わりにいたしましょう。夏の宮殿に到着したようですからね」

少しだけ元気を取り戻したサドゥは、馬車の窓の外を指差して「見えてきましたよ」と言って、教えてくれたのだった。

そこには、西大陸様式と東大陸様式が絶妙に入り混じった絢爛豪華(けんらんごうか)な宮殿があった。規模も大宮殿に匹敵するほどで、避暑のためだけに使うというのは勿体(もったい)ないような宮殿だ。

馬車を降りて女官達に迎えられ、すぐに宮殿内の確認をしたが、すでに問題なくいつでも両親が迎えられる状況だった。

その翌日にはルビオン王国からの一行が到着し、イェルマは自分の婚儀以来両親と再会できた。

「イエルマ！　あぁ、やっと愛しい我が娘に会えたぞ！　なんと喜ばしい事か！」

門の前で出迎えていたイェルマは、馬車から降りてきた父の大きな体に包まれて呼吸困難になりながらも「ようこそ、ラスカーダへ……」と何とか挨拶をした。

父は、鷲鼻ではあるものの東の大陸には珍しいスッキリとした一重瞼の目を持っている。その眼光は鋭く、眉は凛々しい。ルスランよりも肌色は薄いが、イェルマや母ほどには色白ではなく、焦茶色の短めの直毛を後ろに撫で付けていて、口は常に真一文字、眉間には深い皺が寄るため気難しい印象だが、イェルマの前では少し和らぐ。柔らかな表情になると、東の大陸の中年男性には珍しく髭がなく細面のため、ルスランの父よりもだいぶ若く見える。また、全身を唐草模様で彩られた上質の絹でできたカフタンを着て、腰にはヤタガン刀と呼ばれる刀を帯びていた。色染めされた皮の鞘には細かな金の装飾と細かな宝石がちりばめられ、銀色の柄にも金で花々の模様が施されていて、ルビオンの豊かさを象徴していた。

少し間を置いてから、母が馬車から降りてきて「ふふ、陛下ったら。イェルマが苦しそうですよ。イェルマ、元気でしたか？　大宮殿で、ルスラン皇帝陛下に会えましたよ」と声を掛けてくれた。

「はい、お母様もお元気そうで何よりです」

イェルマと同じ白金色の髪を持ち、青みがかった薄紫色の瞳の母は、相変わらず人間離れして美しい。娘でさえ、永遠に年を取らないのではないかと思うほど、肌も声も全てが若いままなのだ。

その時、イェルマの頭の中には『動物寓意譚（ベスティアリ）』に描かれていた、たくさんの魔物の姿が浮かんでいた。

——やはり……お母様は、人ではなくて……。

「イェルマ、どうかしましたか？」

ふわりと笑う母の目から逃れるように、イェルマは「いえ、何でもありません。宮殿の中をご案内いたします」と言って歩き始めたのだった。

その日の夜は西大陸様式の食堂で、大理石で作られた食卓テーブルを三人で囲んで食事をとっていた。

「すごいわね。今日イェルマが案内してくれたお部屋もそうだったけれど、西大陸のやり方を色々と取り入れている宮殿なのね」

「気に入ってもらえたのなら、よかったです」

「ふん、金のある国は余裕があるからな。贅沢三昧（ぜいたくざんまい）をしても懐（ふところ）が痛まないのだろう。それにしても、あんな青二才がこのラスカーダを率いるとはな。世も末だ」

父がグラスを傾けながら、口を歪（ゆが）ませる。

「な、なんて事を言うの、お父様!? ルスラン様は、父皇様（ふこうさま）も安心して旧宮殿で隠居生活をされているくらい、素晴らしい皇帝なんですから！ 青二才だなんて……お父様だってルスラン様と同じ年の頃に即位されたって聞きましたよ！」

憤慨するイェルマを落ち着かせるように、母が静かに口を挟んだ。

「陛下は、もしかして……ルスラン皇帝陛下が羨ましいのですか？」

母の言葉に顔を赤らめる父は、正解ですと言っているようなものだった。

「陛下は、ルスラン皇帝陛下にも色々言ってしまっていましたし……あんまり意地悪をすると皇帝陛下に嫌われてしまいますよ」

「別に意地悪ではない。それに、あの男に嫌われたところで……」

聞き捨てならない両親の話に、イェルマはカッと目を見開いた。

「お父様、ルスラン様に何を仰ったの！」

「別に意地悪とかではなくて……『イェルマの姿が見えないが、別居でもしているのかー』とか『イェルマに愛想尽かされたんだろー』とか。いや、ちゃんと祝いの言葉は伝えたぞ！　ほら、雑談の時に……少し冗談で言っただけだから」

父の弁解に頭に血を上らせていると、母が追撃してきた。

「ルスラン皇帝陛下は、明らかに沈んでいるご様子でしたよ。青ざめたまま、力なく無理矢理笑って『いえ、夏の宮殿でお二人をお迎えするために、先に行っているだけで……別居とか、愛想尽かされたとかでは……』と仰ってね。でもイェルマ、本当に喧嘩しているわけではないのよね？　ルスラン皇帝陛下が落ち込んでいるご様子が、とても気になったのよ」

「喧嘩というか……それよりも、お会いしたのはルスラン様だけですか？　他に誰か……母后様ではない女性には会いませんでした？」

「いや、会ったのはあの男だけだ。女とは、どのような女だ？」

今はまだ、エジェンの存在を知らない可能性のある父に、どこまで話すかを悩みながら、イェルマは慎重に言葉を選んだ。

「長い黒髪の、綺麗な女性です。名前は、エ……から始まるのですが」

はっきりと「知らないな」と即答する父に、ホッとする。

――私の両親だから、会うのを遠慮したのかしら？

今はその配慮がありがたい。一度目の前世と同じ道を辿らないように、可能性のある芽は摘んでおくに限る。

「その女がどうしたんだ？　困っているのか？」

「まさか、とてもよい方なんですよ！　その方には絶対に嫌な事をしないでくださいね！　例えば……兵士に襲わせるとか」

「何を言っているんだ。イェルマが気に入っている者に、そんな事をするわけがないだろう」

「そうですよね！　あと、父皇様に危害を加えるつもりもありませんよね？」

「父皇？　あぁ、ラスカーダの前皇帝か。急に何を言うかと思えば……あるわけがない。両国の関係が平穏なのに、なぜそんな事を心配する？」

「いえ、ただ何となく。でも、これで安心しました！」

「よくわからないが……それよりも、本当に喧嘩していないのか？」

「していません。お父様は、気にせずお召し上がりください。明日の宮殿のご案内の準備がありますので、私はこれで失礼いたします」

父の呼びかけを無視して、イェルマはその日の役目を終えたのだった。

しかし、その翌日も更にその翌々日も父からの追撃は止まなかった。

「イェルマ、あの男と喧嘩しているのなら、このまま一緒にルビオンに帰らないか？　またお父さんとお母さんと三人で暮らせばいいじゃないか」

せっかくエジェンと父皇の無事が保証されたのに、このままでは、早合点して先走った父が予想外の行動を取らないとも限らない。

「何度も言っている通り、ルスラン様とは喧嘩などしておりません。私達はとっても仲よしで、本当に幸せなのです！」

「しかし、あの男があんなにも意気消沈しているというのは珍しい。絶対お前絡みだと思ったんだが……」

「な、何を根拠にそんな事を……お父様こそしつこ過ぎます！　そうやってルスラン様にも、しつこく私との結婚を迫ったのでしょう！　なのに、なぜそんなに私達が仲違いするのを望むのですか！」

「……誰が、誰に、イェルマとの結婚をしつこく迫ったと言った？」

父の顔が引き攣っている事に気づいて、もしかして何かが間違っていたのかもしれないと気づいた。

「……お父様が、ルスラン様に迫ったとか……聞いたような、聞かなかったような？　お父様が仕掛けた政略結婚がそういう言われ方をしていただけで、別にしつこかったかは実際には見てないから、言い過ぎましたけど……」

しかも、父からしてみたら未来の見知らぬ人々に言われているだけの話なので、通じなくても仕方がない。猪突猛進型(ちょとつもうしんがた)の父は、得てして自分の言動が見えてない事が多いのだ。

ところが、言い終わった途端に父が血管を浮き立たせて「俺から仕掛けた、せぇーりゃくけっこんだとぉぉぉおー!?」と叫び声を上げたのだった。

「もう一度聞く。あの男が、お前達の結婚は、私から仕掛けた政略結婚だったと、そう言ったのか?」

怒りが収まらないのか、父の手はブルブルと震えている。

「い、いえ……ルスラン様が言っていたのではなくて……ちょっと小耳に挟んだだけで」

「政略結婚など!　私からあの男に、言うものか!　しかも、一人娘のイェルマを……イェルマをぉぉー……」

とうとう父は雄叫(おたけ)びを上げながら、泣き崩れてしまった。

「イェルマ、誰から聞いたのか知りませんが、それは誤りですよ」

母が父の背中をよしよしとさすりながら、イェルマに訂正した。

イェルマが何が誤りなのだろうかと首を傾(かし)げていると、父が不機嫌な顔を向けてきた。

「そうだ!　お前達の結婚の話を出したのは、俺からではない。あの男からだ!　あの男から唐突に結婚話を持ち出されたんだ!　あの男は、この俺からイェルマを奪い取ったんだ!　優男(やさおとこ)だの軟弱者だのと聞いていたから油断したが、あれは生粋の東の男だ！」

「お父様とルスラン様の間に、何があったのですか？　お父様が三日間、ルスラン様を監禁したとまで聞いていたのに……」

「監禁などしていない！　あの男が、勝手に我が城に居座っていただけだ！　何が何でも俺からイェルマを奪おうとして……」

聞いていた話とあまりにも違う内容に、イェルマの頭は混乱していた。

「ねぇ、お父様！　本当は何があったの？　ねぇ、教えてください！」

大人気なく「教えない！」と言う父にムッとしつつも、イェルマはしつこく尋ねた。

母はそんな二人を「今度は、立場が逆転ねぇ」と言って眺めていたが、さすがに二日間も娘から追い回された父は「疲れた……ルビオンに帰る」と言って、荷造りを始めてしまったのだった。

両親が出発する朝、イェルマはサドゥに白い目を向けられていた。

「おもてなしとは……」

「わかってるけど、聞きたかったんだもの！」

「頬を膨らませても仕方ないでしょう。せめて、ルビオンに帰られるまでの無事を祈りましょう」

二人の会話を聞いていた母が、笑いながらそばに寄って来た。

「ふふ、陛下も本当に怒っているわけではないから大丈夫。きっと、ルビオンを長く不在にするのが心配なのよ。それと、陛下は……お父様はね『鉄壁王』と呼ばれているのに、一番大事な宝物のあなたを皇帝陛下に奪われてしまったのが、悔しくてたまらないらしいのよ。つまりね、拗ねてるの。だから、イェルマに自分の口からあの時の事を言うのが嫌なのよ」

ふふふと楽しそうに笑う母の手を取って、イェルマは力強くお願いをした。

「では、お母様が教えてください！」

「私はね、イェルマの味方でもあるけれど、陛下の味方でもあるのです。私の口からは教えてあげられません」

にこっと断られて、余計に頰が膨らむ。

「ふふ、皇帝陛下に直接聞いてしまえばいいのですよ」

ほらいい考えでしょう、と言いたげな母の微笑みに口籠もる。

母は手を握り返すと、諭すように「イェルマ」と言った。

「二人の間に何があったのかはわからないけれど、お互いの気持ちをしっかり伝え合うのは、とても大切な事なのよ」

「そう……ですけれど……」

準備が整ったようで、少し離れた所から父が母を手招いていた。

「あら、そろそろ行かなきゃ」

そう言って立ち去ろうとする母の手を、イェルマはグッと握り締めて「では、お母様に聞きたい事があります！」と言って引き留めた。

「おいおい、どうした？　イェルマ。甘えるのもいいが、もう俺達は行かなければ……」

何事かと父もそばに来て、母の隣に並んだ。

イェルマはごくりと唾を飲み込んで、深呼吸を繰り返すと、ゆっくりと口を開いた。

「あの、も……もしかして……私は……」

父も母も、隣にいるサドゥさえも固唾を呑んで続く言葉を待っているのを感じる。

イェルマは、何度も「私は……私は」と繰り返して、ようやく覚悟を決めた。

「私は、魔物の娘ではないのですか！」

その瞬間、辺りはしん……と静まり返った。

時が止まったのかと思うほど、誰もが微動だにしない中、ようやく父が「お前が、魔物の娘……だと？」と、絞り出すように震える声を出した。

恐る恐る父を見ると、父も戸惑いを隠せないのか言葉を探すように「な、何を言っているんだイェルマ。本気で言っているのか？　そ、それはつまり……俺達が魔物だと？」と返してきた。

「はい……お母様が、魔物なのではないかと……」

父は再び口を閉ざすと、ひとつ大きな深呼吸をして「魔物か……」と繰り返した。真剣な眼差しでこちらを見つめると、落ち着かせるような声で「イェルマ……」と呼びかけてきた。

「大丈夫だ、お前は自信を持っていいんだ」

「では……やはり、私は……！」

「あぁ！　お前はそのままでいい！　お父さんは……二十歳になってもそういう事を言えるお前が大好きなんだ！　だから、安心していいんだ！　いやぁ、イェルマは昔から想像力が豊かで、ほんっとーに素晴らしいっ！」

父は一瞬にして笑顔を取り戻すと、安心させるようにイェルマを抱き締めてきた。

――あ、これは絶対に違う……魔物とか関係ないわ！

「ごめんなさい。冗談です。聞かなかった事にしてください」

「いや、いいじゃないか！　想像力が豊かなのはいい事だ！」

さすがにこの状況は耐えきれないので、やめて欲しい。

「す、すみません。言葉のあやで……あの、お母様がどこからいらっしゃったのか、聞きたくて……私達ってこの辺では珍しい見た目でしょう？　そういえば、お母様のご出身を聞いた事がなかったなぁと思いまして」

途端に父の勢いは失われ「あ、あぁ……」と言ったきり、何も言わなくなってしまった。

「陛下、いいんですよ。私はもう、大丈夫ですから」

「しかし……」

両親のやり取りを見ていて、イェルマは言いにくい事を聞いてしまったのだと気づいた。

「ごめんなさい、無理には話さなくていいですから」

それでも母は穏やかな笑顔のまま「いいえ、イェルマ。いいのよ」と言って、静かに呼吸を繰り返した。

「私はね……奴隷だったの」

思いもよらない母の言葉に、イェルマは固まった。

「お前は、奴隷ではない！　奴隷にされかけて、ハル共和国に連れ去られるところだっただけだ！

お前は元々北の族長の娘で、生まれも育ちも確かで……！」

「陛下ったら……私は気にしていないから、大丈夫ですよ。でも、そうやっていつも守ってくださって、ありがとうございます。それに、もう故郷の一族は、アッガーナに全て奪われてしまったから……今はもう、誰もいないのです。私は、アッガーナよりも更に北にある国の……最北端の村のある一族に生まれ育ったの。少数ながら、互いに助け合って生きる……ごく普通の一族だったわ」

　母は遠い昔話を語り聞かせるように、ゆっくりと話し始めた。

「私達一族は東の大陸では珍しい容姿だからと、アッガーナ軍による拐かしの対象となっていたの。あの日、アッガーナ軍は私達を捕らえると、荷馬車に乗せて南下したわ。高級奴隷としてハル共和国の闇市場で高値で売り買いされていたらしく、とても長い道のりを運ばれていったのよ」

「そんな……そんな恐ろしい事を!?」

「ええ。そして、ラスカーダ帝国を経由してハル共和国へ向かうか、ルビオン王国を経由してハル共和国に向かうか悩んだアッガーナ軍は、当時の力関係では、自分達の方が上だったルビオンを経由する方を選んだの。アッガーナとルビオンは今と同じように互いに良好な関係ではなかったようだけれど、見つかっても振り切れると考えていたのでしょうね。すでに荷馬車の中の生存者は私だけになり……私は、絶望感でいっぱいだったわ。そして、やはりアッガーナ軍と私はルビオンの人達に見つかってしまったの」

「ルビオンの人は、お母様を助けたのですか!?」

「ええ、助けてくれたのよ……陛下がね。アッガーナの兵士をほとんど一人でやっつけてしまってね、すごかったの」

母はその時の事を思い出すように、穏やかに目を閉じた。

「あの……魔物なんて言って、ごめんなさい。私もお母様もあまりいない見た目だし、特にお母様はすごく若く見えるから……ちょっとだけ、疑ってました」

「あら、若く見える？　ふふ、そうかもね。ルビオンの中では、若い母親かもしれないわね。実は、陛下と結婚した時……私は十八歳になったばかりだったのよ。ルビオンだとまだ成人前だから、結婚はできないはずなのにね。だから内緒ね。ほんの少しだけ、若いのはそのせいかしら……最初はお互いの言葉もわからなかったのに、やっと言葉がわかるようになったと思ったらすぐに求婚されて、年齢の勘違い事件もあって……あっという間なのに色んな事があったわ。ね、陛下」

嬉しそうに父に寄り添う母と、恥ずかしそうに母の肩を抱く父に、娘としては複雑な気持ちだ。

「だから、イェルマも色んな事があると思うけれど、きっと大丈夫よ」

「何もなくとも、すぐにルビオンに帰って来ていいからな」

「もう、陛下ったら……またそんな事を言って。そんなに寂しいのなら、二人目考えます？」

「お、お前……え、本当に？」

慌（あわ）てながらも期待の目を向ける父の腕を引いて、母は共に馬車に乗って行ってしまった。

「どうしよう……この年で、弟か妹が生まれる可能性が出てきたわ」

去り行くルビオン一行を見送りながら、ぼそっとイェルマが呟くと、隣にいたサドゥが小さく震え出した。

「おめでたいじゃないですか。お母様も、実年齢が二歳若いからというより、やはり元々がお若い体なのでしょう。きっと、月の祝福を受けられ……無事に身籠もられますよ」

そう言いながらも、サドゥの声は震えている。

「震えているけれど、だいじょ……」

途端に、彼女は堪えきれずに大声で笑い出したのだ。

驚いて見ていると、しばらくしてサドゥがひーひー言いながら聞いてきた。

「ま、まさか……ふふっ、ご、ご自分が、魔物の娘だと思って……それで、今まで、あんな事を……してきていたのですか？」

「違うわよ！　それは半分くらいで、ちゃんと他の理由もあるのよ！」

「半分も思っていたんですね。あははは！　そんな事で……」

そこまで言って、サドゥは満足そうに「はぁ」と一呼吸入れると、優しい眼差しでイェルマを見つめてきた。

「そんな事で、あんなにも思い詰めてしまうんですね……イェルマ様は」

その時、サドゥがふっと空を見上げた。

そこには、青い空を横切る烏のような黒い鳥が飛んでいた。

サドゥは小さな声で「あぁ、行かなければ」と呟くと、イェルマに頭を下げた。

「私は、大宮殿に戻らなければなりません。イェルマ様はどうされますか？　イェルマ様はルビオン国王ご夫妻の対応のみを任されているとの事なので、こちらに残って折を見て帰られるも、すぐに大宮殿に戻られるも自由にと伺っています」

イェルマは、すぐに答える事ができなかった。

一緒に帰ると言いたいところだが、ルスランに会ってどうするべきなのか、正直まだわからなかったからだ。

「私は……もう少し、ここに残るわ」

そう言ったイェルマに、サドゥは苦笑いを浮かべながら肩をすくめ「それでは、失礼いたします」と言って、去って行ってしまったのだった。

誤解も解けたし、結婚も政略結婚ではなかったし、自分は魔物ではなかった。

その上、父にエジェンへの嫉妬を言わなかったし、父はエジェンも父皇も襲うわけがないとまで言ってくれたので、ラスカーダとルビオンが戦争になりそうな原因もないのだ。

足枷(あしかせ)になっていたはずのものが、ひとつひとつ取れていく。

未来を変えられているのではないかと強い期待が湧き上がるも、まずは冷静になるべきだと自らを落ち着かせた。

◆ ◆ ◆

サドゥと別れたイェルマは、それからしばらくの間、夏の宮殿で過ごしていた。

そこには、ぼんやりと庭園を眺(なが)めては、ハッとして頭を抱えるイェルマの姿があった。

――冷静になれない！

美しい花を見れば彼に伝えたくなり、美味しい食事を口に運べば彼にも食べさせてあげたくなり、興味深い本を見つければ彼に知らせたくなった。

冷静になるためにとどまったはずが、結局は四六時中ルスランの事を考えてしまっていたのだ。

ある日の夕刻、空に星々が輝き始めた頃、イェルマは溢れかえる気持ちのままルスランの事を考えながら、衣装箱を引っ張り出していた。

「やっぱり無理。こんな美しい夜空をルスラン様と一緒に見られないなんて無理だわ！　すごくルスラン様に会いたい！　誤解だとわかったから、気にしないでくださいって言いたい！　私も謝って、また一緒に過ごしたい……！」

ルスランへの想いを募らせながら、ばっさばっさと服を箱に詰めていく。

「そもそも冷静になる必要なかったわよね？　あのままサドゥと帰っていれば、今頃仲直りできてたはずよ。だってもう、何も気にするものはないはずでしょう？　だからもう、ルスラン様とエジェン様の関係を考えなくても……」

そこで、はたと気づいた。エジェンには応援していると言った身なのに、その裏で手のひら返しをしていたとなっては、気分が悪いだろう。

かと言って、ルスランとエジェンの関係をよしとはできない。

「婚姻が成立したという事は、あの日……二人は、そうなったのだけれど……でも、そうさせたのは私なのだから仕方ないわ。過去の事よ。でも、これからは絶対嫌！　ただ、区切りをつけないといけないわ。まずは、エジェン様に謝るのよ！　やっぱり私もルスラン様の事大好きだから応援できませんって謝ろう！　それで、嫌われても怒られてもいいから、正々堂々と闘おう！」

ルスランと体の関係がなかった日に、わざわざイェルマにそう思わせるような仕込みをするエジェンが相手なので、楽な闘いではないかもしれない。

それでもよかった。誰もがエジェンを推して、彼女こそが皇帝妃に相応しいと声高に叫んでも、誰も味方になってくれなくても、自分はルスランから離れない自信があった。

「だって……やっぱり、ルスラン様が好きなんだもの！」

自分から離れておいて世話ないと思うが、これだけの距離と日数を離れた事で、その気持ちが強固なものになったのだと思う。

再び服を仕舞い始めると、後ろから「イ、イェルマ様……」と震える声に呼ばれた。

振り返るとそこには、新人の女官が赤くなったり青くなったりしながら震えて立っていた。

「も、申し訳ございません。何度かお呼びしたのですが、お返事がなく……」

彼女の様子から察して、小さな声で「いつからいたの？」と尋ねる。

「申し訳ございません！　イェルマ様が衣装箱を持ち出された時からいましたっ！」

最初から全て聞かれていたらしい。

頭を床に擦り付けたまま謝り続ける女官に「いいから。用件は何かしら？」と尋ねた。

「あっ、そうなんです！　こ、皇帝陛下が……！」

その言葉に、イェルマの顔つきが一瞬で変わった。

「ルスラン様がどうしたの！」

女官の知らせを受けたイェルマは、手にしていた服を投げ出して部屋を飛び出した。

脇目も振らずに門を飛び出ると、張りのある声で「イェルマ！」と呼ばれた。

そこには、芦毛（あしげ）の馬から降りるルスランの姿があった。

何かを言いかけたルスランに向かって、イェルマは駆け出した。そして、そのまま彼の胸に飛び込んだのだった。

「イ、イェルマ……！　やっと……やっと会えた！」

ルスランは息切れをしながらも、力強く抱き締めて、何度も名前を呼び続けてくれた。

「ごめん、イェルマ。君が、私の顔を、もう見たくないと、思っているのは……わかっている。でも……どうしても、話を、聞いてもらいたくて……。エジェンとは、本当に何もなかったんだ。し、信じてくれ。イェルマ、お願いだ」

ぜぇぜぇと息を切らしながらも、ルスランは話し続けた。

「確かに……エジェンから、そういう誘いは、何度か受けた……ただ、私は、そのつもりは全くなくて……。私には、本当に、イェルマだけで……、だから、話を聞き出すためだったんだ……イェルマ、本当なんだ！　イェル……っ！」

イェルマは、必死に話し続けようとするルスランの頭を抱き寄せると、落ち着かせるように優しくその唇を自らの唇で塞いだ。

縋（すが）るようにきつく抱き締めていた彼の腕の力がふっと抜けて、温かな手で背中を支えられる。

「ルスラン様、私こそ謝らなければならないんです。きちんとお話を聞きもせずに飛び出して、ごめんなさい。誤解だった事は、私とエジェン様に付いている、女性呪医のサドゥから聞いてちゃんとわかっていますから」

「そうだ。呪医がいた。そんな事も、わからなくなっていたのか、私は」

「私が、ルスラン様の話を聞いてあげなかったから……」

「誤魔化そうとした、私が悪かったんだ。本当に、ごめん」

それから、ルスランはイェルマの存在を確かめるように、大きな両腕でイェルマの体を抱き締めたり、手のひらで頬を撫でたりを繰り返した。

「イェルマに会えなくて……死にそうだった」

弱々しいルスランの声に、ふっと笑いが漏れる。

「大袈裟です」

「いや、本当だ。本気で君に嫌われたのかと思って、心が死にそうだった」

辛そうな目を向けられて、イェルマは胸が痛くなった。

「もう二度とこんな思いはしたくない。絶対に君を離したくない……」

――あぁ……この人にとっても、私は本当に必要な存在だったんだ。

自分が、愛する人にとってかけがえのない存在なのだと気づかされ、イェルマは自分の事までもが愛おしく思えた。

「私、ルスラン様に嫌われても仕方ないような事を、あんなにしてきたのに」

そう言うと、ルスランは宝物を見るような目で見つめてきた。

「今まで、どんなに避けられていても、イェルマの目を見ればわかっていたんだ。どんな時も……ずっと……君の目は、こんなにも私の事を好きだと言ってくれていたのだから」

イェルマは泣き出しそうになるのを堪えながら、ルスランの胸に顔を埋(うず)めて神に祈りを捧げた。

――神様お願いです。もう、悪い事は絶対にしません。だから、ルスラン様のおそばにいる事を許してください。政略結婚でもなくて、魔物でもなかった私は……悪妃(あくひ)にならないように頑張ります。だからお願い……許して、神様……。

祈りと共に、抑えきれない心の中の想いが自然と口から溢れた。

「ルスラン様、好き、好き……。ルスラン様……本当は、ルスラン様を誰にも渡したくありません」

「あぁ、私はずっと君だけのものだ。もう、聞き間違いだなんて言わないね？」

「もう、絶対言いません……だから……」

強く言い返してルスランを見上げると、星々よりも美しい金色の瞳が輝いていた。

「イェルマ」

名前を呼ばれた意味に気づいてそっと目を閉じると、柔らかな唇が当てられた。

「イェルマ、帰ろう……一緒に」

甘い口付けを受けながら頷(うなず)こうとしたイェルマだったが、微(かす)かな物音に気づいて唇を離した。

ルスランは物足りないのか、もう一度とばかりに顔を寄せてきたが、イェルマはそれをそっと手で塞いで「ルスラン様、ダメです。一緒に帰れません」と言って断った。

「なぜ、そんな事を言うんだ！」

悲しそうにこちらを見つめる彼に、イェルマは苦笑いをして彼が来た道を指差した。

そこには、ようやく追いついたらしいルスランの護衛達がいたのだ。

彼らは、馬を止めるなり転がるように地面にどさっと落ちると、息も絶え絶えに「やっと……追いついた……」と言って倒れ込んだのだった。

休憩(きゅうけい)もなしに走り続けて来たと聞いて、このまま帰れるわけがないと判断したイェルマは、女官達と共にルスラン一行の疲れを癒(い)やす事に集中した。

湯浴みは各自でなんとか済ませてもらい、その間に料理長と女官達に指示をして、すぐに出せるだけの料理を並べさせた。

男達が湯浴みから戻るなり、それぞれ女官を一人ずつ付け、必要ならば介助をするようにと伝えて少し遅めの夕食を始めさせた。

当然、イェルマはルスランの手助けをするために彼の隣に座っている。

「ルスラン様、さぁどうぞ」

イェルマの勢いに気圧(けお)されるように、ルスランは「……いや、どうぞと言われても」と言って、少し仰け反っている。

「美味しいので、食べてみてください。ね？」

「ねって……いや、自分で食べられるから、大丈夫だよ」

ルスランは嬉しそうにしながらも、半笑いで首を振った。

「ダメ！　ルスラン様は何もしないで、体をしっかりと休めないといけませんっ」

イェルマは「はい、どうぞ」と言って、皿を片手に、匙（さじ）をルスランに向けていた。

恥ずかしそうに顔を赤らめながら護衛達の視線を気にするルスランだったが、イェルマがじっと見つめながら「あーん、して」と言うと、釣られて思わず口を開けていた。

「美味しい？　ルスラン様」

もごもごと咀嚼（そしゃく）しながら頷くルスランも、満更でもない表情だ。彼は照れ笑いを浮かべながら、続くイェルマからの「あーん」を素直に受け入れていた。

それを見ていた女官達も、男達の体を休ませるためにやらねばと考えたのだろう。しばらくすると、あちらこちらから「あーん」という声が聞こえ始めたのだった。

夕食後は、すぐ眠れるようにと各自を部屋へと案内させた。

イェルマは、自室として使っていた部屋にルスランを連れて行って「さぁ、ルスラン様」と言うと、寝台の上にぺたんと座り込んで大きく両手を広げた。

嬉しそうに微笑むルスランが、包み込むように抱き締めてくる。

「違います。こうです、こう！」

ところが、イェルマはルスランの頭をぐいぐいと押し下げて、無理矢理自分の胸の谷間でむぎゅっと挟み込んだ。

「はい、ゆっくり寝てくださいねぇ」

子供をあやすように、黒髪の頭をゆっくりと撫でながら、広い背中をトントンと叩く。

「イェルマ、もしかして……私を寝かしつけようとしてくれているのか？」

「もしかしなくても、そうです。さ、寝てください」

「寝てくださいと言われても……これは目の毒過ぎるだろう」

イェルマは、豊満な胸の中で顔を赤らめるルスランに気づきもせず「辛いですか？　位置が悪いのかしら」と言って、体を動かし始めた。

むにゅん、むにゅんっと顔全体を柔らかな乳房に包まれたルスランは「本当に誘ってないのか？」と、苦しげな声を漏らした。

「ちゃんと目を閉じてください」

片方の膨らみを凝視していたルスランだったが、イェルマの手に無理矢理塞がれて、仕方なく両目を閉じた。

「明日は、すぐに出発できるように用意させていますからね。早く、寝ましょうね」

るんるんとしてルスランに声をかけると「眠れるわけがない……」という声が聞こえた気がしたが、すぐに穏やかな寝息が聞こえてきた。

「ふふ、寝ちゃった」

疲れの残る淡い褐色(かっしょく)の肌をそっと撫でると、安心したような寝顔で「イェル、マ……」と言われて、胸がキュンとなる。

イェルマは、ルスランごとボフンッと寝台に倒れて、穏やかな眠りの中へと入っていった。

翌朝、イェルマは、胸の間で幸せそうに眠るルスランの大きな手に胸を揉みしだかれて、目を開けた。

「もう、悪戯な手なんだから」

その手をどかして、初めて見るルスランの寝顔にうっとりとした。

凛々しい眉毛がわずかに下がっていて、いつもより幼く見える。ため息が出るほどに長いまつ毛に、薄く開かれた唇、寝息さえも聞こえないほど品のある寝姿はまるで、絵画のようだ。

最高のご褒美を享受するようにルスランの寝顔を堪能していると、うっすらと目が開いた。

「ごめんなさい、起こしてしまいましたか？　もう少し、ゆっくりしていてくださいね。私は、出発の確認をして参りますから」

名残惜しそうな目を向けるルスランの額に口付けをすると、イェルマは「それでは、また後ほど」と言って部屋を出た。

朝食時には、ルスランを始めとした男性達は元気を取り戻していたが、なぜか全員が悶々とした表情を浮かべていた。

すでに出発準備は整っていたので、専用の馬車にルスランと共に乗り込み、イェルマ達は夏の宮殿を後にしたのだった。

皇帝妃専用の馬車は、二頭立ての小ぶりな馬車だが内装が豪華だった。飾り格子の窓、薄布とレースのカーテンには華やかなタッセルや玉飾りが付けられ、天鵞絨張りの長椅子には、一面に唐草模様と大振りの花が刺繍されている。イェルマは、隣り合って座るルスランに、父との経緯を聞き始めたところ、予想だにしなかった答えを聞かされ驚きの声を上げた。
「エジェン様との結婚が政略結婚だったのですか⁉」
「あぁ、父や、祖父の代からの問題のせいでね、どうしても避けられなかったんだ。だから、イェルマとの結婚は政略結婚ではないよ。そもそも、イェルマとの結婚の話が出るより前に、すでにラスカーダ帝国とルビオン王国の関係は良好なものになっていたんだ。元々はいい関係ではなかったけれど、祖父の頃にラスカーダがアッガーナ帝国との関係に終止符を打った事で状況が変わった。元々ルビオン王国はアッガーナと敵対関係にあったから、自動的にラスカーダとルビオンとの関係はよいものになっていったんだよ。だから、敢えて結婚の形を取らずとも、すでに協力関係は出来上がりつつあった」
「では、なぜ結婚を？」

「それは、私がイェルマに一目惚(ひとめぼ)れをしたからだ」

明るく答えられて、イェルマは固まってしまった。

「私はね、イェルマを初めて見た時……父の代理で協定を結ぶために、ルビオン王国に単身訪れていたんだ」

そうしてルスランは、その時の事を思い出すかのように目を閉じて、ゆっくりと話し始めた。

◆　◆　◆

二年ほど前の、ルビオン王国王城。

「美しい姫君ですね」

ルスランは、思ったままにそう口に出していた。

ちょうど、ラスカーダ帝国とルビオン王国との協定が無事に結ばれた事を祝って、ルビオンの城でもてなしを受けている最中だった。

薄く開いた扉の向こうで、興味津々(しんしん)といった表情でこちらを覗(のぞ)く美しい女性の姿に、ルスランは目が離せなくなっていた。

彼女の髪は珍(めずら)しい白金色(はっきんいろ)で、あどけなさの残る美しい顔立ちに凛(りん)とした雰囲気が、まるで神話に出てくる神々や妖精のように思わせた。

身につけている装飾品の様子から、女官や侍女と呼ばれる使用人ではなさそうだと判断して、ようだ。

噂に聞くルビオンの姫君だろうと予想をつけたのだが、訂正されないところをみると正解だった

姫君はこちらの視線に気づいたのか、恥ずかしそうに顔を伏せて扉を閉めてしまった。

名残惜しい気持ちを抱えながら、どうにか視線を扉から元の位置に戻す。

目の前に座るルビオン国王はびくりと肩を震わせると「隠れていなさいと伝えなかったのか⁉」

と、隣に座る王妃に小声で尋ねていた。

——彼女は母親似なんだな。

扉の向こうの姫君は、目の前に座る王妃そっくりだった。

ルビオン国王は聞こえなかったふりをするつもりらしく、杯を傾けた。

いつもならそれを受け入れるルスランだが、この時は不思議とそうさせたくはなかった。

「美しい姫君ですね」

先ほどよりも響く声で、もう一度同じ事を繰り返してルビオン国王をじっと見つめる。

国王は「娘だ」と答えると、ルスランを睨みつけるようにして言葉を続けた。

「もうじき成人するから、そろそろ家臣の誰かと縁談をと考えているところだ」

ルビオン国王の言葉の裏には、お前に娘をくれてやるつもりはないという牽制が含まれているの

を、ルスランはすぐに察知した。

確かに、今の時代のこんな状況で、今のような言葉と視線がそのままの意味で終わる事はないだ

ろう。大抵は「あなたの娘を、私の妻に考えたい」という意味が含まれているものだ。

ルスランは不用意に言葉に出した自分を反省して、苦笑いを浮かべた。

各国を渡り歩き、様々な交渉をしてきたルスランにとって、言動に気をつける事は、すでに身についたもののはずだった。

――そうか、無意識に出ていたのか。

改めて内側に意識を向けた事で、今まで感じたことのない欲望が湧き上がっていると気がついた。

たった一目見ただけで、こんなにも欲しくなるものなのかと自分でも信じられなかったが、抗う事ができないほどの強い気持ちがルスランの中で膨らみ続けていた。

ルスランは自らの本心が悟られないように、スッと目を細めた。

――あの美しい姫君が他の誰かのものになる事など……我慢ならない。

ルスランは策を練る時間を稼ぐように「ほぅ、縁談をお考えで？」と言って、国王の言葉を繰り返した。

ルビオン国王は、その返しにルスランが一歩引いたのだと安堵したのだろう。片頬で笑んで杯に口を付けると「そうだ！」と言って、何度も頷いている。

その瞬間、ルスランは真剣な眼差しと共に、ルビオン国王へ仕掛けた。

「それはよい事を聞きました。是非とも、ルビオンの姫君を我が妻にお迎えしたいものです」

「なっ！　なんだと!?　俺は家臣にと言っただろうが！」

「えぇ。ただそれは、まだ考えている内の事。ならば、どなたとも話は進んでいないはずです」

図星だったようで、国王は「ぐっ！」と言ったまま無言になってしまった。

「よかった。お許しくださるのですね」

「誰がそんな事を言った！　絶対に許さん！　どんな輩ともわからぬ隣国の皇太子に、可愛い一人娘を嫁がせてなるものか！　人となりのわかる国内の貴族を婿にして、跡継ぎにするのだ！」

身分は関係ないと言いたいらしい。

「では、私がどんな男なのかわかっていただければ、いいという事ですね」

にこにこと返すルスランに、国王はげんなりして「……そんな事は、一言も言っていない」と返した。

「大丈夫です。私は、どんな内容でもお受けいたしますので」

そうルスランが言った途端に、ルビオン国王の目が光った。

「どんな内容でもだと？　そこまで言うなら試してやろう！　お前がイェルマに相応しい男かどうか！」

「イェルマ……あの姫君は、イェルマ姫と仰るのですか」

こちらを指差しながら激昂するルビオン国王をよそに、ルスランはその甘い響きのする名を何度も口にしたのだった。

◆　◆　◆

ルスランは、記憶を一旦閉じるように深い息を吐くと、幸せそうな顔をイェルマに向けた。

「イェルマの名前を初めて知った時は、その美しい響きに頭の奥まで痺れたんだ……。まさか、お父上に教えてもらえるとは、思わなかったが」

イェルマは、馬車に揺られながらふるふると首を振った。

「……父も、そんなつもりで言ったのではなかったと思います……。それで、ルスラン様は父に何を試されたのですか？」

「何時間にも及ぶ『シャトランジ』、丸一日かけての弓の競射に、他にも色々とやったが……最後はルビオンの兵士達と決闘もさせられた」

「兵士達と決闘までしたのですか⁉」

互いの駒を使って争う盤上遊戯の『シャトランジ』ならわかるが、決闘までさせるのはさすがにやり過ぎだ。

「そこまでやらされて、ルスラン様は怒らなかったのですか？」

「怒るわけないさ。私も望んだものだったし、むしろこのくらいでイェルマが手に入るのなら、ありがたいと思っていたくらいだ。実は、一つ目で勝ったと安心した時に『これで認められたなどと思うのなら、ラスカーダへ帰るがいい』と言われてね。なるほど、一つとは限らないわけかと覚悟を決めて『認めてもらうまでは、帰りません』と言ってから、お互いに火がついたんだ。ただ、休憩もなしに三日連続で次々にというのは、さすがに疲れたな」

困ったように眉を下げるルスランを見て、なるほどそういう事だったのかと納得した。

「私は、てっきり父がルスラン様をルビオンの城に監禁して、私との結婚を迫ったんだと思っていたんです」

　思えばルスランが城にいた時は、部屋から出るなと父からきつく言われていたのだ。気づかれないように、こっそりルスランの姿を盗み見ていたのは、ほんのわずかな時間だった。

「それだったら最高だっただろうな。あの三日間は、お父上にとっても、私にとっても……本当に長い三日間だったからね……。もちろん、どれも最後には必ずお父上と戦った」

「結果はどうだったのですか？」

「今、イェルマが私の隣にいるのがその結果だ」

　自分としては嬉しい結果だが、父としては悔しい事この上なかっただろう。

「お父上の『負けた』という言葉を聞いた時、やっとイェルマを手に入れられると大喜びした。しかし、それも束の間、今度は私の父から猛反対を受けてしまったんだ。当時は皇帝だから父の意見は絶対だった。『認めるわけにいかない。スヴァリ家の娘との結婚を断り続けた結果がこれとは、ラスカーダを内部分裂させる気か』と激怒されたよ」

「内部分裂？　ラスカーダ帝国はそんな危うい状況だったのですか？」

「そう。そしてそれはすでに、父の代から始まっていた。まだ友好関係ではあったものの、祖父はいずれアッガーナ帝国と戦う日も近いと感じていたらしい。そのための力と後ろ盾、また国土を増やそうと、自分の娘達を次々と他国の王侯貴族と政略結婚させていったが、その事で少しずつ内政から除け者扱いされるようになった国内の領主達が不満を募らせるようになった。そのうち、祖父の命もわずかとなった頃、父と、国内領主の半数以上が味方についた叔父との間で後継者争いが勃発した。叔父は国内領主の娘と結婚していたが、父は他国の王女だった母と結婚していたため、国内勢力の後ろ盾はなきに等しいものだった」

ルスランは、真剣な表情のまま言葉を続けた。

「祖父も、父と叔父のどちらを後継者にするべきか悩んでいたようで、なかなかはっきりとした態度を見せなかったようだ。叔父も皇帝になる気があったのだろう、領主達を中央政権に戻せるように画策したり、大宮殿や当時母后だった祖母に進言して後宮の人員采配にまで口を出すようになっていたらしい。しかし、不運な事に彼は落馬事故で呆気なく死んでしまった。その後、祖父も静かに息を引き取り、大きな争い事はなかったものの禍根が残る形で父が皇帝の座についた。だから、今でも父は、領主達の手のひら返しが、息子の私にまで及ぶに違いないと考えているんだ」

「で、でもルスラン様は皇帝だから、何かされると言っても……」

イェルマが慌てて口を挟むと、ルスランは厳しい表情をした。

「ラスカーダは、ルビオンのように一枚岩ではない。ラスカーダは小さいながらも、元は様々な国や種族が集まってできた帝国だ。争いで国土を奪い取りながら、徐々にこの形になってきた。今の領主達は、元はその地の首長だった者達やその子孫達なんだ。力でねじ伏せていたような時代ではなくなって、少しずつ忠誠心が生まれてはいるが、父の中にはまだ根深い恐れが存在している。見せしめのように叔父派だった主要人物を処刑しても、父は安心しなかった」

その言葉に、イェルマは思わず疑問を口にした。

「処刑までしたのに、まだ不安が？」

「全ての禍根を断てたわけではなかったんだ。数が多すぎたからね。しかも、ラスカーダ最強の兵力を誇り、最大の領地ヴィダマルガを治めるスヴァリ家も叔父派だったが、父は敢えてそこには手をつけなかった。当時の父は皇帝と言っても、そこに手を出せるほどの力がなかったんだ。後ろ盾のない中で即位をして、味方も少なく、皇帝の動かせる兵だけではスヴァリ家の兵力には勝てないとわかっていたんだろう。反乱でも起こされたら終わり……敗北は目に見えていた。皇帝の直轄軍も決して弱いわけではないから、賭けに出てもよかったのかもしれない。ただ、どうにか抑えつけられたとしても、こちらも無事では済まない事を考えれば……」

確かに、それだけの勢力が相手では下手に手出しもできなかっただろう。

「つまりは、常に不安定な皇帝の座にいた父は、領主達の動向や顔色を常に窺っていたという事だ。父は私とエジェンとの政略結婚で国内の領主達の顔を立て、皇帝の座を盤石なものにしたいと考えていた」

ルスランは、一瞬で冷めた空気を纏った。

「父は、エジェンと結婚しなければ、自分の生前退位と私の即位についての話もなかった事にする……そして、ルビオン国王と直接話をしてイェルマとの婚約を白紙に戻してやるとまで言い出したからな」

ルスランはその時の怒りを思い出しているのか、両手が真っ白になるほど強く握りしめていた。

「どうしてもイェルマと結婚したかった私は、父の説得を重ねた。私の好意だけを理由にしても、父にとっては何の意味もないとわかっていたから、イェルマとの結婚には利点があると主張してね。

友好条約だけではなく、結婚という繋がりを持てば、一層の強固な絆ができて大きな利点となるだろうと。むしろ、これでイェルマとの結婚が破談となれば、友好条約にも影響がでるのではないかと伝えたところ、ようやく父が折れた」

　ルスランは柔らかな眼差しをイェルマに向けた。

「あの時は、今までこなしてきたどんな交渉よりも緊張したよ。失敗は絶対にしたくなかったから、父が首を縦に振った瞬間は本当に嬉しかったんだ……。喜びのあまり、父の前で頬が緩みそうになったが、私情を悟られまいと震える拳を握りしめて凌いだ」

「そんなに……しかし、そんなに気に入っていただけるほど、その頃の私達の間に何かあったわけでもありませんし、それだけ期待が大きくなっていれば、その後の私との交流でがっかりされたのではないですか？」

「そんな事はなかったよ。確かに、ルビオンで君と初めて会った時からお父上のお許しが出るまでの間には接点という接点はなかったが、あの三日間、陰から見てくれている君の視線に気づいていたし、君に初めて会った時は、その吸い込まれそうな瞳と国王の言いつけを破ってしまうほど好奇心旺盛な様子に興味を惹かれたからね。むしろ会う度に増えていく君の魅力に、虜になっていった。君にとっては何気ない過去の一部かもしれないが、私にとっては、イェルマとの婚約期間はかけがえのない幸せな日々だったんだ。今でも思い出すよ、婚約者となったイェルマに会うために、ルビオンに行った時の事を……」

　そう言うと、ルスランはその頃を思い出すようにそっと目を閉じた。

◆　◆　◆

無事にイェルマとの婚約が正式なものになってしばらくした頃、ルスランは再びルビオンの王城にいた。

ルビオンの城は、アッガーナ軍がいつ攻めてきてもいいように、周囲を高い城壁と更に高い見張り塔をいくつも備えた荘厳な城で、ラスカーダの大宮殿のように華美ではないものの、唐草模様の丁寧な装飾が施された壁や柱が印象的だ。

城門をくぐるなり、複数人の衛兵に囲まれ、そのまま中庭らしき広場へと案内された。

未だにルビオン国王の信頼は得られていないようで、自分に対する警戒が厳重だと感じる。

広場には一部屋分はありそうな質のよい絨毯が敷かれ、衛兵から「こちらでお待ちください」と案内を受けた。

絨毯に座ってしばらくすると、城の中からイェルマがやってきて、同じ絨毯の端の方に座った。

「きちんと挨拶をするのは初めてだね。私は、ラスカーダ帝国の皇太子ルスラン。イェルマ姫、貴女の婚約者となったので、手紙で約束していた通り貴女に会いに来たよ」

対面で話す距離にしては大分遠いため、声を張り上げる。イェルマは、きっと父親から密室で二人きりにならない事、近づかない事などと言われているのだろう。

「ルスラン様、ようこそお越しくださいました。私の事は、イェルマとお呼びください」

軽く頭を下げたイェルマは、白金色の美しい髪を耳に掛けた。

形のよい耳にまで胸をときめかせていると「それで、どのようなご用件でいらっしゃったのですか？」と問いかけられた。

「少し前に、西大陸で面白い物を見つけたので、是非貴女に贈りたいと思って持って来たんだ」

ルスランは、手に持っていた、手のひらほどの大きさの円形の金の品をイェルマに向けて見せた。

それは、豪華な装飾の施された印章（いんしょう）だったが、重要なのはその中身だった。

興味を惹かれたのか、イェルマが立ち上がってルスランのすぐそばまでやって来る。

それまでの緊張が解けたイェルマは、自然な姿を見せてくれているようで、その目はキラキラと輝いている。

「これは何ですか？」

「印章だが、中に仕掛けがある。オルゴールと呼ばれるもので、上の部分を回すと自動で音楽を奏（かな）でるんだよ」

印章を手渡すと、イェルマはワクワクした表情で説明の通りに金の取っ手を回した。

繊細な高音の音色が流れ始める。

「なんて、素晴らしいのかしら！　本当に音が鳴りました！」

「喜んでもらえてよかった」

驚きと喜びでいっぱいのイェルマの笑顔を受けて、ルスランは高鳴る胸を抑えながら微笑（ほほえ）み返した。

結婚したら、この笑顔を毎日見られるのだから、幸せな未来が約束されているも同然だ。

ついと、イェルマに身を寄せると、周囲にずらりと並んでいた衛兵のうちの何人かが身動ぎをした。若い兵士の睨むような目は、イェルマと自分への嫉妬が絡んだ私情が含まれているようにさえ感じられる。

しかし、全ての戦いに勝ち、イェルマを手に入れる権利を得たのは自分だ。

まだ、本当の意味でイェルマを手に入れられたとは思っていないが、この結婚が彼女にとって無理強いにならないように、これからゆっくりと信頼を得ていく。

ルスランは決意を新たにしながらも、美しい音色を奏でるオルゴールに夢中なイェルマの可愛らしさに、自然と顔を綻ばせたのだった。

◆　◆　◆

満足げに話し終えたルスランに、イェルマは顔を赤くしながら声をかけた。

「確かに父からは、絶対にルスラン様と二人きりにはならないように、また距離を一定以上保つようにと注意を受けた記憶があります」

ルスランの話のおかげで、あの頃の記憶の一部が鮮明になっていく。

「まるで手負いの獣扱いだと感じていたが……今思えば、お父上は正解だった。君と二人きりになっていたら、初夜を待てずに君を押し倒していたに違いないからね」

ルスランに頬を撫でられ、イェルマは首まで真っ赤にさせた。

ルスランはその様子に目を細めてフッと笑ったが、すぐに真剣な眼差しに戻った。

「君との婚儀も終わり、私は幸せの絶頂にいた。しかし、それも長くは続かなかった……。父が、私とエジェンの結婚を早めるために、君を利用しようとしていたからだ。私に小言を言うよりも、君から私にエジェンを勧めさせた方が効果的と考えているのだろうと思ったが、万が一があるかもしれないと、私は、父と周りの者を君に近づけないようにしていた。ちなみに、最近の君の様子が、父に利用されているせいかとも疑っていたが、違ったようだね」

——結婚した後、皇帝だった父皇様と会えなかったのは、ルスラン様が私を守るためだったんだわ！

「そして、イェルマと結婚して少ししてから、私は父から遠征や外交を次々と言い渡されて君と引き離されたんだ。きっと、エジェンとの結婚までの時間稼ぎのつもりだったのだろう。その上、旅先から事情を書いた手紙も君宛に出していたが、届いている様子もなかった。父の指図などで、君の手に届く前に破棄されていたのかもしれない。父はその頃もまだ、私の即位をいつでも白紙にできるなどと脅して、私にエジェンとの結婚を迫っていたんだ」

「あの頃、ルスラン様と会えなかった理由が父皇様のせいだったなんて……それに、白紙になどと……父皇様は、ルスラン様に皇帝を継がせたかったのではないのですか？」

「もちろんそれについては父も前向きに考えていた。しかし、父に生前退位を強く勧めたのは私だ。今のようなやり方から早く脱却させるためには、その必要があると思ったんだ。……私は父のように、領主達の顔色を窺う皇帝になる気はなかった。すでに国内の味方も増え、私はスヴァリとやり合っても勝てると見込んでいたんだ。しかし、今でもスヴァリを恐れ続けている父の耳には届かなかった。私は皇帝になって、どうしてもやりたい事があってね。何度父と話し合ってもわかり合えなかったが、私は家柄や血筋で重用するのではなく、能力や秀でたものを持つ者にその地位を与えたいと考えていたんだ」

「能力で……ですか？」

「あぁ、地方領主も任命制にするつもりだ」

「さすがにそれは難しい気がしますが……」

「当然、領主達は黙っていなかった。しかし、エジェンの父であるスヴァリは、自分達が一目置かれていると自覚してか、エジェンの存在によるものか、余裕のある表情だったがな……」

ルスランの目は、再び強い眼差しに戻っていた。

「当初は、イェルマとも結婚できて、父の退位、私の即位ができればエジェンとはすぐに離縁してもいいと考えていた。しかし、彼女との繋がりを続けるもうひとつの理由が加わったんだ」

「お待ちください！　エジェン様とは、すぐに離縁するつもりだったのですか⁉　そんなの、エジェン様からしたら最悪じゃないですか！」

「しかし、この結婚自体が政略結婚で……」

「でも！　エジェン様がルスラン様の事を本当に好きだったら、どうするんですか！　好きな人と結婚できたのに、すぐ離縁されてしまうなんて、残酷過ぎます！」

興奮気味に畳み掛けると、ルスランは頭を抱えて「そうきたか……」と項垂れた。

「いや、イェルマらしいというか……君はそうやって、他の者の事でもきちんと考えてあげられる優しさがある。だからこそ、色々な事を話すのを避けていたのもあるが……。わかっているかな、エジェンは君の敵なんだよ」

「わかっています。ルスラン様を渡すつもりはありませんが、それはそれ。これはこれです」

かつて悪妃として疎まれる側にいたからこそ、どうしても考えてしまうのだ。

「矛盾してないか？」

自分でも矛盾しているとわかっていたが、もやもやとした気持ちが溢れ出してしまうのは、どうしても止められなかった。

すると、こちらを真っ直ぐ見つめたまま、ルスランが身を乗り出してきた。

「もう一度言うが、彼女は敵だ。多分、君に媚薬を仕込んだのも、彼女の手の者だろう。証言や証拠を得たわけではないから、定かではないが……状況から考えて一番濃厚な線だ。その辺りも含めて、全て吐き出させようとしたのが、エジェンとの繋がりを継続している理由だよ。私は、エジェンを糸口にしてスヴァリ家を排除するつもりでいる」

思ってもみなかった展開になり、イェルマは言葉を失っていた。

「あの時の後宮には、婚儀の準備のために、エジェンやスヴァリ家の者が多く出入りしていた。エジェンからしてみれば、君は邪魔者だ。君が襲われた当初は真っ先に父を疑ったが、あの父がルビオンに刃を向けるほど、強い心を持っているとは思えなかった。それに、父や周りの者はエジェン一行を宮殿に迎え入れるために皆、宮殿の門へ向かっていたんだ。君が襲われたと父や宰相達に報告した時、父は何も知らされていなかったようでかなり動揺していたが、スヴァリだけは眉一つ動かさなかった。やはり、スヴァリに指示された者が何らかの方法で君に薬を仕込んだ可能性が高い」

イェルマの脳裏にはある人物が浮かんでいたが、すぐにそれを打ち消した。

「可能性のひとつ……という事ですよね？」

「その通りだ。だが、婚儀の前日の事件となれば……一番に疑うべき者達でもある。あの事件は私の中で常に燻り続けていたから、目に入る全てを疑っていたとも言えるが……そのおかげで私は助かった事があった。私はあらゆる可能性を考えて、エジェンとの婚儀の祝いの食事に一切手をつけなかったんだ」

「食べていなかったのですか？」

そこまで注目していなかったため、イェルマは気づかなかった。

「あぁ。杯や皿を口元に運ぶふりをして、全く口の中には入れなかった。イェルマの件があった事で、全てに疑いの目を向けるようになったからな」

「でも、毒味されているのですから、そんな必要は……」

「念には念を入れたんだよ。そして、それは正解だった。私の食事にも、媚薬が仕込まれていたんだ」

イェルマは目を丸くして驚くと「媚薬……なぜ、そんな事がわかったのですか？」と震える声で尋ねた。

「手をつけなかった食事を、もう一度そのまま毒味役に確認させたからだ。もしも毒味役が何かを仕込んでいれば、その時点で躊躇うだろう。もちろん、毒であればその味や変化から毒味役はすぐにわかる。しかしその者は躊躇う事なく口にしたらしい。そして、明らかな催淫状態……しかもかなり強い作用だったと報告があった。毒味役と料理長から話を聞いた限りでは、事前に媚薬を入れられる隙はなかった。とすれば、私の目の前に出された時に入れられたとしか考えられない」

「目の前で……しかし、それではさすがにルスラン様が気づかれますよね」

ルスランならば、入れる前から気づきそうなものである。その指摘は彼もわかっていたのか「そうだな」と置いた後で、わずかに口角を上げると「ただ」と続けた。

「隣のエジェンの袖の中に仕込まれていて、祝いの席の最中に振り掛けられていたら、気づく事は困難だ」

「エジェン様が⁉」

よもや花嫁が容疑者とは思わず、イェルマは声をひっくり返らせた。

「液状のものか、粉末状かはわからないが……あれだけの長い袖の中で行われれば、目の前であっても気づけはしない。祝いの席では会話に気を取られて、目の前の事でさえも疎かになってしまうのが常だ。酒も多く飲まされて、味覚も不確かになる。特に……エジェンとの婚儀の頃、これでようやく邪魔をされずにイェルマと過ごせると有頂天になっていたからね……君の叫び声に気づかなければ、奴らの手中に落ちていただろうが、イェルマのおかげで、私はエジェンの動きをしっかりと見る事ができた。彼女はあの時、何度も食べ物を選ぶ素振りを見せていたが、あれが演技で、わざと食事全体に媚薬を行き渡らせるための行動だったら……そして、気づかずにそれを口にしていたら……さすがの私でも、どうする事もできなかっただろう」

その時になって、イェルマはハッとした。

――では、前の世で見たエジェン様との初夜のルスラン様の姿も、もしかしたら媚薬のせいだったの？

「イェルマ、どういう事かわかるか？」

ルスランも万が一を仮定しての事だろうが、その状況を示唆（しさ）しているのだろう。

イェルマは思い出すのも辛（つら）い光景を呼び起こされ、涙を浮かべていた。

「イェルマ、ごめん。泣かせるつもりではなかったんだ。想像してしまったのか？」

現実に見た二人の姿だとは言えず、ただ俯（うつむ）くことしかできない。

すぐにルスランが、長い腕の中に抱き締めてくれた。

「安心してくれ、イェルマ。知っての通り、あの夜、私とエジェンは何もなかった。ただ……実は、あの時……エジェンも媚薬を口にしていたらしいんだ。私も驚いたよ。まだ毒味役の話を聞く前だったが、エジェンの姿を見てやはり何かあったんだと確信していた。わざとか偶然かはわからないが、彼女の食事にも混ざっていたのだろう。……あの姿は……とても寒気がした。まるで娼婦（しょうふ）のように自ら脚を開いて、誘ってこられてもな……イェルマ以外に、反応なんてするわけがない。私は、ただひたすら、イェルマの事件について何か知らないか？　と質問していただけだったのだから。

エジェンは酔っ払いに近い状態だったから、簡単に吐くかと思ったが、なかなか手強くてね……最後までその事には触れなかった」

イェルマは、ルスランが以前話していた「寝所で誘ってくる女」の話や、エジェンに対して「手強い」と言っていた意味を、ようやく理解した。

「では、やはりエジェン様は私の事件について、知らなかったのでは？」

「ところが、君が見てしまった……あの誤解されてしまった時の数日間……エジェンは自ら私の部屋を訪ねて来て『あの時の話を打ち明けたい』と言ってきたんだ。ならばと迎え入れてみると、徐に脱ぎ出して唖然としたよ。そのうちに気分が悪いと言ってきて、呪医を呼んだが、抱いてくれたら全て話すと言って朝まで説明するしないを繰り返して、また誘いをかけてきて、また気分が悪いと寝転んだり……そうやって、毎日居座られたんだ。君の件と私の件、どちらかだけでも証言が取れれば、あの一族を排除するには十分なものになるからと我慢していたが……もう、限界だった」

げんなりした様子で話すルスランに、イェルマは心から同情した。

「それは……大変でしたね」

「それで、どうかな？　これを知って、イェルマはどう思った？」

「えっと……よかったと思いました。だって、私が媚薬を盛られたからルスラン様はその後の事に対応できたわけで……私の事に気づいてくださらなかったら……」

前の世と、同じ繰り返しだった事だろう。

イェルマがゾッとするように体を震わせると、ルスランは何かを堪(こら)えるように眉を寄せて「イェルマ……君は、本当に……」と言いながら抱き締めてきた。

「確かに、イェルマの事があったから警戒心を持つことはできた。しかも、イェルマの悲鳴に気づけたのも偶然だった。あの時、私は到着の遅れたエジェンを出迎えるために、父と共に宮殿の門へ向かうようにと言われていたが、妙な胸騒ぎがして行かなかったんだ。どうしてもイェルマに会いたくなって君の部屋に向かっていたところ、あの叫び声が聞こえた。万が一、父の命令に従って門へ向かっていたら、君が襲われていた事に気づけなかっただろう。エジェンの到着が遅れたのも、実は計算されていたもので、イェルマを襲う時間に合わせての到着だったのかもしれない。そうすれば、出迎えのために後宮も手薄になるし、私も助けに行く事ができないからね。あれで、エジェン達の思惑にはまっていたら、全てに疑心暗鬼になって食事もとれない体になっていただろう。回避できたあの後でさえ、しばらくは食事がまともにとれない状況だった。もちろん、君に対しても、それまでのように接する事はできなくなっていたと思う。薬のせいとはいえ、こんなにも愛(いと)しいイェルマを裏切って、他の女と体を繋げてしまったとなれば、己の身の汚らわしさに嫌気がさして、まともに君の目を見られなくなっていたに違いない。……それでも、私はイェルマがあの状況にあってよかったとは思わない。私は、奴らを許す事はできないんだ」

「ルスラン様……」

怒りに震える背中をそっと撫でると同時に、ルスランの言葉でイェルマはある事を思い出していた。

前の世でのルスランは、エジェンとの結婚後から極端に痩せていっていたのだ。

二人の仲を引き裂く事ばかりに目を向けていたが、思えばあの時の彼は異常な痩せ方をしていた。

――あの時のルスラン様も、本当は苦しんでいたんだわ……。

イェルマが今の時代に戻ってきた事で、自分だけでなくルスランまでも救われていた。そう考えると、イェルマにはあの事件は必要なものだったのだと感じられた。

もちろん、あのまま自分が酷い事をされていれば今のようには考えられなかっただろう。あの時、ルスランが助けてくれたからこそ、今があるのだ。

これが本来のあるべき姿だったのか、奇跡の産物によるものなのかはわからない。ただ、今の幸せはお互いの影響によるものなのだと、イェルマは実感していた。

ルスランは、未だ収まらない怒りで声を震わせた。

「奴らを、皇帝である私の一言で根絶やしにする事は可能だ。それでも、あれだけの有力な一族を排除するには相応の覚悟と理由が必要になる。しかも、今までの奴らの動きは全て未遂のもの……。せめて確実な罰になるような自白、証拠や証言があればかなり違うんだが……。すでに大宮殿には、彼らの息のかかった者達が入り込んでいるため頼れる者も少ない。今までは母と協力していたが、これからはイェルマも……」

「え？　母后様は、エジェン様を支持していたのではないのですか!?」

「母が？　いや、母は私以上にスヴァリやエジェンを嫌っている。父と母の関係は良好だが、この件に関しては相容れないようだ。そして、この件では私と母は同じ考えなんだよ」

「私、母后様に嫌われているのかと思っていました。いつも睨まれているというか、すごく見られているし……。今回も、両親の対応を優先させてもらったのは嬉しいのですが、本来ならお祝いにみえる近隣国の対応には、皇帝妃である私がいるべきだったのではないかと……。私がいないうちに、エジエン様に近隣国の対応をさせているのかしらと思って……」

あまり愚痴っぽくなってしまってはルスランを困らせてしまうと思ったが、気になっていた気持ちが大きかった分、つい全てを曝け出してしまった。

「確かにそう思わせた言動はあるかもしれないが、母はイェルマの事をとても気に入っているんだよ。日頃の様子は……まぁ、ちょっと行き過ぎてはいたが……本当だ。それに、今回イェルマを夏の宮殿に行かせてルビオン国王夫妻の対応をさせたのも、母なりの配慮があったようなんだ」

母后とはかなりかけ離れた言葉に思える。その気持ちが顔に出てしまっていたのか、ルスランまでもが「まぁ、あの母には似合わない言葉だが……」と言った。

「しかし、これは本当だ。近隣国とは、つまりアッガーナ帝国やハル共和国の使いの者の事だ。奴らとの会話は、まさに戦いだ。だから、君に負担をかけてはなるまいと思ったようなんだ。ちょうどルビオン国王夫妻の到着も早まった関係で、これ幸いと君を最前線から逃がしたというわけだ」

「私を逃がしてくださったのですか？　あの、母后様が……？」

「本当だ。母は君の事を気に入っているのだからね」

ルスランは苦笑いしながら「というか、あれ以上君の事を気に入ってしまったら、私にも止められる自信がない……」と答えた。

「いずれ説明はするが、ある意味で母の事が余計に苦手になるかもしれないからな……到着したから、それはまた今度ゆっくり話そうか」

そう言うルスランと共に窓の外を見遣ると、すでに馬車は、大宮殿の入口である第一の門をくぐる所だった。

護衛や女官達は馬から降りて、ルスランとイェルマを乗せた馬車だけがそのまま内部へと入って行く。

後宮の入口で馬車から降りると、ルスランはイェルマの耳元で声を潜めた。

「今までの話は全て本当だ。だから、この先、何があっても私を信じて欲しい」

イェルマもルスランに倣って声を小さくして「はい」と答えた。

「君をこんな話に巻き込みたくなかったが、黙っていたために余計な火種を生んでしまったね……申し訳ない。何度も言うが、イェルマが心配するような事は本当にないんだ。私は、イェルマだけを愛しているし、君と結婚できただけで本当に満足なんだよ」

歩きながら嬉しそうに話すルスランに、顔が綻ぶ。

「ふふ、私もです。ルスラン様」

笑顔で返したイェルマだったが、ルスランは何かを思い出したかのように「あぁ、それから」と言って付け加えた。

「子供の事についてもね」

その言葉に、イェルマはハッとした。

「いずれ周りからこの事を言われると思うが、イェルマは何も気にしなくていい。君との子供が望めないのは確かに残念だが……これぱかりは仕方がない」

イェルマはどういう事かと口を挟もうとしたが、ルスランは大丈夫だとでも言うように、首を振って言葉を続けた。

「これは私の本心だ、イェルマ。君から『子供を産みたくない』と言われた時は驚いたが、今ではそれで構わないと思っている。ただ……その、理性が働かず、君の嫌がる事をしてしまっていたのは心から謝る。今後は節度ある方法を徹底するから、どうか信用して欲しい」

イェルマは目を白黒させて言葉を紡ごうとしたが、あまりにも驚きすぎて上手く言葉が出てこなかった。

歩き続けるルスランを止めようとして、慌てて彼の方に体を向けた時、ドンッという強い衝撃と共に、バサバサッと何かを落とす音が聞こえてきた。

「きゃっ！」

「イェルマ！　大丈夫か！」

何かにぶつかったらしいイェルマを、ルスランが抱き留める。

「も、申し訳ございません！」

そこには、エジェン付きの女官が立っていた。

イェルマにぶつかった彼女は、慌てて駆け寄って来て「申し訳ございません！　申し訳ございません！」と何度も頭を下げながら、その手から落ちてしまったらしい大量の書物を拾い上げようとしている。

驚いたものの、怪我もなかったので女官には「大丈夫。気にしなくていいわ」と言って、彼女を睨みつけたままのルスランにも「大丈夫です」と告げると、彼は安堵の息を吐いた。

ルスランは青ざめたままの女官に「ここにも落ちているぞ」と言って、足元に広がった書物を手に取ったが、彼はその書物に目を向けたまま固まってしまった。

「……これは、誰が書いた物だ」

その声に厳しく問いただすような印象を受けたのはイェルマだけではなかったようだ。

女官は身をすくめて「あ……しょ、書記官が……」と震える声で答えた。

ルスランはすぐに大声でベフラムの名を呼んだ。

これだけ広い大宮殿で名を呼ぶだけで来るはずもないと思っていたイェルマだったが、予想を超えて、ベフラムはすぐに姿を現した。

「至急、ここの記載事項について調べろ！　日付からして、先日の暴動の件のはずだ！」

ルスランはベフラムに指示をすると、他の書物もめくり始めた。いくつかの頁で手を止めて眉を寄せると、ベフラムに「皆を集めろ！」と言った。

「陛下、今まさに……」

ベフラムが彼の耳元で何かを報告すると、ルスランはすぐに走り出していた。

何事かと思いながらも、ルスランの後を追う。

足の速い彼に追いつくわけもないと思っていたが、彼の向かった先はそれほどの距離もない場所だったので、すぐにその姿を見つけることができた。

そこには、すでに多くの宰相達が集まっていた。中心には、母后とエジェンとエジェンの父スヴァリが並んでいる。

「皇帝陛下、お戻りでしたか！　何と折のよい事で……。では、母后様、よろしいですかな？」

エジェンの父が嬉しそうに確認するのを、母后は構わないといった様子で頷いた。

「ささ、皇帝陛下。是非こちらへ」

うきうきした様子のスヴァリに、ルスランは怪訝な表情を向けたが、イェルマにもう一度「私を信じていてくれ」と言い残して、彼らのそばへ歩き出した。

スヴァリは、エジェンをルスランの隣に移動させて何度も頷くと、嬉しそうに襟を正した。

「えぇー……この度、我が娘が月の祝福を受けまして……つまりは、懐妊の兆候が現れましたので、ここにご報告申し上げます！」

両手を広げての報告に、誰もが驚きの声をあげた。

一度目の前世で生まれた、エジェンの皇子の顔が頭を過る。イェルマは動揺しながらも、しっかりと前を見据えていた。

――違う。ルスラン様を信じるのよイェルマ。

ぐらつきそうになる心を、ルスランの言葉で必死に支える。

その場にいた宰相達の反応は、半々だった。ベフラムを始めとした若手の宰相達は、無言のまま疑いの目を向け、古株らしい宰相達は大きく手を叩いて「やれ、めでたや」と踊り出しそうな喜びようだ。

喜ぶ宰相の中には「初夜性交によって授かられたお子でございましょう！　まさに、吉兆の証ですな！」と言って隣の宰相と肩を叩き合う者までいた。

――初夜……性交の……。そうよ。あの時、確かに二人は成立したと確認されていた……。ルスラン様の言っている事と、矛盾している。

自らもそれを受け入れていたはずなのに、ルスランとの会話の流れでいつの間にかその事をすっかり忘れてしまっていた。しかし、それはとても重要な事だったのだ。

特に浮かれた宰相が言っていた通り、初夜性交での懐妊は特別なものとされる。

そんなはずはないと気持ちを支え直すも、イェルマの頭の中には、自らを追い詰めるように前世での同じ場面が頭の中に繰り返されていた。

あの時も、このくらいの時期に、エジェンの父スヴァリからエジェンの懐妊の発表がされた。

本来ならルスランから発表されるものだろうが、あの時のルスランは茫然としていてそんな余裕はなさそうだったし、今回は彼が留守だったので代理のつもりだったのだろう。

それにしても、普通ならば許されないような越権行為とも受け取れる事なのに、よく周りもルスランも母后も許しているものだ。

それだけ、スヴァリの権力が大きいのかもしれないが、見ていて気持ちのいいものではない。

半数の宰相達の喜び様はあの時と同じで、イェルマがここで見守っているだけなのも同じだ。

しかし、気持ちは違うものにしなければならない。今は、ルスランと一緒に闘っているのだ。

ルスランはスヴァリの報告を聞いて、一瞬だけ驚いた様子を見せたが、今では嬉しそうな笑顔を見せている。

わずかに揺れ動く心が「それはよかった」と言って笑う彼に、疑問を投げかける。

すると、母后の低い声が響いてきた。

「旧宮殿に着いた頃から体調不良があったのよね、エジェン。ただ、こちらに戻るまでは確証がなかったのか、医師や呪医に相談もせず一人で耐えていたらしいのです。最近あまりにも体調が悪そうでしたから、私が調べさせたのですよ」

喜んでいた宰相達は「ほぉ、それは殊勝な事ですな」「お一人で悩まれていたとは、おいたわしい」などと言って、同情するように眉を下げている。

当のエジェンは恥ずかしいのか、ルスランの隣で黙って下を向いたままだ。

ルスランが何か言い出そうと口を開いた、その時だった。

部屋の扉がバタンっと開かれ、息急き切った者が現れた。

「急報です！　父皇様が、旧宮殿の領地内にて何者かに襲われました！」

「父皇様が!?　そんな馬鹿な！」

イェルマは、同じ事件なはずがないと必死に打ち消しながらも、万が一の可能性を考えていた。

「襲われただと!?　父は無事なのか！」

ルスランの声に反応するように、男は頭を下げて話し始めた。

「はっ！　お命に別状はないようですが、怪我の様子はまだわかっておりません！　父皇様は、旧宮殿から少し離れた場所で鷹狩りの最中だったようです！」

「犯人は何者なのか！」

「はっ！　犯人は……犯人は、ルビオン王国の兵士と思われるとの事です！　一度は取り押さえたものの、逃亡を許し……現在複数の兵で追っております！」

「何かの間違いよ！」

危険な可能性は全て排除したはずだった。それでも、起きてしまった前世と同じ展開に、イェルマは絶望に近いものを感じて叫び声を上げた。

イェルマの声を掻き消すような、スヴァリの声が部屋中に響き渡る。

「間違いとは、異な事を仰る！　犯人は多くの者に目撃されているのですよ！」

腹の底にまで響く叫び声と共に、ギラついた目がイェルマに向けられ、彼の動きに釣られるように、その場にいた全員がイェルマに注目した。

疑いと失望、恐怖と敵意があからさまに含まれる数々の視線を受けながら、イェルマはごくりと生唾を飲み込むと、震える声を絞り出した。

「夏の宮殿で、父は友好関係が保たれているのに、父皇様を襲う事などあり得ないと言っていたわ」

「なぜ、襲われる前からそんな話をしていたのですか？」

スヴァリの指摘に口籠もるイェルマの代わりに、ルスランが答えた。

「その時だけではない。イェルマは、以前からエジェンと父の身を案じてくれていた。自分が襲われた経験から、二人の身に危険があってはならないと考えてくれていたのだろう」

ルスランの助け舟にホッとして頷くと、スヴァリが顔を顰めた。

「それならば、なぜ敢えてルビオン国王に確認などするのですか？　ルビオンに襲われる可能性があると、知っていたためでは？　もしくは、あなたご自身が、ルビオンの兵に我が娘と父皇様を襲わせようとしていたのではないのですか？　嫉妬に駆られれば、あり得ない話ではないでしょう」

前世と同じ道になってしまうと焦ったイェルマが「そんな事、絶対にしないわ！」と叫ぶと、加勢するようにルスランが声を張り上げた。

「イェルマがエジェンや父を襲わせるなど、ありえない！　それどころかイェルマは、エジェンが誰かに襲われないようにと、護衛を付けて守らせるよう私に助言をしていたんだ！」

スヴァリが「本当ですか？」と聞いてきたので頷くと、部屋の隅にいた母后付きの女官頭が頭を下げながら「私もその場におりまして、イェルマ様は確かにそのように仰っていました」と証言をしてくれた。

すると、母后までもが口を開いた。

「私もイェルマに父皇様を守りたいから、護衛の強化をお願いしたいと言われましたよ。襲わせるつもりの者が、護衛の強化を言うとは思えません」

一度目の前世では味方は誰もいなかったが、ここにはルスランを始めとした味方がいてくれる。

スヴァリは面白くなさそうに顔を顰めたが、すぐに気を取り直したようで、イェルマに向き直った。

「しかし、ルビオンの兵士が父皇様を襲ったのも、また事実。その行動も、攪乱させるためだったのかもしれません。平和な関係を築いたと見せかけて、娘を懐に入れさせた所で裏切るなどは常套手段ですからな。ただ、父皇様の所在が旧宮殿にあると、よくわかったものだと思いましてね。もしや、先日の夏の宮殿でのご滞在中に、イェルマ様がぽろっとお話しになったのでは？」

イェルマは「そんな話は……」と言いかけて言葉を止めた。

――話に……出したかもしれない。

「秘密裏に計画していたならば、イェルマ様に話す事もないでしょう」

スヴァリの言葉に、ルスランが呆れたような声を出した。

「ルビオン国王ほどの人が、娘が危険に晒されるかもしれないのに、連れて帰りもせずにこんな無謀な計画を実行するとでも思うのか？」

小さく舌打ちをしたスヴァリが、話を戻すようにイェルマに話しかけた。

「ちなみに、ルビオン国王は、いつ頃、夏の宮殿を出たのですか？」

エジェンの父から受けた質問に「それは、確か……」と答えようとしたイェルマだったが、ルスランの「イェルマ！」という怒鳴り声に止められた。

びくりと肩を震わせたイェルマの反応を見てか、彼はすぐに落ち着いた声で「もう何も言わなくていい」と言って、スヴァリを睨みつけた。

スヴァリは、にたにたと笑いながら、ルスランに向き直った。

「陛下は、重要な情報を得ようとは思わないのですか？　イェルマ様は何かご存じかもしれませんよ。犯人がルビオン兵なのは、間違いないのですから」

「あらぬ疑いをかけるのはやめろ！」

「あらぬかどうかは、まだわからないでしょう。それを断言されるなど、陛下らしくもない……。帰ると見せかけて、護衛に付けていた兵士を数名旧宮殿に向かわせるなど簡単にできる事ですよ。目を覚ましてください、陛下。ルビオンの動きが怪しいのは、私は薄々感じ取っておりました。ルビオンに最も近い領地は、我がスヴァリ家が治めるヴィダマルガなのでね」

「そんな報告を受けた覚えはないぞ」

ルスランの鋭い視線を受けても、エジェンの父はしれっと「確証を得なかったもので」と返した。

イェルマは我慢ならず、声を上げた。

「私が、父に直接確認をして来るわ！」

「ははっ、疑いのある方を逃がすわけがありませんよ」

「逃げるだなんて……」

「陛下がイェルマ様をかばえばかばうほど、我々の疑いは深くなるのですよ。今でさえ陛下を手玉に取り、これみよがしに宝飾品をねだったりするなどして、思うがままに操っているのではないかと言われているのですからね」

——そんな事を言われているの⁉

まさか今までイェルマが行ってきた作戦が、周りからそんな目で見られるものになっていたとは思わなかった。しかし、傍（はた）から見ればそう思われても仕方がなく、ルスランの足を引っ張る行動をとってしまっていたのだ。

イェルマは、返す言葉を失って項垂れた。

ルスランはスヴァリを睨みつけると「それ以上言えば、不敬とみなす。あれは、すでに私が用意していた贈り物だ。何人もの宰相が見ていたはずだ」と言って返したが、あの場にいたはずの宰相達は皆、何かを恐れるように目配せし合って口を閉ざしている。

「ほう？　残念ながら私の耳にはそのようには届いておりませんで。やはり、疑わしき方には、疑わしき憶測が生まれるものですなぁ。どうも、この宮殿では真実がどうこうよりも、信じる者がどう言っているかで物事が判断されてしまうようです。やはりお互いのためにも、今は一旦イェルマ様から離れられてはどうでしょうか？　それと同時にルビオンには、別途使者を送ればよろしいかと」

我が物顔でその場を取り仕切るスヴァリに、我慢の限界になったらしいルスランが「貴様、まだ言うか！」と気色ばんだ。

危険な気配を察したイェルマは、すぐにルスランのそばに駆け寄った。

「ルスラン様、そうしましょう。父皇様が危険な目に遭ったのは事実です。ルスラン様のためにも、私は……き、謹慎をしております。だから、今は私の事は気にせずに行動してください」

「謹慎⁉　イェルマ、君はどんな悪い事をしたと言うんだ！」

納得がいかない様子のルスランだったが、イェルマが声に出さず口の動きだけで「お願い」と言ったのに気づいたのか、仕方ない様子で頷いた。

「……ただし、これは謹慎ではない。イェルマの身の安全を確保するためのものだ！　皆の者もそう思え！　イェルマ……絶対に一人にはならないと約束してくれ」

「はい、約束いたします。ただし、ルビオンへの使者は、必ずルスラン様のご手配でお願いいたします。そして、その者には、父皇様襲撃の件のみ確認をして、今の私の事は一切伝えないようにご指示ください」

最悪の事態を回避するには、イェルマが、捕えられているも同然だと知られなければいいだけだ。

ルスランが「わかった。必ずそうさせよう」と約束すると、スヴァリが再び舌打ちした。

見つめ合う二人を引き裂くように、スヴァリが俯いたままの娘の背を押してイェルマとルスランの間に立たせた。

「後の事はご安心ください、イェルマ様。皇帝陛下には、我が娘エジェンと腹の子がおりますから」

そう言うスヴァリは、抑えきれない笑みを浮かべていたのだった。

◆◆◆

その日から、イェルマは自室でのみ過ごすことになった。

——あれだけ可能性を全て排除したのに。

様々な記憶が戻りつつある今、この状況が一度目の前世の記憶と酷似（こくじ）しているのは確かだった。

あの時は、どれだけ否定しても、スヴァリの言葉に言いくるめられて幽閉されてしまい、その後、ルビオンに全て報告してやったと言われ、すぐにルビオンとの戦争が始まったのだ。

「でも……今回は、ルスラン様達……心強い味方がいてくれている。それに、自由の身ではあるもの。……でも、なぜ、前世と同じになってしまうものと、異なるものがあるのかしら」

ふと考え込んでいると、扉が叩かれた。

「誰？」

「サドゥです」

イェルマの頭の中には様々な事が駆け巡ったが、意を決して入室を許可した。

入ってきたサドゥは、前よりも頭巾を目深にしていて、どのような表情をしているのか全く見えない。

サドゥには、聞きたい事も言いたい事も山ほどあった。自分に媚薬を飲ませたのはサドゥだったのか……、夏の宮殿での両親との会話をエジェンの父に漏らしたのもサドゥだったのではないかと、面と向かって尋ねたかったが、イェルマは口を開く事ができなかった。

それを聞いて、サドゥをどうしたいのかわからなかったからだ。

サドゥのせいだと責めるのが普通なのかもしれないが、元々彼女がエジェン側の人間なのはわかっていた。わかった上で協力をしてもらって、敢えて連れ回していたのは自分なのだ。

——責めたいわけではないの。でも、サドゥの口から教えて欲しい……。

確認したい気持ちと、口にする事で何かが大きく崩れてしまうのではという恐れとの間で、イェルマは揺れ動いていた。

「……体調はいかがですか」

「体は大丈夫よ。ほんの少し食欲がないだけ」

「わかりました。では、念のためお体を確認いたします。その後で、消化によい食べ物も用意しましたので、そちらをお召し上がりください」

イエルマは妙な違和感を感じていた。サドゥの話し方は、いつもの淡々としたものと同じで、何の変化もないように聞こえるが、いつもよりどこか硬さを感じさせたのだ。

「サドゥ？　どうかしたの？　どこか具合でも悪いの？」

心配になって頭巾の中を覗き込むと、揺れ動く不安に満ちた瞳がそこにあった。

イエルマは、無意識のうちにサドゥの袖を持って、隠されていた手を握りしめた。

サドゥは泣き出しそうな目で「あなたは、こんな時まで……なぜ……」と言ってその手を引っ込めようとしたが、イエルマはそれを許さなかった。

「サドゥ、これはどうしたの！」

イエルマが握っている彼女の手には、幾筋もの酷いみみず腫(ば)れがあったのだ。

「なんて痛々しいの……誰にやられたの？　あぁ、こんなに腫れてしまって……私の事はいいから、自分の手当てをしなさい」

イエルマは手当てをするように、サドゥの手の甲をさすりながら、無意識のうちに「ハーブラカダーバラ、ハーブラカダーバラ」と呟(つぶや)いていた。

　すると、サドゥの手が強張り、すぐに握りしめ返されていた。

「イェルマ様！　なぜその言葉を知っているのですか！」

「え、な……なんでって」

　生まれ変わった先の娼館の名前で、アラナの口癖かつおまじないの言葉だったからとは、口が裂けても言えない。かと言って上手い言い訳も見つからず、もごもごするばかりのイェルマにサドゥの見開かれた目が近づいた。

「その言葉を知るのは……限られた方々、王家の方々のみなのです……！」

　いつも冷めているサドゥが、こんなにも熱い目をできたのかと驚くほど、ものすごい圧で迫られる。

「な、何の事？」

　たじろぐイェルマを揺さぶりながら、サドゥがあわあわと口を開いた。

「イェルマ様！　もしや……あなたは、かつてのハル王家の末裔なのでは!?」

　頭が真っ白になったイェルマは、たっぷり数十秒ぽかんとして、ぱちぱちと目を瞬かせた。

「いいえ……私は、ルビオン国王の娘よ……？」

　知っているでしょ？　と言うように、苦笑いする。

「そんなはずは……その言葉は、ハル国王家にのみ伝わる文言なのですから……これに見覚えはありませんか!?」

　そう言ったサドゥは、初めて頭巾を取って自らの項を見せてきた。

「見覚えと言われても……あ、これ……」

サドゥの細い首の後ろに刻まれた入れ墨の形を見て、イェルマはぽろっと「八芒星(はちぼうせい)」と溢(こぼ)した。

娼館時代、幾度か見かけた浮浪者のような自称どっかの呪い師(まじなし)の末裔だかなんだかが所有していた布に書いてあった形だ。

「やはり、ご存じでしたか」

納得するように頷くサドゥだが、イェルマは気が気ではない。

「これをご存じとは……やはり、あなたは……ハル国王の末裔ではないのですか？」

名推理だと言わんばかりのサドゥに、全力で否定する。

「本当に、違うのよ！　私はルビオンの生まれだし、一緒に聞いた通り母も北方の出身で、ハル国出身ではないわよ！」

「違うのですか……？　本当に？」

裏切られたかのように肩を落とすサドゥに、なぜか申し訳なく思いながらも「本当に。どこかで見聞きしただけなのよ」と答えた。

――と言う事は、アラナやあの男の話は本当だったの⁉

三百年後の本人達に伝えられない事をもどかしく思いながら、イェルマはサドゥの未だ癒(い)えぬ口元の傷に触れた。

「サドゥ……あなた、もしかしてハル国の人だったの？」

サドゥは深呼吸を繰り返して憑(つ)き物(もの)が落ちたかのような表情になると、全身の力を抜いた。

「……はい、そうです。ハル国王家に仕える呪術師の血筋なんです。……ふふ、滑稽ですよね。あなたこそがハル王家の末裔であったのならと、心のどこかで願っていたのかもしれません。でも、これで全ての迷いが晴れました。……やはり、私は間違っていた」

すっきりした様子のサドゥに、頭がついていかないイェルマは「どういう事？」と尋ねた。

「イェルマ様、今はもう私の言葉を信用していただけるとは思いませんが、これから私がお話しする事に……どうか、耳を傾けてくださいませんか？」

そうしてサドゥが語り始めた内容に、イェルマは驚愕したのだった。

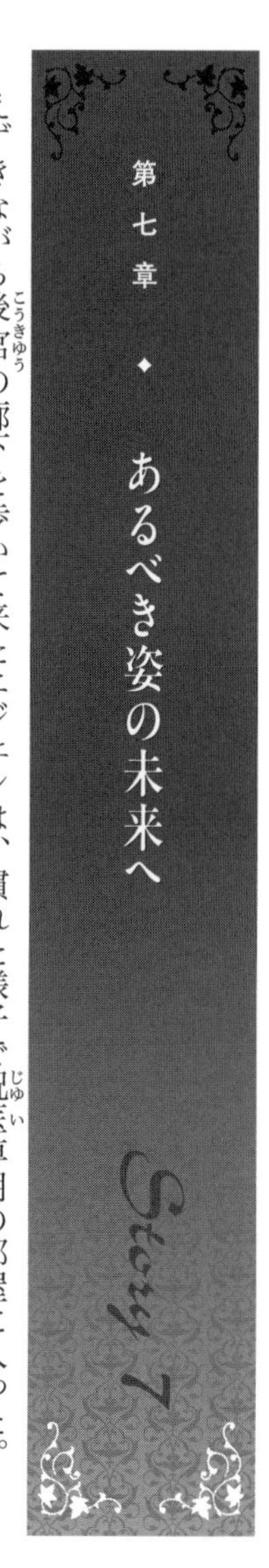

第七章 ◆ あるべき姿の未来へ

Story 7

えずきながら後宮の廊下を歩いて来たエジェンは、慣れた様子で呪医専用の部屋に入った。

部屋の中で薬草の整理をしていたサドゥは、振り返って頭を下げると、またすぐに棚に向き直った。

ラスカーダでの呪医の地位は高いためか、女官達の部屋に比べても相当な広さがある。壁に備え付けられた巨大な棚には瓶や箱に詰められた薬草などが所狭しと置かれているが、どれも埃ひとつ被ってはいない。草花の香りや何かを燻したような匂いが混ざり合って鼻の奥を刺激するも、不思議と嫌な気持ちにはならなかった。

奥まった所には人が入れそうなほどの巨大な壺や木箱がいくつも置かれている仕切られた場所もあり、まるで扉のない物置部屋のようだが、こちらも綺麗に整理されていた。

エジェンは、背を向けたままのサドゥに話しかけた。

「あぁ……気持ち悪い……」

ふらふらとふらつきながら、エジェンは棚にもたれかかった。

「エジェン様、あまり出歩かれない方がよいのではないですか？　横になっていれば少しは楽になるはずですよ」

「そんな事言っていられないから、来ているのよ。サドゥ、まだなの？　まだ動かないの？」

エジェンは何かに焦れるように、サドゥの体を揺り動かした。

「……もう、しばらくは」

サドゥはさらりと返して、エジェンの手から逃れるように距離を取った。

「あとどのくらいよ！　早くしなさい！」

いつもの落ち着いた姿からは想像もつかないほどの剣幕で捲し立てると、エジェンは血走った目をサドゥに向けた。

「エジェン様、大丈夫なのですか？　頻繁にこちらに来られていると、周りから変に思われませんか？」

「そんな事はどうでもいいのよ！　それよりも、早くして！　ルスラン様から疑われ続けててもう限界なのよ！　それに、あの事を父に知られてしまったら、私は……！　あぁ、どうしたらいいの！　なんでこんなに何もかも上手くいかないのよ！　婚儀の後の酒席では、上手く媚薬を入れられたはずなのに、初夜の時のルスラン様はなぜか平然としていたし。だから、せめてイェルマだけでもどうにかしないと、今度は私が切られるわ！　なんで、まだイェルマに毒を飲ませてないのよ！　早くしないと、ルビオンに向けた使者から報告が来ちゃうじゃないの！　使者からの伝書鳥が来る前にイェルマを殺しておかないと、ルビオンとの戦争が仕掛けられないでしょ！　お前は知らなかったでしょうけど、元の計画では、私も襲わせる事で、あの女を罪人に仕立てて幽閉する予定だったのよ！　その間に、私達の用意した使者がルビオンへ行って、イェルマを処刑したと伝えさせれば、ルビオンから勝手に戦争を仕掛けてきてくれる計画でね！　もちろん、どさくさ紛れにでも、イェルマを本当に殺すか辺境地へ追い出せるようにも考えていたわ。なのに、イェルマが妙な勘を働かせて、ルスラン様に私に護衛を付けろなんて言うから、急な変更をする事になって余計な手間が増えて！　父皇襲撃は、鷹狩りで護衛が手薄になったから実行できたけれど、余計な勘を働かせていたせいで、ルスラン様や母后までもがイェルマの味方になってしまったし……。しかも、用意した使者まで使えなくなるなんて！　あの計画はごく一部の者しか知らなかったはずなのに、どこから漏れたのかしら……ねぇ、聞いているの!?　またお父様に叩かれたいの!?」

　苛立ちを露にするエジェンに、サドゥは尚も冷たい態度で返す。

「聞いていますよ。随分と綿密に計画をされていたのですね。こちらは、準備が必要なので、もう少しお待ちください。あぁ……それと、例の者はどうなりましたか？」

「例のって……あぁ、父皇を襲った犯人？　表向きは逃亡中だけれど、今は父が匿っているわ。折を見て殺して首だけを持って行くそうよ。口封じと同時に、父の手柄にもなるから一石二鳥ですって。さすが商人の国、ハル国よね。ルビオンの甲冑を揃えてと一言言っただけで、ちゃんと一式持ってくるんだから、助かったわよ」

　抑えきれない笑いを漏らすエジェンは、彼女の父親そっくりだった。

　イェルマとルスランは、エジェン達のいる呪医用の部屋の隣室から息を潜めるようにして、彼女達の様子を見ていた。

呪医用の部屋と隣室とは、共有扉ひとつで繋がっており、エジェンの使った出入り口用の扉の向かいに共有扉があるため、少し開くだけでエジェンがこの部屋に入ってきた所から全てを見る事ができていた。

その時、イェルマと一緒にエジェンの様子を見ていたルスランが「私達こそ助かったよ、エジェン」と言って、隣室からエジェン達がいる部屋の中へと入って行った。

イェルマも慌てて付いて行き、更にその後ろから数人の宰相達が続く。彼らもまた、同じ部屋でエジェン達の会話を聞いていたのだ。

驚きのあまり声を失って倒れ込みそうになるエジェンだったが、今度はその背後にある巨大な壺の中から母后とベフラムが姿を現した。

更にその後ろで「ちょ……ちょっと、大宰相殿！　手をお貸しくだされ！」と言って、壺から出るに出られない筆頭医師までもがいる。

ベフラムの手を借りて壺から出た彼は、髭の形を整えながら、慌てて母后の後ろに控えた。

ルスランが片手を上げると、部屋の外にいた衛兵がスヴァリを捕まえに行くために走り出した。

「エジェン、君の情報のおかげでようやく君の父を捕らえられる。スヴァリ家の計画はこれで終わりだ。洗いざらい話してくれて、本当に手間が省けた」

そう言って笑うルスランの顔は、恐ろしいほど穏やかだった。

「ル、ルスラン様……何のお話ですか？　私は、サドゥに悪阻に効く薬をもらいに来ただけですよ。ほら、ルスラン様のお子がここに……」

多くの人の耳にはっきりと残された発言があるにもかかわらず、エジェンはそれさえもなかったことにして取り繕おうとしている。

「私の子か……私と君がいつそんな仲になったんだろうな。私は記憶にないが、エジェン、君にはあるのか？　君も私との関係が一度もないから、焦って関係を作ろうと必死になっていたんだろう？　その上、先ほどの言葉から推察すると、君はその事を誰にも打ち明けられていなかったんだろう？　例えば……君の父親にさえも」

ルスランが楽しそうに返すと、エジェンは目を逸らしながらぼそぼそと話した。

「記憶はあります。婚姻が成立した初夜の時に……」

「あの夜の事を言っているのか？　それは、面白い冗談だな」

言葉が続かないエジェンは、無言のまま俯いてしまった。

すでに、ここにいる全ての人が真実を知っているとわかっているのだろう。それでも、彼女は頑として認めようとしない。

「ルスラン様こそ、何のご冗談を？　私達の初夜は確かに認められたではありませんか」

少しでも味方をつけようと必死なエジェンは、母后の後ろにいた筆頭医師に「あなた達が確認したんじゃない」と言って縋り付こうと手を伸ばした。

しかし、その手を近くにいた母后がパンッと払い落として「彼らは認めましたよ、全員が眠りこけてしまっていた事を」と言ってエジェンを睨みつけた。

筆頭医師は体を小さくさせて「誠に情けなく……。我々は先の皇帝陛下……父皇様に偽りを述べました……」と呟くと、今にも倒れそうなほどに顔を青くさせた。

「我々はいつの間にか眠ってしまっていて、気づいた時には性交後の証のみが残されていました。エジェン様のお言葉を頼りにして、寝具に残された血痕を成立した証だと信じ込み……、立会人同士もまさか全員が眠りこけていたとは思わず、誰かが見ていたのだろうと期待を寄せて……成立したと見なしてしまったのです。立会人の役目を全うせず、我々はあってはならない罪を犯しました……っ！」

筆頭医師はとうとう床に頭をつけて、己の所業を詫びた。その姿を見ながら、ルスランは再び口を開いた。

「お前達立会人に罪はない。私と母が、敢えてそうなるようにしたのだからな。そうでもしないと即位できなかったから、悪いとは思ったが利用させてもらっただけだ。お前達はこの間、良心の呵責に苛まれた事だろう……本当に、悪い事をした。当然、お前達の罪を問うつもりはない」

ルスランのはっきりとした言葉に、筆頭医師達は項垂れながらも後悔の表情を見せていた。

エジェンはどうしても認めたくないらしく、粗探しをするように言葉を返した。

「むしろ、眠っていたのなら何があったのかなど、知らないわけでしょう？　何もなかった証拠にもならないはずです。ルスラン様も、あの夜はわずかに記憶がない瞬間があったのでは？　一晩中起きて覚えているわけが……」

「一晩中起きていたし、全て覚えている。イェルマの媚薬の件を話しそうで話さなかった君との会話も、二日連続の徹夜で体力の限界に達した彼らが、早々に舟を漕ぎ出してしまった瞬間も……そして、君が固く握りしめた手の中から転がり落ちてきた小瓶の中身も……全て覚えている。もちろん、君も覚えているはずだ。エジェン」

ルスランの真っ直ぐな目は、エジェンを射殺すかのように鋭く光っていた。

「覚えておりません。小瓶なんて何の事やら……。三日目までも様々な事を問われ続けて、私も疲弊しておりましたから」

　エジェンがため息を吐くと、サドゥが「知らぬはずがありません」と冷たく言い放った。

「初夜の前に、私はあなたからある小瓶を渡されました。『万が一私が上手くこれを使えなかったら困るから、立会人のお前にも同じ物を渡しておくわ』と。小瓶には、血が入っていましたね。これはなんですかと尋ねたら、あなたは言いました。『母に言われたの。破瓜の証は薄くわかりにくいからと。この年齢だと処女の証がはっきりしていないと色々と疑われるわ。だから、私が上手くこれを撒く事ができなかったら、見届けた後の検分の時にこれを寝具に染み込ませて』と。そして……情けなくも私も意識を失っていた間に、お二人の初夜性交は……成立していました」

　淡々と説明をするサドゥに、エジェンは「黙りなさい！」と命令した。

「サドゥ、何なのよ、その反抗的な目は。誰に歯向かっているのか、わかっているの？」

「わかっています。わかっていて、あなたを見限ったのです。私はお仕えするべき方を間違えました。それが私の最大の罪です。エジェン……あなたは、もう私の主人ではない」

「なんですって!?　この私を呼び捨てに……なんて無礼な！」

「エジェン、まだ君の知っている続きがあるだろう？　ここにいる皆に説明をしてやれ」

サドゥに摑み掛かろうとしたエジェンを遮ってルスランが口を開くと、彼女はぐっと言葉を飲み込んで再び俯いてしまった。

「言えないようだな。あの夜……いや、朝方、君が目を開けたと同時に、私が君の目の前でその小瓶の血を寝具に撒いたという事を。私にとってもあの小瓶の存在は助かるものだった。成立しなければ即位はできない……しかし、私は色々な意味で君を抱くつもりは全くなかった。同じような事を考えた母が、君が寝ているうちに赤い液体を持って来ていたんだが……まさか君が本物の血を持ち込んでくれているとは思わなかった。もちろん、母の用意したものは不要になったから、持ち帰ってもらった。つまり、私は君の手の中にあった小瓶を、これ幸いともらい受けて、君が起きた時にわかりやすく撒いてやったんだ。立会人達には偽りを気づかれてはならないが、君にはちゃんと知っておいてもらわなければならなかったからな。私が、君を抱いていない事実と、あの小瓶に気づいたという事を」

「ルスラン様が何の事を仰っているのか、私には全くわかりませんが……」

「ここまできてもしらを切り続けるとは、ある意味で尊敬する。即位の儀の後の祝いの席でも、私が『本当は初夜が成立していないと、ここで明かしたら……お前の父はどうするだろうな』と話しかけても、下を向いて聞こえぬふりをしていたくらいだ。自分に都合の悪い情報を無視する事に、長けているのだろうな。本当なら、呪医の言う通り、私が気づかぬうちに君か呪医がやる予定だったのだろう？　いずれにしても、君は自分が処女だと偽ろうとしたんだ。あの小瓶を見つけた時点で、君が何かを企んでいるとは予想していたが、まさか妊娠までしていたとはな。托卵……というものがあるというが……身籠もったまま私の元に嫁いでくるとは、大胆すぎて笑いすら込み上げてくる」

なおも「違います！　この子は、ルスラン様のお子で……！」と言い張るエジェンに、宰相達もうんざり顔だ。

イェルマは、エジェンがここまで認めようとしない姿に、狂気のようなものを感じていた。

興奮するエジェンに対して、サドゥが静かに否定する。

「あり得ません。月の祝福を受けた兆しにしては早すぎるんです。婚儀よりもかなり前に種が入っていないと、旧宮殿にいた時に兆候などは出てきません。当然、初夜を受胎日として見立てた出産予定日より早く生まれる事になるため、本来なら早産ではないのに、早産だと勘違いされる事にもなります。あなたの前任の呪医は、私にわざと間違った受胎期を教えて警告していたのでしょう。そのおかげで、婚儀と月の祝福の兆候のズレが生じてくれた……。体調を確認しようとした私を足蹴にした上、他の医師にも決して確認させようとしませんでしたが、傍から見ていた誰もがあなたの変化に気づいていたんですよ」

——一度目の前世の時も、エジェンは早産ではなかったんだわ！

「そんなの、人それぞれでしょう！」

「だとしても、早すぎます。あなたの妊娠発覚で、私の忠誠心は完全に折れました。あなた方の企みには、これ以上賛同できません」

「企みだなんて……私はただ、お父様に……」

「ハーブラカダーバラ。この言葉を知っていますか？」

「は？　何の話よ」

「もう一度言います。ハーブラカダーバラ」

「だから、急に何を言い出すのよ！　ちゃんとわかる言葉で話しなさいよ！」

「この言葉を知っているか、お仕えする前に確認するべきでした。やはり、あなた方ではなかった……」

「何を言っているのか、意味がわからないのよ！」

「わかるはずもありません。この言葉は、ハル王家の正統な後継者にのみ受け継がれているはずの言葉……そして、その方々をお守りする限られた者達のみが知る言葉なのですから」

「そんなはずないわ！　我がスヴァリ家こそがハル王家の末裔（まつえい）なのよ！」

その言葉に、イェルマはサドゥから聞かされたエジェン親子……いや、スヴァリ一族の企みを実感したのだった。

エジェン達は自称ハル王家の末裔で、長いことラスカーダで暮らしていたが、とうとうハル王国復活のために動き出したのだと。

どのようにして入り込んだのかは不明らしいが、数代前に元の身分を隠して上手くヴィダマルガの領主となり、いずれはラスカーダの皇帝の座を奪い取ってラスカーダ帝国を新たなハル王国にしようと目論（もくろ）んでいたのだ。そして、やっとラスカーダ皇家に入り込む機会を得たと言って、数年前から元ハル王国家臣の末裔達を集めていたらしい。

「宝飾品など、いくつかそれと思われる物を持っていたので無関係ではないのでしょう。しかし、それも盗人の家系だった可能性もありますし、まぐれにも王家の血を受け継いでいたとしても、切り捨てられた傍系だったとも考えられます。そうでなければ、この言葉を知らない理由がありません。我々家臣は、ハル王国復活という言葉に踊らされて、全てを見誤ってしまったのです……。当初は、正統なハル国王が、ラスカーダ皇帝と手と手を取り合ってハル王国を復活させてくれると夢見ていたはずなのに、いつの間に目が眩んでいたのか……。あなた方がやろうとしていた事は、ラスカーダ皇家の乗っ取りです。そんな泥棒のようなやり方で復活しても、祖先は喜びません」

　サドゥは強い後悔を思わせる表情で、肩を落とした。

　それまで黙っていたイェルマだったが、エジェンの言葉に踊らされた一人として、そのまま口を閉ざしている事はできなかった。

「エジェン……あなたの言葉は、全て偽りだったの？　他の男の子供を身籠もったままラスカーダ皇家に嫁ぐほど、あなた自身もハル王国を復活させたかったの？　ルスラン様を慕っていたと言っていた事も、ハル王国復活のための嘘だったの⁉」

　エジェン自身も何かに踊らされていたのではないかとわずかに心を寄せたが、彼女が答える前にルスランが否定した。

「全て出任せだ。エジェンはあの父に切り捨てられるのが怖かったんだろうが、ここに身を置くと同時に我々に保護を求めるなどして父に逆らう事もできたはずだ。それにもかかわらず、イェルマに媚薬を仕込んで男に襲わせ、托卵を成功させるために私にも媚薬を盛って既成事実を作ろうとし、それが不発に終わったと父に知られるのが怖くて、更に私に迫るなどした言動が全てを物語っている……！　更には、ルビオンから戦争を仕掛けさせるために、イェルマの命まで狙うとは！」

「違うわ！　私は……私はルスラン様に会ってから本当にあなたに惹かれて……！　そ、そうよ。あんな男……父の連れて来たハル共和国の男も、父も……もう、どうでもいいわ！　スヴァリなんて私から捨ててやる！　だから、信じて！　私はあなたの本当の妻になりたいの！」

「それが本心だとしても残念ながら君には……いや、お前には欠片も興味はないし、私にはイェルマしか見えない。一度としてお前をそのような目で見たこともないし、イェルマを陥れようとした時点でお前は私の敵なんだ。私がお前に求めていたのは、諸々の真実を話す事のみ。だが、お前がそう言うのなら尚更、母が『不在中にイェルマに何かをされては困る。あの女は、私の目の届く所に置いておく』と言って、お前を旧宮殿に連れて行ってくれたのは正解だったな。私はもちろん、イェルマとも物理的な距離がなければ、何をされていたかわかったものではない」

　エジエンは絶望感でいっぱいの表情を浮かべてよろけると、ルスランに向かって叫び声を上げた。

「なんで！　なんでこんなにも全部上手くいかないのよぉ！」

　エジエンは、きょろきょろと部屋の中を見回すと、獲物を見つけた獣のような目つきをして、ものすごい早さで走って行って何かを手にしたのだ。

「知っているわよ、これ堕胎薬でしょう？」

　そう言って彼女が掲げたのは、小さな瓶に入った粉だった。それを見た瞬間、サドゥの体が一気に強張り、言葉にはしないまでも危険な物である事を知らせていた。

「見せてもらったのよ、万が一イェルマが身籠もったら大変だから、他の呪医に用意させていたの。サドゥ、お前はイェルマと行動する事が多くなって信用ならなかったからね。だって、お前は、お父様からどれだけ叩かれても重要な情報を言わなくなっていたでしょ？　お前がどうこう言う前に、すでに私達が見限ってやっていたのよ！　夏の宮殿にも、お父様の手配した者を潜り込ませていたのは本当に正解だったわ。お前が使えたのはその女に媚薬を仕込ませた時だけ……。後は何の役にも立たなかったわね」

　イェルマは、おかしな空気を纏うエジェンから守られるようにルスランの背中に隠された。

「ふふ、ルスラン様……私のお腹に他の男の子供がいるから、妻にできないと思っているんでしょう？　それとも、嫉妬かしら……。そんなに怒らなくても大丈夫ですよ。私を、あなたのものにすればいいだけなのですから」

　それから、エジェンは「今、まっさらにしてあげますから……」と言って、目を見開いたまま小瓶の中身を飲み干そうとした。

「やめて！」

　その瞬間、イェルマはルスランの体を押し退けて、エジェンの元へと走っていた。

　そして、彼女の手から小瓶を奪い取るとすぐに、人のいない方向へとそれを投げ捨てたのだった。

　幸いにも小瓶も粉もそのままで、乾いた音と共に床を転がっていった。

「こんな時までも邪魔をしないで！」

　エジェンの焦点の合わない目にゾッとしながらも、震える声で言い返す。

「そ、そうよ！　私は、あなたの邪魔をするはずの人間だったんだからね！　じゃ、邪魔するに決まってるでしょう！　そんな恐ろしい事をさせるわけないいんだから！　その子は、あなたの子でもあるのよ！　そんな愚かな事はやめて！」

「……私の、子……」

消え入りそうな声で返したエジェンは、ぼんやりとしながらも両手で自らの腹に触れようとしていた。その姿は、まるで赤子を守ろうとするかのように見えた。

彼女の瞳は正気を取り戻したように光を宿したが、エジェンは何かを悟った表情でため息を吐くと、そのままゆっくりと表情を失っていった。

そして、全てを諦めたかのようにぽつりと小さな声で呟いたのだった。

「この子にとって、それは幸せな事なの？　この私から生まれてくる事が？　私には……そうは思えないわ」

エジェンは、虚ろな目をイェルマに向けたまま、自身の指先をゆっくりと口元へと運んだ。

彼女の爪の先には、わずかだが粉が付着していた。

「エジェン、やめてぇ！」

その時、風のように現れたサドゥが、エジェンとイェルマの間に立った。

サドゥは荒々しくエジェンの頭を引っ摑むと「お前の罪に、罪のない子を巻き込むな」と冷たい声で言い放った。

それから、ゆっくりとエジェンの耳元でハル国の言葉を囁き始めた。娼館で学んだハルの言葉よりも古めかしくて、所々わかりにくい単語はあったが、イェルマは粗方を理解する事ができた。

「呪術師から呪いの言葉だ、ありがたく聞け。そんな方法で、お前を解放してやる気はさらさらない。罪には相応の罰で償うのがハル王国のやり方だ。ハル王家の末裔だと言って同胞達を騙し、その手中におさめながらもハル王国の言葉を理解しない偽物よ。塵芥のように捨てられてきた同胞達と共に、お前達の全てを見届けてやろう。お前達一族の陰謀は全て明るみになり、全てがその身に返ってくる。いずれ、この世からお前達の存在さえも忘れ去られるのだ」

ハル国の言葉がわからないエジェンは「何をごちゃごちゃ言っているのよ！　そんな言葉知らないわ！　ラスカーダの言葉を喋りなさいよ！」と言って暴れたが、すぐに大宰相に取り押さえられて身動きが取れなくなっていた。

エジェンから手を離したサドゥが、申し訳なさそうな顔でイェルマに頭を下げた。

「イェルマ様、せっかく久々に出せたハル国の言葉が、このような呪いの言葉で申し訳ございません」

ハル王国の者ではないと言ったはずだが、イェルマの表情から今の言葉を理解していると察したのだろう。

「しかし、私は……呪医であると同時に、邪術を行う呪術師でもあります。捨て駒にされてきた同胞達のためにも、呪術師として言わなければならないのです」

サドゥなりの決別の仕方なのだと理解したが、イェルマの心の中は辛く悲しい気持ちでいっぱいだった。

「連れて行け」

ルスランの言葉が冷たく響く。

イェルマは聞くのが怖くなりながらも、サドゥに問わずにはいられなかった。

「エジェンは、あの粉を口にしてしまったの……？」

「全てではありませんが……わずかに」

そう答えるサドゥの表情は、想像以上に強張っている。

「あの堕胎薬は、本来は毒に近いとても強力なものです。嘔吐などの軽症だけで済む者もいれば……子に作用する者もあり……中には、母子共にという事もあります。あの女が口にしたのはわずかですが、少量でも無事では済まない者もいます。つまりは、運です。運に勝てるかは……あの女の今までの行い次第とも言えるでしょう。ご報告した通り、イェルマ様に媚薬を盛ったのは私です。しかし、それを指示した上に、イェルマ様を襲わせるために、男を宮殿内に入れたのはあの女です。また、祝いの席での皇帝陛下の食事に同じ媚薬を含ませていたのも、ラスカーダを乗っ取るために、大宮殿から皇太子時代の宮殿まで、女官や毒見役……書記官に至るまでスヴァリ家の者を送り込んで外堀を埋めていったのも……全て、あの親子が仕組んだものだったのです」

震えるイェルマを落ち着かせるように、ルスランがそっと肩を引き寄せてくれた。

「自ら蒔いた種だ。天に見放されているかどうか、そのうちにわかるだろう。ただし、命が助かったとしても、イェルマにした事や企てた事は到底許せるものではない……」

ルスランは言葉を避けたものの、エジェンにはいずれ相応の処罰が与えられる事は明白だった。

その後ろから母后も顔を出す。

「イェルマ、後の事は全て陛下と私に任せなさい」

それでも、イェルマはエジェンが消えた先を見続けていた。

彼女には、いくつもの顔があるように思えたのだ。

ルスランとの婚儀の際に涙を見せたエジェン、父親を恐れるあまり真実を告げられなかったエジェン、父親の策に乗り様々な悪事を働いたエジェン、正気を失って保身のために我が子を危険に晒そうとしたエジェン……そして、自分の元に生まれる腹の子を幸せだとは思えないと言ったエジェン……。

どれが本当の彼女で、どれが偽りの姿だったのかイェルマには判断がつかなかった。

——もしかしたらエジェンも、私のようにたった一つの何かが違ったせいで、本当の姿が隠されてここまできてしまったのでは？

彼女のやった事も、仲間や子供を蔑ろにする言動も決して許せるものではない。しかし、あそこまでの行動に出てしまうほどの何かが彼女の中にあったのかもしれない。

自分は、ここに至るまでの彼女の全てを詳らかに見てきたわけではないのだ。だからこそ、彼女に向ける気持ちの中に、わずかにでも憐れみがあるのは否めなかった。

エジェンの本来歩むべき道との歯車が噛み合っていれば、こんな事にはならなかったのではないか。たった一つの歯車が欠けたせいで、彼女は進むべき人生を歩めなかったのではないかと考えてしまうのだ。

悪に染まった者が、全てそうだとは限らない。

しかし……これが、彼女にとって間違った道であったのなら……もしくは、いずれ後悔の上に自らを省みる事ができたのなら……彼女も自分のように、何らかの形で幸せな道をやり直す事ができるのではないかと考えていた。

イェルマは、そうであって欲しいと強く願うと同時に、その時には、彼女の腕の中にふくふくと笑う赤子が抱かれているのだろうと確信めいたものを感じていたのだった。

◆　◆　◆

事件からしばらく経（た）った頃、イェルマはサドゥに追いかけられて宮殿中を走り回っていた。

後ろから追って来るサドゥは、頭巾（ずきん）の奥から真っ直ぐにこちらを見ている。

「罰をお与えください。私は、イェルマ様に媚薬を盛り、過去にはイェルマ様の婚儀までもエジェン達の思惑通りになるよう進言したのですよ。舌を抜くなり、首を切るなり罰をお与えくださ い！」

「それはもういいのよ！　それよりも、サドゥには探すべき人達がいるはずよ！　ハル王家の末裔はきっとこの国のどこかのお屋敷にいるんだから、そちらに力を注いで！」

「ハル王家については、もう結構です。それよりも罰を！」

「なんて、しつこいのかしら！」

イェルマは慌てる護衛を押し退けて、目の前にある扉の中へと飛び込んだ。

「イェルマ、どうしたんだ」

そこは、ルスランの執務室だった。思わず入ってきてしまったものの、彼の周りにはベフラムや一新された宰相達、筆頭医師までもがずらりと並んでいる。

彼らの目の前には、様々な書物が並べられて、何やらその中身を確認し合っていたところのようだ。

あの日から、ルスラン達は昼も夜もなく頭を突き合わせては、あれこれと話し合っていた。当然ルスランとイェルマが二人きりになれる余裕などない状況だが、こうしてたまに見られる顔でお互いに安心感を得ている。

イェルマは申し訳なく思いながらも、他に頼れる人が見つからなかったため、神にも縋る思いで自らの両手を握りしめた。

「ごめんなさい、お仕事中に……でも、ルスラン様、助けてください！　サドゥが諦めてくれません！」

「皇帝陛下に裁いていただけないので、イェルマ様にお願いしているのです」

いつの間に入って来たのか、背後からサドゥの声がした。

さすがのルスランも判断が難しいようで、ベフラム達と目配せをし合っている。

「あー……それよりも、サドゥが言っていた通り、宮殿内に蔓延(はびこ)っていたスヴァリ家の息のかかった者を全員、捕らえる事ができた。これは、サドゥのおかげだ」

「やはり、サドゥは役立っている事の方が多いのね。だから、もう気にしないでちょうだい！」

まるで自分の手柄のように言うと、サドゥは「しかし……」と言って、肩を落としてしまった。

「サドゥのおかげで、私も忘れていた事を色々思い出せたのよ。大宮殿だけではなくて、皇太子妃時代から私がスヴァリ家の手配した女官達に騙されていたって、あなたが証言してくれたのだから」

「証言というほどのものでもありません。例の作戦中、話を聞いて回っていた中に聞き逃せない発言が多々あったのを書き留めていただけです」

サドゥが当然だとばかりに言うと、ベフラムが興味を持ったのか「具体的に全てを聞いたわけではないのだが、例えばどのような発言だったのだ？」と彼女に問いかけた。

サドゥは、いくらでも話しましょうというようにベフラムや宰相達に向き直ると、胸を張って答えた。

「あの者達は、嫁いできたばかりのイェルマ様に進言と称して様々な嘘を吹き込んでいたのです。『品位を保つために笑顔を見せない事』『ルスラン様の心を摑むには、媚を売らずに冷たく接する事』『妃は皆、身なりをよくする必要があるため、宝石や服は毎日新しい物を身につける事』などなどなど。掻い摘めばくだらないものに聞こえるでしょうが、あの者達は言葉巧みにこれらを吹き込んでイェルマ様を操り、周囲から孤立するようなお妃像を作り上げていったのです」

怒り心頭な様子のサドゥに、いたたまれなくなったイェルマは「サドゥだって、ルスラン様とエジェンの婚儀に着飾って行くようになんて言っていたけれどね」と溢した。

「……そんな事もありましたが、お許しくださったはずなので、あれは水に流してください」

それを聞いていたルスランは「そんなやり取りがあったのか」と目を細めた。

「あの時のイェルマも本当に美しかった。つまらない席が一瞬で華やいで、私の目の保養になったからな。それについては、サドゥに感謝する」

「ありがたきお言葉にございます。……それから、かつてイェルマ様がご自身の料理に文句を言っていたのも正しかったのです」

その頃を思い出すように、ベフラムが反応する。

「あぁ、確か『まずい』とか『ルビオンの料理長を連れて来て』とか何とか……」

「えぇ。女官達もまさかイェルマ様に気づかれるとは思っていなかったようですが、イェルマ様の料理にだけ、腐りかけた物や弱毒性の食材を使用していたそうです。犯人はおそらく当時の料理長と毒味役が……」

「二人とも捕まえて、すでに刑を執行済みだ」

ルスランの静かな声に、全員が静まり返った。

ベフラムが「初耳ですが？」と問うと、ルスランは穏やかに答えた。

「処罰をする人数が多すぎて、お前達に知らせていると仕事が遅くなるからな。そんな物をイェルマの口に運ばせるなど、言語道断。猶予（ゆうよ）など与えるわけもない」

全員の血の気が引く中で、サドゥだけが「何よりです」と言って、当たり前とでも言うような反応をしている。

ベフラムは複雑な顔をしながらも、それまでの報告の続きを再開した。

「先ほども申し上げました通り、スヴァリ家の治めていたヴィダマルガ領地が皇帝陛下の直轄領地となった事で、様々な情報が一気に流れて来るようになりました」

「これで、やっと全てに手をつけられるな」

「はい。早速ですが、以前陛下から指示を受けていた書物の件について、ご報告申し上げます。確かにあの書物には、先日の暴動の件が記載されていたはずなのですが、内容に明らかな誤りがありました。例の暴動はヴィダマルガにて起きたもので、陛下直々にエジェンの父であるスヴァリを呼び出して報告をさせた事かと思います」

「そうだな、覚えている。あの男は暴動の内容は調査中だと言って、その後の報告はなかったはずだ」

「はい、ところがこの文書には暴動理由が『増税に対するルスラン皇帝への抗議のため』と明記されております」

「増税か……私は増税をした覚えはないがな。しかも、税負担に対する不満ならば国民全体が不満に思って、至る所で暴動が起こるはずだ。今回の暴動はヴィダマルガの一部の領民のみのものだった。皇帝への暴動にしては、規模が小さすぎる」

「その通りです。しかも、その後陛下に直談判するような動きもなく、暴動はすぐに収まりました」

「では、やはりこの文書の内容が間違っている……もしくは、改竄(かいざん)されていた可能性が高いという事だな」

「はい。領民の声まで事細かく書かれているため、うっかり間違えたものとは思えませんし、この他にも改竄されている文書も多くありましたから、そう考えて間違いないでしょう」

「改竄……いや、これはもう捏造(ねつぞう)だな。書記官のほとんどがスヴァリ家の者だったからか」

「はい。そして、手を加えられた内容のほとんどがイェルマ様に繋がる事でした」

黙って聞いていたイェルマだったが、ベフラムに名前を出されて思わず身を乗り出した。

「例えばこちらです。こちらは、大まかに言えば公費の支出が書かれた文書のはずなのですが……」

そこには、先日ルスランから贈られた指輪などと共に数字が羅列(られつ)されていた。

それを見るなり、ルスランがため息混じりに「あれは、私の私費で買ったものだ」と言って頭を抱えた。

「似たようなもので、イェルマ様宛に購入したはずのない物も多くこちらに記載されていたようです」

「私と、新しく配属された女官達で確認しました」

サドゥが鋭い目でベフラムに頷くと、ベフラムは報告を続けた。

「内容からして、これらは明らかにエジェンが購入していた物です。このように書く事で、あたかもイェルマ様が公費で散財しているかのように見せかけたのでしょう。この他、通称『帝国紀』と呼ばれる、大宮殿を中心にラスカーダ帝国全体の流れを事細かく記録している文書にまで、イェルマ様を愚妃扱いするような内容が書かれていました。もちろん、エジェンや父を持ち上げるために、ありもしない内容が付け加えられた箇所も見つけました。あれは、そんなどうでもいい事を書く書物でもないのですがね……こんなすぐに気づかれるような事を、なぜ……」

「いや、あいつらはそれに気づかれないうちに、ラスカーダを乗っ取れると計算していたんだろう。今回、ルビオンとの戦は免れたが、もしもあのまま奴らの作戦通りに事が運んでいれば、今頃は戦争の真っ只中だ。そんな混乱に乗じて文書なども全てエジェンやスヴァリ家に有利になるように書き換えてしまえば、あとは楽な事。戦争が終わった頃……と言っても、早くとも数年はかかった後……平和な世になった頃には自分達の天下となり、過去も全て書き換えられているんだ。そのまま、のうのうと生きながらえているだけで、エジェン達の正統性を世に知らしめる事ができる」

ルスランは、手元にあった紙を手にして「そして今朝、ヴィダマルガの古い農村から届いた報告書にも、似たような話が書かれていた」と言った。

「昔ハル共和国からある女がやって来て、当時のヴィダマルガの領主に気に入られて側女となり、領主の子を産んだ。しかし、その女が産んだ子は領主の子ではないという噂が絶えなかった。女が来た時には、すでに腹が大きかったという話があったそうだが、年老いた領主は聞く耳を持たずそのまま呆気なく死んだそうだ。正妻には子がなかったため、その子が幼くして領主となったが、それと同時に使用人達の間で原因不明の病が流行りだした。食中毒に似た症状のようだったが、奇妙なのは何人かの者に記憶喪失のような症状がみられた事だった」

「一人だけではなく、何人も記憶喪失になったのですか？」

ありえない話に思わずイェルマが反応すると、ルスランは静かに頷いた。

「そうだ。しかも短期間に次々とだったらしい。それからしばらくして、領地内の古い農村部の者などが領主の使用人達と話す機会があり、それらの経緯を何気なく聞いたところ『そんなのは初耳だ。何の話をしているのか』と会話にならなかったらしい。つまり、彼らの歴史の中では全てがなかった事にされていたんだ。同じ領地内の辺境地では、今でもこの話が不思議な話として語り継がれているが、領主の周辺では一切が残っておらず……それどころか女は最初からラスカーダにいた者とされていた。しかも、正妻の存在も消され、さもその女が最初から正統な妻であったかのようにされていたという。奴らのやり方から考えるに……人々の記憶はもちろん、おそらく領主が管理する書物にも全て同じように書かれているに違いない」

ルスランの説明に、イェルマは背筋を震わせた。

「エジェン親子の祖先も……同じように乗っ取りを？」

「おそらくは。そして、それを善しとして自分の子孫にその方法を受け継がせていったんだろう。やり口がよく似ている」

サドゥが小さく「意識混濁にさせ、記憶喪失を引き起こす食べ物は、呪術師にかかればいくつでも調達できます」と付け加えた。

ルスランはそれに頷いて見せると、話を続けた。

「しかし、長い年月を経て、農村部の話は巡り巡って他の領民達にも知れ渡るようになったようだ。やはり他の地域でも同じような話が語られていたようで、領民達の疑いは強まった。そこで、最近、スヴァリ家の正統性を疑う領民達とスヴァリ家の間で争いがあったという。まだ調査中だが、私は、これが例の暴動だったのではないかと考えている」

ルスランの推測に、イェルマは目を瞬かせた。

「この報告にあった争いの時期と、例の暴動の時期はとても近いのだ。そして、問題はそれだけにとどまらなかった。スヴァリ家は改めて自らの正統性を主張するため、ありとあらゆる書物に、自分達の正統性を書かせようとしたんだ。それと同時に、自分達の正統性を脅かす過去の書物を全て燃やし始めた」

「そんな事をしたら余計に疑われるのに！」

「そこは手駒の者達に密かに行わせたんだろう。一時期かの領地に住む学者達が無差別に殺される事件が相次いだらしいが、これがスヴァリ家の仕業と考えれば辻褄もあう。その要求に従う者もいれば、抵抗する者もいるからな……当然の事ながら、ほとんどが殺されたようだ。もちろん、犯人不明でスヴァリが調査中にしたまま放置していた。あの一族はこういうやり方で、様々な家を乗っ取りながら繁栄してきたんだろう」

その時だった。

バタンッと扉が開かれ「急報！　急報です！」と言いながら男が入って来た。

誰もが先日の騒ぎを思い出したようで、その場にいる全員の表情が一瞬で固まった。

「陛下！　たった今スヴァリが口を割りました！」

エジェンの父のスヴァリは、全てを白状するまで牢獄に入れられていたのだが、ようやく話し始めたようだ。

「やっとか……それで、何と言っていた？」

「あと数日で、アッガーナ帝国がルビオン王国に攻め入ると……！」

「なんだと⁉　どういう事だ！」

男は、片膝をつきながらルスランに報告した。

「元々奴らは、ラスカーダとルビオンの戦争を故意に引き起こさせ、双方が疲弊した頃を見計らってハル共和国が丸ごと奪い取る算段だったようです。ただ、ハル共和国は軍事力に乏しいため、アッガーナ帝国に協力を持ちかけたとの事で……」

「軍事力は強いが、海上戦には弱いアッガーナにとって、ハル共和国が誇る造船技術などは喉から手が出るほど欲しいものだ。それを餌にしたか……。しかし、我が国とルビオンの戦争は起きなかったのになぜ……。まさか、あの男は作戦中止の連絡をわざと送らなかったのか⁉」

「そのようです。奴は『死なば諸共』と言って笑っていました」

ルスランは怒りを込めた声で「どこまでも救いのない男だ。これ以上吐くものがなければ、今日にでも刑を執行しろ」と言って、机をドンッと叩いた。

イェルマは、エジェン親子の描いた歴史が未だに留まる事なく転がり続けている事に恐怖を覚えた。

――まさか、未来が変わらないなんて！

その上、史実よりもアッガーナが仕掛けてくる時期が早過ぎる。

スヴァリが捕まった事で、密な連絡が取れずにいたアッガーナが、痺れを切らして独断で作戦を実行に移したのかもしれない。

「アッガーナは、国王が不在で手薄な状況のルビオンに攻め入った方がいいと考えたのだろう」

ルスランはそう言うと、怒りを鎮めるように深呼吸を繰り返して大宰相達に伝えた。

「兵を出す。直轄領となったヴィダマルガの兵と我々でルビオン軍を助けに行く。ヴィダマルガには伝書鳥を出して、すぐにこの事を伝えろ。あの領地はアッガーナとの国境でもあるから、準備が整い次第我々を待たずにすぐ出陣して構わないとも加えておけ。ルビオン国王夫妻はまだ帰城していないだろうが、ルビオン城にも使いを出すなり伝書鳥を出すなりして、早急に現状を伝えるんだ。我々よりもあちらの方が国王夫妻との連絡を密にしているはずだから、ほぼ同時にルビオン国王の耳にも届くだろう」

ベフラム達が頭を下げて動き出そうとするのを止めるように、イェルマは大声で「戦いには行かないでください！」と叫んでいた。

「どうしたんだ、イェルマ？　我々が助けに行かなければ、今のルビオンの兵力だけではアッガーナに負けてしまうんだぞ」

「そ、それは困りますが……でも、ルスラン様が戦争をするなんて絶対にダメです！」

イェルマの勢いに押されるように、ルスランはわずかに仰け反った。

「イェルマ、なぜなんだ？」

「ルスラン様は、あまり戦争がお好きではないのでしょう？　ほとんど戦った事がないと聞きました……！」

「よくそんな事を知っていたな。確かに私は戦う事があまり好きじゃない。しかし、大切なものを守るために必要な事ならば厭わずに出陣する。君の祖国とご両親は、絶対に傷つけさせはしない」

その言葉には強い自信を感じさせたが、イェルマは不安で仕方がなかった。

「心配そうだな……なぜだ？　私は、そんなに負けそうに見えるのか？」

正直に、後世ではそう見られていると言いたかったが、さすがにそこまでは言えない。

「相手はアッガーナ軍なのですよ！」

「確かに手強い相手だが、負ける事はない。ラスカーダ最強と言われるヴィダマルガの兵を加えた我が軍と、鉄壁を誇るルビオン軍が力を合わせれば、絶対に負けない。それでもアッガーナ軍に勝つかはわからないが、この戦は負けなければ十分だ。それに、私は戦で負けた事がないからな。全て勝ち戦だ。もちろん戦では何があるかわからないが、少しは信用してくれ」

先ほどまでの怒りを完全になくしたルスランは、優しい笑顔でイェルマの頬を撫でた。

見つめ合う二人の間に入るように、淡々としたベフラムの声が響いた。

「えー……では、出陣という事でよろしいですかね？」

二人のやり取りを見守っていた宰相達が、照れ笑いを浮かべている。

「構わない。すぐに出陣だ。私が不在の間の政務は、大宰相ベフラムに任せる」

バタバタと動き出した彼らの中で、イェルマは未だ拭えない不安に駆られていた。

――何か忘れてる……とても大事な事がまだあったはず、その先の未来……。

「……疫病（えきびょう）」

己の口から意図せずぽろっと溢れた言葉は、イェルマの目を大きく見開かせた。

「お待ちください、ルスラン様！　このままでは、我が国は戦ではなく疫病によって滅ぼされてしまいます！」

動き始めていたルスラン達は、その足を止めた。

「……どういう事だ？　イェルマ」

「彼（か）の地、ヴィダマルガはスヴァリ家によって、多くの学者が殺されていたと言っていましたよね。……当然、その学者の中には医師も多くいた事でしょう」

その一言だけで、ルスランには伝わったらしい。

彼の目つきは一気に変わり、イェルマのそばに戻って来た。

ルスランが同じ危機感を抱いてくれたのだとわかって、イェルマは落ち着いて話を続けた。

「筆頭医師達も、医師という職を持つ傍ら哲学者や詩人の顔を持っております。つまり、スヴァリ家によって学者と見なされて殺された中に、医者が多くいた可能性は高いはずです！　ヴィダマルガは、その場所から考えて戦地にもなります。今極端に医師が少ない状況に加えて戦で駆り出されれば……」

「イェルマの言う通りだ。戦と疫病は隣り合わせ……当然、その疫病は戦地に近い領民達にも伝染する事が多い。大抵はその土地の医師が対応するが……戦場に近い上に、医師が少ないとなると……」

イェルマは、ルスランの言葉を受けて続けた。

「その領地の者は全滅、もしくはそれに近い状態になります。また、ラスカーダは国内の物流が活発なため、人々の往来も頻繁です。あっという間に、国中に広まっていくでしょう」

「しかし、我が軍の医師の数も限られている……」

頭を抱えるルスランから目を離すと、イェルマは振り返って、ある人物に目を向けた。

「サドゥ、あなたの手が欲しいわ」

「やっと処罰が決まりましたか。手の切断刑でよろしいですか？　確かに、イェルマ様に媚薬を仕込んだこの悪しき手には相応な処罰かと」

サドゥの言葉にギョッとしながら、イェルマは首を振った。

「なぜ、そんな怖い事言うの。違うわよ。それに、悪しき手だなんて言わないで。あなたの手は、命を救える手よ。だから、お願いよ！　あなたにみんなの命を救って欲しいの！」

「命を……救うのですか？」

「そうよ。処罰ではなく、奉仕によって罪を償って欲しいの」

すると、サドゥは目を伏せて「イェルマ様……それではいけません。お願いはなく、命じてください……我が主人」

彼女の目は、しっかりとイェルマに向けられていた。

イェルマは、サドゥを見つめ返して頷いた。

「サドゥに命じます。皇帝陛下と共に戦場に赴き、その恵まれた手と知識で多くの命を救いなさい！」

イェルマがそう言うと、彼女は忠誠を誓う兵士のように跪いた。

「呪医サドゥ、身命を賭してイェルマ様の御命を全うする事を誓います」

サドゥの言葉に、ルスランや大宰相達の表情がわずかに明るくなる。

「ただ、私一人……しかも呪医だけではまだまだ手が足りません」

その時、部屋の隅にいた筆頭医師が「あのぅ」と手を上げた。

「私も、お力になれれば幸いです。罰する事はないと陛下に救っていただきましたが、偽りを述べたまま安穏とは暮らしていられません。せめて、何らかの罪の償いをさせていただければ……」

筆頭医師の申し出に、ルスランは頷いた。

「あぁ、それは助かる。しかし、大宮殿の医師が減っても有事の際に困るな……」

「ならば、近隣におります私の弟子達を手配しましょう」

「なるほど、それなら安心だ」

すると、サドゥも「よろしければ」と言って進み出た。

「ラスカーダで、息を潜めるように暮らしている仲間の呪医や医師達にも声をかけましょう。ハル王家に仕えていた者達は、ほとんどがラスカーダへと亡命していましたが、それぞれ身分を隠しながらも生きながらえて、子や弟子にその知識と技を受け継いでおりますので」

「そんな急に集まってくれるかしら？」

「私が声をかければすぐですよ。これでもハル王国の王族付筆頭呪医の子孫ですから。それなりに名のある身分だったのですよ」

どうだとばかりに胸を張るサドゥが頼もしいが、イェルマはもう一つ気になっていた。

「各地に散らばっていたら、集まるにも時間がかかるのではない？」

「ご心配なく。我々は鳥の他にも獣なども使って、連絡を取り合っております。半日ほどあれば、周辺地域にいる仲間には知らせられますので、兵士達と合流する場所をご指示くだされればいつでも馳せ参じます」

そう言って、再びイェルマに頭を下げるサドゥの姿を見たルスランは「心強い味方ができたな」と言って、イェルマに微笑んだのだった。

◆◆◆

ルスランが出兵してから、すでに半月ほどが経っていた。今頃は戦地に着いて、本格的な戦いが始まっているはずだ。ルスランの言葉を信じていても、心配は尽きない。イェルマは、毎日のように神に祈っては、出兵前に交わしたルスランとの会話を思い出していた。

出兵前のある日、イェルマは、ルスランの私室にいた。目の前にはこれから戦地に行く気負いを感じさせない、いつも通りのルスランがいる。

出発までの少ない時間を普通に過ごそうとしてくれているルスランの優しさを感じて、イェルマは長椅子に座りながら隣に座る彼に口を開いた。

「私はもう少し、人を疑うことを覚えなければと思います。女官達の言葉に流されてしまったり、自分の無知さに、ほとほと呆れるばかりなので……」

「そんな風に自分を否定する事はない。人の裏表に気づかず何でも素直に聞いてしまう危うさや無防備さはあるけれど、私にとってはそれも君の魅力のひとつなんだ」

「とても、そうは思えませんが……」

そう言うと、フッと笑った彼に頬を撫でられた。

「きっと君は、心許せる人々に囲まれて大切に育てられたんだろうね」

ルスランは微笑んでいたが、イェルマは僅かな引っかかりを感じて「ルスラン様は、違うのですか？」と尋ねた。

「私も、皇太子として大切に育てられた自覚はある。ただ、全てに懐疑的だった父の姿を見て育ったためか、宮殿内にも敵や味方が入り乱れていたためか……何事にも疑ってかかる癖がついてしまってね。その上、多くの権力者と卓上で闘いを繰り広げてきたから、つい裏の裏まで読もうとしてしまって……そんな自分に嫌気がさすことも少なくない」

「ルスラン様でも、ご自分の事が嫌になるなんて……それでも、私ほどではないはずです」

「イェルマは、自分のどこが嫌なんだ？」

不思議がるルスランに、よくぞ聞いてくれたとばかりに胸を張った。

「確かにルビオンにいた頃の私は、両親や周りの人々から大切にされていました。むしろ、甘やかされていたと言っても過言ではありません。それだけが理由ではないかもしれませんが、我が儘放題だったのは事実です」

後世に伝わる悪行のほとんどが、スヴァリ家に踊らされ、また捏造されたものだったとはいえ、自分の性格が災いして余計な火種を生じさせていた節もある。

娼館でアラナ達に扱かれたからこそわかるのだ。かつての自分は、悪評を助長するような資質を持っていたという事を。

「我が儘放題？」

「そうですよ。両親の言いつけを守った記憶もありません。何でも欲しがってはやりたい放題で、負けず嫌いの高慢な娘でした」

「私は君を我が儘だとは思わなかった。どちらかと言えば、お父上同様に、私が君の伴侶に足る男かを試しているか、親に決められた結婚に納得していないか、単純に素の姿を見せてくれているのだろうと考えていたからね。もちろん、お父上のお題よりも遥かに可愛らしくて、小さなお題だと微笑ましく思っていたくらいだ」

「さすがに、微笑ましくはない内容でしたよね？　それに……そんな大層な理由があったわけでもありません。単に子供だっただけです。我が儘を言えば、両親のように構ってもらえると思い込んでいたのですから。それに、女官達に唆されたとは言え相当な事をしていたはずです。例えば、たくさんの服や宝石を買わせたり……」

「そもそも君は皇太子妃であったし、今は皇帝妃だ。外交上、品位を保つためにもそれらは必要になる事が多い。その点では、女官達の言葉もあながち間違ってはいなかった。我々にとってそれらは、単純な贅沢品で終わるものではないんだ。身につけるもの、纏うもので人の見る目は変わる。民に安心や希望を与える事もある。ない袖を振れと言っていれば止める事もあるが、潤沢にあるものだから気にもならないよ。それに、私はこの国にそれ以上の利益をもたらしている自負がある。君が購入すればその分の金が世の中に回るのだから、いい事ずくめじゃないか。周りから見れば驚くような数や値段かもしれないが、我々の買い物は個人の趣味に終わらない。いずれは国の宝になるものだ」

「でも……」

なおも言い募ろうとするも、穏やかに制される。

「イエルマにとっては気になる事ばかりかもしれないが、各国の王族の様々な姿を見てきた私に言わせれば君の言動は我が儘でもなんでもない。世の中には、驚くほど自分勝手で手に負えないような事をする王族達がゴロゴロしているからね」

にっこりと笑うルスランだが、その目は笑っていない。

「あの国が欲しい、あの国を滅ぼせ、そんな事を暇つぶしで言うような者達だ。君の言う内容とは我が儘の次元が違う。いずれにしても、私は君の言動を負担に思った事はない……ただし、君に冷たくされてしまったのには本当に参ったけどね」

途端に遠い目をしたルスランに、慌てて「それは……」と言いかける。

「これも試練だろうと言い聞かせていたが、滅多に会えない君に冷たくされるのは本当に辛かった。君と結婚できて浮かれていた分、落差に心が追いつかなかったよ。人生で、初めて味わった挫折に近いものだったと思う。だからこそ、余計に燃えたのかもしれないけれどね。どうにかして君を振り向かせたい。でも、求婚していた頃や婚約時代の求愛ぶりが負担だったのかもしれないと、抑えに抑えていたんだ。ただ、どんなに嫌われているかもしれないと不安になっても、君を手放せそうにはなかった」

胸が締め付けられそうになりながら、イエルマは「ルスラン様だけではありませんよ」と返した。

「私も、ルビオンの城で初めてお見かけした時からルスラン様に惹かれていたのですから。あの時のルスラン様は、皆が平伏す父を前に、堂々とした振る舞いで、言葉数が多いわけではないのに、父を翻弄させるほどの話術を繰り広げていらっしゃいました。しかも、私はルビオンの城から一度も出た事がなかったので、ルスラン様の話される外の世界があまりにも魅力的に思えたのです。もっとあの方の話をお聞きしたい、あの方の見た景色、食べた物、聞いた音楽をもっと知りたいと思っていました。何でもご存じで、外の世界で活躍されているルスラン様は、私にとってすぐに憧れの存在になっていたので……婚約の話を聞いた時は飛び上がって喜んだのを覚えています」

失われていた一度目の前世の記憶が思い出されてきた事で、やっとあの頃の気持ちをルスランに伝えられた。

ルスランは嬉しそうに微笑んで「ありがとう、イエルマ」と言うと、優しく抱き締めてきた。

「様々な言葉を素直に受け入れ、裏表なく思うがままに伝えてくれる君は、私にとって心安らぐ唯一の場所なんだ。だから、君はそのままでいい。無垢な君を守るために、いつでも私がそばにいるんだ……私のために君がいるんじゃない、君のために私がいるんだよ」

澄んだ金色の瞳に見つめられ、ルスランの言葉にこの上ない心地よさを感じていたところで記憶を閉じると、イェルマは姿勢を正して、静かに祈りの姿勢をとった。

——ルスラン様、あなたが私のためと仰るように、私はあなたのためにいるのです。だから、どうかご無事でお戻りください。……そして、ずっとあなたのおそばにいさせてください。

ラスカーダ出兵から二ヶ月ほどが経った頃、イェルマの元にルスラン達が圧勝したという知らせが届いた。

ラスカーダ最強の戦力とルビオン軍が併されれば、アッガーナ軍といえどもかなり苦しかったようだ。

ルスラン達が凱旋（がいせん）するとあって、その日は朝から国中が大騒ぎだった。

大宮殿の中はもちろんの事、門の外では多くの民も浮かれた様子で大通りに顔を出している。

イェルマは格子窓から、必死に外を覗（のぞ）こうとひょこひょこしていた。

ただでさえ大宮殿から外は見えにくい。少しでも見える場所をと考え、高い塔の中の部屋に来ていたが、ここでもまだ遠いのだ。

「母后様、申し訳ありませんが……私、行ってまいります」

「イェルマ、どこへ行くの？」

扉に向かいかけた途端に母后から声をかけられ、イェルマはびくりと肩を震わせた。母后も同じ事を考えていたようで、同じ場所に来ていたのだ。

しかし、無言の空気に耐えながら一緒にルスランの到着を待ち続けるのも、もう限界だった。

「ここからだと外が見えにくいので、門のそばまで行ってまいります」

鋭い視線から逃れるようにして走り出したイェルマは、大宮殿の中を走り抜けて、宮殿の外に一番近い第一の門の脇に立つ塔に辿り着いた。

先ほどの塔ほどではないものの、ここもかなりの高さがある。一番上の窓から身をのり出すとびゅうびゅうと吹き荒れる強い風に煽られて、イェルマの豊かな白金色の髪はものすごい勢いで舞い上がっていた。

興奮した民達の声が、すぐ近くに聞こえる。

「イェルマ様ぁ、俺らが怒られちゃいますんで……せめて顔が見えないようにしてくださいよぉ」

門を守る門兵にそう言われたが、イェルマは素知らぬ顔をした。兜で表情は見えないものの、その声の様子から相当参っているように聞こえる。兜には収まりきらないぼさぼさっとした髭が目についたが、すぐに視線を元に戻した。

「少しでも早く見たいのよ」

その時、大宮殿近くに集まっていた人々が、ある方向を見て一斉に両手を上げた。

道の向こうに目を向けると、多くの兵士達を率いる甲冑姿のルスランがいた。

「あ、来たわ！　ルスラン様！　ルスラン様ぁー！」

ようやくイェルマのいる門の下まで来たルスランに上から呼びかけると、きょろきょろしていた彼が、まさかと言うような表情でこちらを見上げた。

両手を大きく振って呼びかけるも、ルスランは驚いて声も出ない様子だ。

周りの兵士達も、明らかにギョッとしている。

その上、かなり後ろにいるサドゥと筆頭医師まで見つけたものの、彼らからは「何やってるんですか！」とでも言うような怒りの表情を向けられているのまで見えてしまった。

それでも、ルスランや皆の無事な姿を前に、気持ちが昂ってしまう。とうとう堪えきれなくなったイェルマは、窓から門の上へと飛び降りる。

「イ、イェルマ様ぁ!?」

門兵の男が、皇帝妃の体に触るわけにはいかないとあわあわしているうちに、イェルマは完全にその身を門の上に立たせる事に成功していた。

「ルスラン様！」

ぽかんとするルスランに向けて大声で叫ぶと、そのまま石造りの門を「えい！」と蹴って、空中に飛び出した。

わあぁぁぁ――！　という人々の声が途切れた瞬間、イェルマはルスランの胸の中に強い衝撃と共に抱き留められていた。

「ルスラン様！　おかえりなさい！」

「お、驚いた……。イェルマ……ただいま」

嵐のような歓声に包まれたイェルマ達の頭上では、門兵の男が「た……たまげた。お、おおお、お妃様が、空飛んだ……」と言って、腰を抜かしてへたり込んでいたのだった。

ルスランとの再会を喜ぶ間もなく、宮殿に戻るなりサドゥのお説教が待っていた。

「聞いていらっしゃいますか、イェルマ様！　あんな高さから飛び降りたら、普通は無傷では済まないんですよ！　今回無事だったのはひとえに皇帝陛下の身体能力の賜物であり、本来なら下にいらっしゃった陛下にも危険が……って、聞いていらっしゃいますか!?」

刺すような視線に「あぁ、本物のサドゥだわ」と言って素直に喜ぶと「全然聞いていませんね」と呆れられてしまった。

二人の再会を嬉しそうに見守るルスランの横で、ベフラムが「陛下もですよ」と眉を寄せた。

「聞きましたよ。味方でさえ震え上がるほどの怒りを静かに放ちながら、先陣を切ったそうで？」

「ルスラン様が先陣を切ったのですか!?　皇帝は、一番後ろにいるものではないのですか！」

聞こえないふりをするルスランの代わりに、ベフラムが答える。

「そうして下さる事もありますが、今回は腹に据えかねたのでしょう。しかも、陛下は下手な将軍よりも腕が立ちますから、守り甲斐もなかったようで、陛下に守られてしまったという嘆きの報告が後を立たないんですよ」

告げ口をするベフラムに、これ以上言わせてはいけないと考えたのか、ルスランは周りにいる宰相達に事の次第を伝え始めた。

「アッガーナ帝国は今回の件に懲りたようで、これ以降の南下はしないと条約まで交わす事ができた。まぁ、アッガーナはそれどころでなさそうだった。我が国もそろそろ、海洋技術に長けた者をハル共和国から呼び寄せる必要があるかもしれない。アッガーナは、ハル共和国の有力な商人達に騙されたと憤慨していたからな。聞こえた名前は、まさにハル共和国の中心人物達だった。あの様子では商人達は無事では済まないだろう。つまり、ハル共和国の海の商売を牛耳っていた奴らは悉くいなくなる」

ルスランがしたり顔で言うと、宰相達は事の大きさに手を震わせた。

「我が国にも海の道が開ける時が来たと言えるが、それだけではない。今後の流れによっては、大きな戦をせずにハル共和国そのものを手に入れられる可能性もあるだろう」

ルスランの言葉に、ベフラムも明るい表情を見せていた。

彼らには、その未来が確実なものとして見えているのかもしれない。頷きながら「これから、忙しくなるぞ」と言うルスランに、ベフラムは深々と頭を下げた。

黙っていられなくなったイェルマも、近寄ってルスランに尋ねた。

「それって……よい事なんですよね？」

「もちろんだ。イェルマが嫁いで来てから、私はもちろん……ラスカーダにもよい事ばかり起きている。以前より内乱を起こそうとしていたスヴァリ家を排除し、アッガーナ帝国の南下を防ぎ、海路まで確保できそうだなんて……。イェルマは、まさに私とラスカーダを幸運に導いてくれる、女神だよ」

「それは、言い過ぎです！　私は何もしていませんから！」

ぶんぶんと首を振って否定すると、何を言っているんだと言わんばかりに詰め寄られた。

「いや、言い足りないくらいだ。それに、父もスヴァリ家の裏側を知って、やっと静かになってくれたからな。これからは、全てよい方向に向かうに違いない」

安堵した表情のルスランだったが、ふと何かを思い出したようで、イェルマの耳元に口を寄せると内緒話をするように話しかけてきた。

「ところで、お父上のルビオン国王から『ラスカーダ皇帝には、いずれ義兄としてもルビオンの行く末を見守ってもらわねばならんかもしれん。その時は頼む』と別れ際に言われたんだが……何の話だろうか？」

——お父様ったら、気が早い……！

聞いた話では、父はルビオンに戻る間もなく戦場へと向かい、母とは途中で別れていたはずなので、どう考えてもルスランに話していた頃にそんな可能性はなかったはずだ。

これからの期待の表れなのだろうが、気が早いにしても程がある。

イェルマはなんとも言えない気持ちになりながらも、正直にルスランに夏の宮殿での両親の会話を伝えた。

イェルマの内心を慮ってか、ルスランは「それは素晴らしい」と小さな声で言って眉を下げた。

「実は、ルビオンの後継者問題は私にとっても大きな気がかりだったんだ。大事な一人娘のイェルマを奪ってしまったから……。そうか、二人目を望まれているのか……そうか……」

そう呟くルスランは、とても羨ましそうな顔をしていたのだった。

◆　◆　◆

「サドゥ、間違いないのよね？」

イェルマは、サドゥにこの日何度目かの確認をした。サドゥは数日前から頭巾を被らなくなり、呪医としてだけでなく、女官としてイェルマに付く事になったのだ。

すらりと背の高いサドゥの細い首には、今も八芒星の印が刻まれている。

彼女は、それを誇りにするように長い黒髪を高く一つ結びにして、しっかりと見えるようにしているのだ。

大宰相に至っては「こんな、いい女だったとは……」などと言って、最近ではいつもサドゥの事を目で追っているらしいと専らの噂だった。

「はい。イェルマ様、間違いありません。というか、このやり取りももう数えきれないほどなので、とっとと行ってきてください」

「で……でも、だって、だって！」

「でもだろうが、だってだろうが関係ありません。行ってきてください」

「サドゥ、ついて来て！」

「ついて行くわけがありません。さぁ、イェルマ様」

長々とした二人のやり取りを微笑ましく見守るのは、ルスランの部屋の前に立つ衛兵達だ。

「あ、それから、あの事はお忘れなきようにお願いいたします。あの事ですよ？」

「わかっているわ」

深呼吸を繰り返しながら返事をするイェルマに、サドゥは怪しいなと言わんばかりの目を向けている。

「よし。行ってくるわ！」

気合いの入ったイェルマが目の前の扉を叩くと、サドゥが口の中で何かを唱えた。

「ん？　何か言った？」

「ハーブラカダーバラ……と」

「ふふ、ハーブラカダーバラ」

サドゥの呪文に勇気をもらったイェルマは、ルスランの寝所の扉をゆっくりと開いた。

「イェルマ、待っていたよ」

すでに昼間、ルスランの部屋を訪ねる旨伝えていたため、夜着姿の彼が待ち侘びていた様子で迎えてくれた。隣を歩きながらさりげなく腰に手を回され、引き寄せられる。

「それで、私に話したい事って何かな？」

「前に……私が、子供を産むのが嫌だとか何だとかと……ルスラン様に言っていた件で……」

ルスランは「あぁ」と沈んだ様子で返すと、イェルマを寝台に座らせて、自らもその隣に並ぶように座った。

「それはもう本当に大丈夫だから、気にしないでいい。後継者より、何より……私は、君と一緒にいられれば幸せなのだから。後継者なんて、私が生前退位して指名すればどうにでもなる。私は、君以外誰とも子を作るつもりはないから安心して欲しい」

澱みなく答えるルスランに、胸の奥が締め付けられそうになる。彼はきっと、何度も考えてその考えに行き着いたのだろう。

しかし、根本的に間違っていた事を知ったイェルマは、この件をこのままにするつもりはなかった。

「違うんです！『子を産みたくない』と言っていた事は、忘れてください！その事も、私が騙されて思い込みから言ってしまったものだったのです！」

ルスランは「え……」と言って大きく目を見開くと「あれも騙されていた!?」と大きな声を上げた。

「例の女官達から、子を宿すとお腹が大きくなってルスラン様から嫌われるとか、寵愛を受けられなくなるなどと言われていまして……それが嫌で、あんな事を言っていました！」

ただし、これもサドゥの調べによるもので、イェルマの中では完全に忘れ去ってしまっていた記憶だった。

——こんな事まで、騙されていたなんて！

イェルマは、娼館時代のセブダに言われた「すぐ悪い人に騙されちゃいそう」という言葉を今更ながらに思い出して、まさにその通りだったと情けなく思った。

「そうだったのか……では……」

ぽかんとしていたルスランの顔つきが、徐々に期待に満ちたものに変わっていく。

「はい。だから、私も、ルスラン様の赤ちゃん……欲しいと思っている気持ちは同じなので……という話です」

これだけはハッキリと伝えなければならないと思っていたため、ごにょごにょとなりながらも、どうにか伝え切れた。

ルスランはようやく「イ、イエルマ」とだけ口にしたが、その後の言葉が続かないらしい。

「それから……あと、もうひとつお伝えする事があります」

イエルマはそう言うと、ルスランの膝の上にのしっと乗っかって、向かい合わせの形で彼の耳元に唇を寄せて伝えた。

「今日……まさに、受胎期なんです」

恥ずかしくて小声になってしまったのは、仕方がない。

上擦(うわず)ったルスランの「え？」という声を聞いて、その反応も見てみたくなったイエルマはゆっくりと体を戻して、金色に輝く瞳を捉(とら)えた。

「だから、私と……子作りしませんか？」

イエルマの甘い誘いに、ルスランは雷に打たれたように全身を強張らせてごくりと喉を鳴らした。

それと同時に、イエルマは「ひゃっ」と声を上げた。

座り込んだ下の部分から、硬いものがぐっと押し上げてきたのを感じたからだ。

慌てて膝立ちになって下を向く。

「これ……ルスラン様のお返事ですか？」

「そうだよ。こんな最高の誘いを、断るわけがない」

恥ずかしそうに目を覆ったルスランだったが、口元は笑っている。

「ふふ、よかったぁ」

「その代わり覚悟して欲しい。あの時のように準備万端ではないから、泣いても止めてあげられそうにないよ」

「あの時？」

「初夜の時だ。あの時のようには、優しくはできない……。まぁ、あの夜以来、君をゆっくりと抱けた事はなかったか……。だが、初夜だけは、絶対に最後まで優しく抱くと決めていたから、事前に準備していたんだ……自己処理を何回かね。それでも、ギリギリだった。イェルマがあまりにも可愛いくて……。ただ、あの時は一声も聞かせてくれなかったから、心配だったんだが……」

「それも……あれこれ声を出すのは、はしたないからと言われていたので……」

サドゥは、何から何まで聞き出してくれていたのだ。

「なるほど……。では、改めて聞きたいな。初夜は、イェルマにとってどうだった？」

揺れる金色の瞳に魅入られながら、イェルマは嗄れた声で「すごく素敵でした」と答えた。

「では、優しく抱かれる方がいい？」

直球の質問に顔が赤くなりながらも、素直に「……優しいのも……激しいのも、ルスラン様とするのなら……どちらも大好きです」と言って俯いた。

「よかった。今日は、今までで一番激しくしてしまいそうだから、それを聞いて安心した」

その言葉に下腹部がきゅんと疼く。

これからされる事を想像してしまい、思わず金の瞳から目を逸らしたが、全てを見透かしたらしいルスランの手に引き戻されて、あっという間に口付けられていた。

「……んっ」

後頭部に大きな手がかけられて逃げ場を失うと、すぐに唇を割って大きな舌が入り込んできた。

柔らかな舌に口内を撫でられるだけで、頭の奥が痺れるようだ。

ルスランの唇は、イェルマの喉元を啄みながら豊満な胸元へと辿り着いた。

ルスランの指が、絹製の夜着にかけられる。前を少し開かれただけで、彼にねだるように豊かな乳房がぷるんと飛び出した。

「下着もなしにここまで来てしまうなんて……誰かに気づかれでもしたら、どうする気だったんだ？」

「ごめんなさい。でも……んっ」

先端部を甘噛みされて、耐えきれずに声が漏れる。

「私を誘うために来たのだから、この方がいいと思ったんだろう？」

「ん、んんっ……そう、そうです」

「しかし、私は気が気ではない」

下から睨みつけるような鋭い目を向けるルスランに、もう一度「ごめんなさい」と謝ると「お仕置きだ」と言われて見せつけるようにして乳首を舐(ねぶ)られた。

「あっ、あっ！」

びくびくと跳ねる体を押さえつけるように、ルスランの両腕が背中にがっしりと回される。

「やはり、イェルマと私の寝所をひとつにするしかないな」

「え、で……でも……んぁっ！」

言葉を返しかけた途端に、乳首をカリッと喰(は)まれてしまった。

「これは命令だよ、イェルマ」

「んん、わ、わかりました」

こくこくと頷くと、ルスランは「いい子だ」と言って、ご褒美(ほうび)のように乳房全体を優しく揉(も)みしだいた。

「……という事は、こちらもかな？」

期待を込めた目に見つめられながら、夜着をたくし上げられて隠れた下半身を晒(さら)される。

「や、やだ……」

ルスランの期待通り、そこはすでに万全の態勢だった。

「よく見えないな。イェルマ、裾(すそ)を持っていて」

「え、えっ!?」

嫌だと言えぬままに、両手で自らの夜着の裾を持たされる。

「ほら、もう少し上に持って……そう、上手(じょうず)だ。ああ、よく見える」

ルスランを跨いで立てたままの膝をがくがくと震わせながら目を背けると「もったいない」という声が聞こえた。

その瞬間、空気に晒されていただけの蜜口にぬるりとした何かが触れた。

「あっ！　な、何ですか!?」

「蜜が滴り落ちてきたから、ついね」

恥ずかしさのあまり否定しようとすると、ルスランは無言でそこに舌を当てた。

はっきり聞こえる水音に責められ、堪らずに嫌々する。

「また垂れてきた」

そう言うと、ルスランはぐっと顔を潜り込ませて、じゅ……とそこを啜り始めたのだ。

逃げようと引きかけた腰をがっしりと両手で掴まれ、無理矢理突き出すような形を取らされる。

「やっ、や……ぁっ、ん！　あぁっ！」

その上尖らせた舌先が、秘核をころころと転がすように舐ってきて堪らなくなる。

快感と羞恥がごちゃ混ぜになって襲いかかる中、ようやくルスランの舌から解放された。

がくがくと震える膝を支えるように腰を掴まれて、わずかに体を持ち上げられる。

そのままゆっくりと体を反転させられて、ふわりと布団の上に寝かされた。

「ル……ルスラン様？」

整わない呼吸のまま問いかけると、頭を下げたルスランが臍の下あたりに唇を寄せてきた。ちゅっちゅっと直に口付けを受けて、くすぐったさに身を捩る。

「ここに、私との子を宿してくれるんだな……」

彼の嬉しそうな声に、その場所が期待と共に熱く震えるのがわかった。

イェルマが消えそうな声で「はい、ここに……ルスラン様の子種を……ください」と言うと、ルスランは「イェルマは、私を煽るのが本当に上手いな」と言って、じんじんと痺れたままの花弁に指を当ててきた。

ぬめり具合を確かめるように行き来した後で、くちゅりと音をさせながら入り込んでくる。

「あっ」

「簡単に飲み込まれてしまうな……。とろとろしていて、温かくて……指だけでも気持ちがいい」

うっとりとした表情で言われて恥ずかしくなるも、耐えきれずにルスランの手をぎゅっと掴んだ。

「ルスラン様、もう……やめて」

「……嫌なのか？」

「違います、あの……もう、大丈夫ですから……」

皆まで言わせないで欲しいと目を逸らしながら「お願い……早くください」と囁く。

ハッとしたように目を見開いたルスランは、何も言わずに下衣を寛げた。

猛ったものが弾みながら飛び出すのを目の端に捉えて、高まる期待に呼吸も荒くなる。

ルスランは、反り返るそれを押さえ付けながらイェルマの入口に当てた。

その先を知る身としては、恐ろしさよりも愛しさの方が勝って男のものを見つめてしまう。

こんなにも凶悪な見た目のものを、こんなにも愛おしく感じる事ができるとは思ってもみなかった。しかし、これが素直な気持ちなのだから仕方がない。

トクトクと高鳴る心臓に促されるように、無意識のうちに手を伸ばして「ルスラン様」と言いながら、それに手を当てていた。

「待ちきれない？」

嬉しそうに笑うルスランに頷くと「私もだ」と言われて、ずぶりと大きなものが入ってきた。

「あぁっ……」

待ち侘びた衝撃に、悦(よろこ)びの声が漏れる。

張り出した先端部分が、肉襞(にくひだ)を掻き分けるようにして膣内(ちつない)を進んでくる。

「あっ、あっ……あぁ」

「今日は、すごく……中が熱いな……」

ルスランも気持ちがいいのか、上気した表情で汗を垂らした。

小さな抜き差しを繰り返して、ルスランの巨大なものが徐々に内へと収められていく。

「あ、あつい……ルスラ、ンさまのも……あつい」

熱い塊に押し広げられ、自分の中が彼の形になっていくのを実感する。

ようやく全て収まったのか、ルスランの腰の動きが一旦止まった。

「イェルマ」

「は、はい……」

「今から、ここで……子作りをするんだよ」

太い指に臍の下辺りを撫でられて、彼のものを包んだままの胎の奥が、きゅうっと窄まる。

「……嬉しい。ルスラン様の、赤ちゃん……欲しいので……早くしてください……子作り」

甘えた声を出すイェルマに、ルスランは蕩けたような目を向けて返した。

「ごめん。夢のようで……つい、焦らしてしまったな」

ゆるゆると動き始めた中のものが、やがて大きく引かれて、すぐに奥まで入れられた。

「アァッ！」

膝裏に手を掛けられ、高々と上げられたそこに何度も腰を打ち付けられる。

ルスランの激しい動きに合わせて、イェルマの耳には、卑猥な音が聞こえていた。

「イェルマ、気持ちいい？」

「あん、あ、んん……きもち、い……ぃ」

がくがくと揺さぶられながら素直に返すと、ご褒美だとばかりに口付けを与えられた。

「んぅ、んん、はっ……んっ」

——上も、下も……一緒なの……気持ちいい。

口内を掻き回すように舐められ、下からは激しく突き上げられている。

片手が膝裏から離れると、腰を掴んで更に奥まで届くように引き寄せられた。

「んんっ！　んっ！」

奥深くまでルスランのものに貫かれる。

すでに膝を押さえつけるものは何もない。

それでも、イェルマは自ら大きく脚を広げてルスランの体を受け入れ続けた。

彼の腰の動きと共に、イェルマの豊満な乳房も激しく揺れ動く。ルスランの視線がそこに移ったかと思ったら、すぐに大きな手で包み込まれ先端部分をきつく弄られた。

「んー……っ！　あっ！　あ……んぅ」

彼の唇が離れ、それはすぐに乳首に寄せられた。

腰の律動はそのままに、背を丸めながら舌を伸ばしたルスランは、イェルマの桃色の実を嬲り続けた。

激しい抽挿に追いつかないイェルマは、ひたすらに彼の体にしがみついていた。

上体を起こしたルスランが、わずかに腰の動きを緩める。

「そろそろ、限界だ……少しだけ、我慢してくれ……」

「ん、……大丈夫ですから」

そう答えると、ルスランは伸し掛かるようにして覆い被さってきた。

繋がったままのそこが、更に深くめり込んでくる。

「んぁッ！　あっ！」

上から叩きつけるような動きに、悲鳴にも似た嬌声が上がる。

最奥の気持ちいいところばかりを穿たれ、イェルマは経験のあるそれが間近にあるのを感じていた。

「あ、いく……ルスランさま、いく……！　もう……もう！」

すでに小さく震え出した体を上から押さえつけるようにして、ルスランが更に激しく腰を打ちつけてくる。

「あ……ッ、あっ、あぁー……ッ！」

「イェルマ……奥に、直接入れるよ」

耳元で告げられたルスランの言葉を理解するよりも早く、それは訪れた。

奥をこじ開けるように切っ先が強く叩きつけられ、それと同時にルスランが「っ！」と息を詰めて、胎の奥に熱い精が流し込まれてきたのだ。

「あ……っ、あ……」

——直接、出されてる……。

それと同時に、胎内はぎゅうぎゅうっと激しい収縮を繰り返し、ルスランの子種を一滴残らず搾り取ろうとしていた。

子を宿すための入口に先端を押し付け、塞いだままその身を震わせて子種を送り込んでくる。

イェルマの胎の中を満たそうとするように吐精は衰えることなく続いて、溢れかえった白い液体が結合部から垂れ流れてしまった。

はぁ……はぁ……と荒い呼吸の中で、ルスランはようやく声を出した。

「ごめん、心地よすぎて抜きたくないんだが……やはり、抜いた方がいいかな」

——まだ、離れたくない。

体が離れてしまうのが寂しくて仕方なかったが、正直に言うには恥ずかしすぎる。

あれこれと思い悩んだイェルマは、期待に満ちたルスランの金色の目を見上げながらぼそぼそと呟いた。

「あの、サドゥが、言っていたのですが……受胎期でも……一度だけではなくて……そのぉ……何度かしたほうがって……」

「それは、もっとしていいって事かな？」

イェルマが頷くと同時に、中のものが硬くなっていく。

ルスランの「君が望んでくれるのなら、いくらでも」という言葉に打ち震えながら、イェルマは再びの行為に耽ったのだった。

◆◆◆

翌朝、激しく叩かれる扉の音にイェルマは飛び起きた。

「イェルマ様！　あられもない姿でも構いませんから、早く開けてください！　イェルマ様！」

「あ、サドゥだわ」

「それなら、入らせよう。何かあったのかもしれない」

ルスランがイェルマの肩に夜着を掛けながら、張りのある声で「サドゥ、そのまま入っていい」と言って許可を出すと、頭を下げたままのサドゥが「失礼いたします」と言って入ってきた。

彼女はゆっくりと顔を上げると「……イェルマ様」と、地を這うような低い声を出した。

見覚えのあるサドゥの徹夜明けの顔を見て、イェルマは「あっ」と声を上げた。

「『あっ』じゃないですよ！　やっぱりお忘れでしたね！　あれだけ何度もお伝えしましたのに！」

怒りを露にするサドゥに、ルスランが戸惑いの声を上げる。

「サドゥ、君は何を怒っているんだ？　イェルマが何を忘れたと言うんだ。もしも、君が言っていた事なら、きちんと……」

「陛下、イェルマ様は私が何と言ったと仰っていましたか？」

イェルマは二人の会話をやめさせようと、慌てて「あの、あのね！」と言葉を挟んだが、何の効果もなく聞き流されてしまった。

「イェルマが？　それはもちろん……」

「『受胎期の性行為は、一度だけではなく何度もするべき』とは、一言も申し上げておりません」

皇帝の言葉を遮っただけでなく、全てをひっくり返す発言をしたサドゥだったが、ルスランがそれを咎める事はなかった。

それどころか、意味がわからなそうにイェルマとサドゥを交互に見て首を傾げている。

「私がイェルマ様に申し上げたのは、性交後、なるべく早くにこちらの『受胎茶』を飲んでくださいという事です」

ぽかんとしたまま「じゅ、受胎茶を飲む……？」とおうむ返しをするルスランに、サドゥは「性交後、なるべく、早くにです！」と繰り返した。

「何なんだ、その……受胎茶というのは」

「簡単に言いますと、受胎をより確実なものにし、健康で幸多きお子に恵まれるとされる、ハル王家伝来の特別なお茶です。時間が経つと効果が薄れるため、性交後すぐに飲む事が適切とされていて、作り置きもできない物なのです。だから、扉の外で控えていますから、その時になったらすぐにお呼びくださいとお伝えしておりましたのに……」

サドゥの説明に納得した様子のルスランだが、最大の謎が解けないと言わんばかりの表情でこちらに向き直った。

「イェルマ……どういう事なんだ？」

恥ずかしさのあまり顔を真っ赤にさせて「き、聞かないでくださいー！」と布団に潜り込む。

その反応で全てを理解したらしいルスランに抱き戻され、大きな腕の中に包まれてしまった。

「可愛いイェルマ、サドゥの言葉を理由にするよりも、君の素直な言葉で言ってくれる方が嬉しいに決まっているだろう。今度からは、正直に言ってくれ。わかったかな、イェルマ？」

そう聞かれるも、唇を塞がれては言葉も返せない。

「ん……んん、ルスラン、さま……」

うっとりとしかけたイェルマだったが、サドゥの「先にこちらを飲んでからにしてくださいっ！」という声で我に返った。

しかし、ルスランの手は止まらない。

「あの……ルスラン様、私、お茶を……お茶を飲まないと」

すると、ルスランは布団の中から顔を出してサドゥに話しかけた。

「大丈夫だ、サドゥ。それは持ち帰っていい」

「し、しかし、陛下……」

「性交後、すぐ飲む事に意味があるんだろう？　ならば、後ですぐに呼ぶからその時に持って来るんだ」

さすがのサドゥもその意図を察したようだが、尚も彼女は食い下がった。

「陛下、仲睦まじいのは結構ですが」

「サドゥ、それよりもお前に新たな任務を与える。ベフラムに、私が今朝の会議に遅れる旨、伝えてくるんだ」

「だ、大宰相殿にですか!?　私が!?」

珍しくサドゥは慌てながら後ずさった。

「大至急だ！」

「うぅ……か、畏まりましたぁ！」

言葉とは裏腹に不服そうなサドゥが立ち去ると、満足そうな顔をしたルスランが「さぁ、イェルマ。子作り再開だ」と囁いた。

イェルマはサドゥに悪いと思いつつも、ルスランの甘い口付けを受けて幸せのため息を漏らした。

その後、大宮殿の一角では、サドゥの「私は、いつ呼ばれるんですかぁー！」という叫び声と、ベフラムの笑い声が響き渡ったのだった。

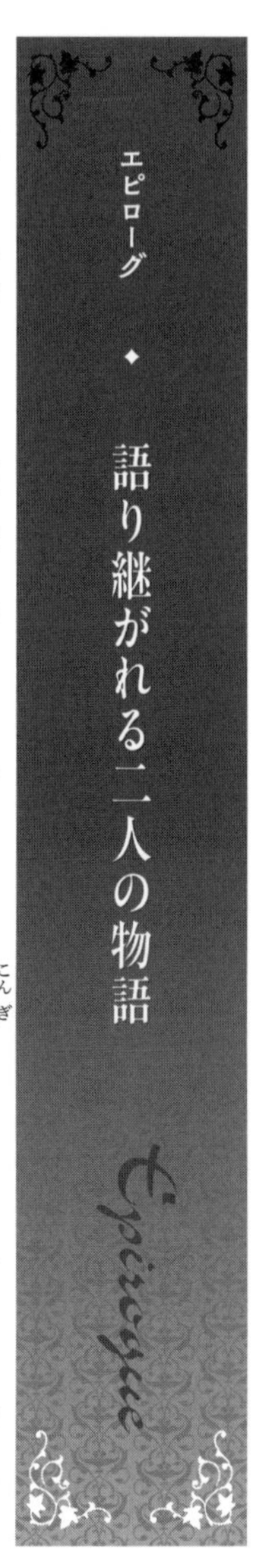

エピローグ ◆ 語り継がれる二人の物語

Epilogue

イェルマは、初めてこの大宮殿に来た日……ルスランとの婚儀の日のことを思い出しながら、回廊をゆっくりと歩いていた。

◆ ◆ ◆

二年前の、穏やかな風が吹くよく晴れた日。

ルビオン王国から乗ってきた馬車の扉が開くと、そこには婚約者である皇太子ルスランが立っていた。

すでに馬車の中でヴェールを掛けていたイェルマだったが、美しい彼を直視する事ができずに下を向いたまま会釈をした。

胸は、大きな音を立てて跳ね続けている。

ルスランが「ラスカーダへようこそ。この国は私にとって大切な国なんだ。イェルマと共に支えていけたら、とても嬉しい」と言って手を差し出してきた。

ルスランの礼服は、真紅の地に金糸で大きな模様が施された、滑らかな光沢を放つ絹製のものだ。胸元には金細工に囲まれた大きな紅玉が付けられている。頭上に戴く冠と共にルスランの姿を一層輝かせて、眩いほどだ。

示し合わせたわけでもないが、イェルマの花嫁衣装もルスランの礼服と同じ色目のものだった。鮮やかな赤い衣装には、胸元から裾に至るまで金銀の糸で花々の大きな刺繍が施され、所々に宝石も埋め込まれているため、イェルマが動くたびにキラキラと輝いている。

頭上には、ヴェールを押さえるようにして金細工と紅玉でできた冠が被せられていた。

にこにこと笑いながら出されたルスランの手を見て、握手を求められていると思ったイェルマは、ゆったりとした袖をひらめかせながら自らの手を差し出した。

大きくて節くれだった彼の手が添えられると同時に、温かな唇が触れてイェルマの心臓が跳ね上がる。

「さぁ、行こう」

驚いた声を上げずに済んだものの、ぎこちなく頷く事しかできない。

色も形も大きさも全てが対照的な彼の手に導かれて、広々とした宮殿内を歩いて行く。

色とりどりの花々が敷き詰められた回廊から、金の装飾入りの真っ青な唐草模様のタイルが敷き詰められた、大きな部屋に入った。

婚儀の最中も、彼の手は離れる事なくイェルマを支え続けてくれていたが、唯一誓いの時だけ離された。

ヴェールが上げられ、優しく頬（ほお）を包むように上向かされてドキドキしていると、ルスランの柔らかな唇がそっと当てられた。

想像よりも長い口付けに戸惑（とまど）いながらも、イェルマは永遠に浸っていたい気持ちで彼の誓いの口付けを受け続けていたのだった。

幸せな思い出に浸るイェルマが「ふふ」と笑い声をあげると「イェルマ！」という、ルスランの声に呼び止められた。

唐草模様で飾られた回廊の壁に片手をついて、重い体をゆっくりと反転させる。

「ルスラン様」

向こうから駆けて来たルスランを笑顔で迎えると「体は？　そんなに歩き回って大丈夫なのか？」と尋ねられた。

「問題ありません。もうじき産まれるそうなので、サドゥからもなるべく体を動かすようにと言われました」

「そうか……それならよかった。でも、あまり無理をしないで欲しい。ところで、一人で笑っていたようだが何があったんだ？」

「ふふ、ルスラン様との婚儀の時を思い出していました」

「婚儀の時の思い出か……そう言えば、まだ君に明かしていない秘密があったな」

ルスランは、ニヤッと笑うと「実は、イェルマを迎えるのは母の役目だったんだ」と言った。

「でも、あの時はルスラン様が……」

「どうしても、待ちきれなくてね。しかも、誓いの言葉の後に口付けまでしてしまったものだから、父と母には厳重注意を受けたよ」

「まさか、口付けも違ったのですか？」

「違ったというか、ラスカーダの婚儀では誓いの言葉だけで、口付けはいらないんだ。だから、当然エジェンとは口付けすらもしていない。でも、仕方がないだろう？　こんなに可愛い人が花嫁になってくれたのだから、浮かれて抑えられなくもなる」

悪びれもせずに言われて、返す言葉が見つからない。

「そういえば、あの時周りが一斉に息を呑んでいましたが……そういう事だったのですか？」

「どうだったかな。君の声しか聞いていなかったから、覚えていない。その代わりに、君に関する事はよく覚えているよ。私が手の甲に口付けをした時に驚いて固まってしまった君も、ヴェールでも隠しきれないほど興味津々に、私や周りを見ていた君もね」

気づかれていた事に驚きつつも、イェルマが「私もルスラン様の事はたくさん覚えていますから、おあいこですね」と言って微笑み返すと、ルスランは困り顔でため息を吐いたのだ。

「また、その顔をしていますね。ルスラン様、気づいていました？　たまにそうやって、私に困った顔をして、ため息を吐いているんですよ」

「え……それは、知らなかった」

「昔はなぜだろうって思っていました。お疲れなのかなとか、困らせているのかなと思っていたのですが……妊娠して、やっとわかったんです」

ルスランもすでに何を言われるのか察しているらしく、恥ずかしそうに手で顔を覆っている。

「私に触れたいのに、触れられなくて困っていたのでしょう？」

「……その通りだ。まさに今、君を強く抱きしめたくて仕方なかったのに、お腹の事を考えて我慢したところだったんだ。まさか、それが顔に出ていたなんて」

恥じるように顔を伏せてしまったルスランに「婚約中や、結婚した後にもしていましたよ」と伝えると、更に顔を赤らめてしまった。

「あの頃は、とにかく君に嫌われないようにと、色々我慢していたんだ。それでも、どうしても触れたくなる時があったから、表情に出ていたのかもしれない。……不安にさせてしまっていたか？」

「少しだけ引っかかってはいましたが、気づいてからは、早く伝えなければと思っていました。『私も、愛するあなたに触れたくて堪らないんですよ』って」

一瞬だけ驚いた顔をしたルスランだったが、すぐに金色の目を細めて、そっと抱き締めてきた。

「ありがとう、イェルマ。私達は、いつも同じ気持ちだったんだね」

「そうですよ。もちろん、今も……」

そう言うと同時に、イェルマはルスランの温かな口付けを受けていたのだった。

それから三百年後。ラスカーダ帝国のハル領の女領主アラナの屋敷を訪ねる、眼鏡をかけた男の姿があった。

「失礼いたします。私、アラナ様にお約束をいただいていたフィリップ・エルノーと申します。ラスカーダ帝国の歴史を研究し始めたばかりの史家でして、アラナ様に生き字引とされる方から直接お話を伺えるとのことで参りました」

男が名乗ると同時に、出迎えた使用人の女性が「西大陸よりいらっしゃった史家の方ですね。主人より伺っておりますので、どうぞお入りください」と言って、眠たげな目を細めながら、ふわふわとした髪の毛の頭を丁寧に下げた。

フィリップが客間らしき部屋に通されると、ハル領女領主のアラナが部屋に入ってきた。

アラナは、細身ながらもしっかりとした体つきの中年女性だ。

「アラナ様、先日の晩餐会ではありがとうございました。このような機会をいただけて、誠に感謝しています」

「そう固くならないで結構ですよ。お約束通り、お話しした者も連れて来ましたので、早速始めましょう。さぁ、お座りください」

アラナの横には、先ほどの使用人と共に腰の折れ曲がった小柄な老女がいて、フィリップやアラナと共に豪華な長椅子に座った。

「まずは、この地と私の先祖についてお話ししましょう」

アラナが早速口を開いた。

「ご存じの通り、三百年ほど前、ハル共和国は、今は滅亡したアッガーナ帝国から守ってもらうために、ラスカーダ帝国の保護国となりましたが、すぐにラスカーダ帝国に吸収される形で消滅しました。私はハル共和国の前身、ハル王国の王家の末裔です。野心のなかった先祖は、王家の復活を願う者達からも身を隠すように、ラスカーダの辺境地に亡命していて細々と暮らしていたようです。しかし、ルスラン皇帝と、体調を崩されていたイェルマ皇帝妃を、様々な巡り合わせによって偶然助けた事で、この地を賜ったと言われています。話によると、今は最大の商会を誇る『チョバン商会』の初代が隊商を組んでお二人を西大陸へご案内されていたようなのですが、初代チョバンはハル国の生まれだったそうで……旅の帰りに体調を崩されたイェルマ様を、元々繋がりのあった先祖の屋敷までご案内できたのだと聞いております。しかも、その時のイェルマ様は妊娠初期であったようなのですが、先祖のもてなしと手厚い看護にルスラン皇帝はいたく感動されたそうです」

ルスランとイェルマの名前を聞いた途端、フィリップは興奮を抑えきれずに口を挟んだ。

「かの有名なルスラン大帝と賢妃イェルマ様ですね！　様々な国が名前や形を変えていく中で、ラスカーダ帝国だけが国土を増やし今も栄え続けている……その礎を築いた皇帝なので、一番お聞きしたかったお名前です！」

「その通りです。ルスラン皇帝は、ハル国を吸収し、ルビオン王国とは友好国としてお互いに支え合いながら、アッガーナ帝国を凌駕するほどの兵力を手に入れ、戦争を長引かせずにアッガーナ帝国までも手に入れました。とは言っても、支配下に置くのではなく、今のように公用語こそあるものの、言語や文化はそのままに他民族も尊重したのです。そのため、今でもラスカーダにはハル領、アッガーナ領が存在し、基本的には地方自治の形となっています。ルスラン皇帝は、人としての尊厳と権利を得て、自由に暮らせる国を作り上げました。それ故に、他民族からも大帝と呼ばれ、神のように崇められているわけです」

「それでは、イエルマ皇帝妃が賢妃と呼ばれるのは、なぜでしょうか？」

「イエルマ皇帝妃については、こちらの者からお話ししましょう。この者は、かつてラスカーダの大宮殿の後宮で仕えていた女官の子孫で、当時の様子を語り継いでいる者です」

アラナが隣に座る老女の背中に手を当てると、老女の後ろに立っていた先程の使用人が「私の曽祖母なんです。……ひぃおばあちゃん、イエルマ様の事をお話ししてくれるぅ？　なぜ、イエルマ様は賢妃と呼ばれているのぉ？」と、老女の耳元で声をかけた。

それまで目を閉じて微動だにしなかった老女は、イエルマの名を聞いた途端に薄く目を開き、嬉しそうに微笑んだ。

「あぁ、セブダ？　はいはい、イエルマ様のお話ね。なぜ賢妃か……ハルの民の心を一番最初に摑まれたのが、イエルマ様だったからだよ。ルスラン皇帝もハルの言葉を理解されていたけれど、それ以上にイエルマ様はハルの民のようにハルの言葉を自在に操られたの。伝え聞く話では、皇帝妃となってすぐの頃から、ハルの言葉を理解していたらしいわね。イエルマ様付きの呪医がハルの縁者だったとも言われているけれど、その者が教えるにしても皇帝妃となってすぐにそれだけの域に達するのは、あり得ないと言われていてね。知っての通り、それだけハルの言語は複雑だからね。それ故に、イェルマ様は神より選ばれて才能を賜ったか、その先にある未来を知っていて、早くから言葉を得ていたのではないかとまで言われているのよ」

「かなり神格化されているんですね」

「そうよ。それだけのものをもたらしたからね。イェルマ様は、ラスカーダを訪れたハルの民や、時にはルスラン皇帝と共にハルの国へ赴いて、自分の言葉でハルの民に寄り添い続けたの。そうして篤い信頼を得て、その後の統治を円滑にしたと言われているのよ。その後も、多くの言語を学び、ルスラン皇帝と共にラスカーダ帝国を、それまで以上に世に知らしめたと言われているわ」

「なるほど、だから西大陸の各国にもイェルマ様の話が残っているんですね。外交活動に積極的に参加したラスカーダ帝国初の皇帝妃として西側諸国にその名が残ってはいましたが、史実かは定かではなかったので……。ちなみに、我が国に伝わっているイェルマ様の話は、踊りが格別だったという事でした。当時の西側の貴族達は東大陸特有の踊り方を見た事がなかったため、イェルマ様の踊りは喝采を浴びたとか。西大陸を訪れるたびに歓迎の大舞踏会が催されるほどだったそうですよ。社交界の華となったイェルマ様が、西と東の繋がりを更に深めたと言われるほどですからね」

老女は灰色の目を見開くと、初めて聞いたような反応をした。

「イェルマ様の踊り……そう。それもまた不思議な話ね。昔の妃達は踊りを競い合っていたようだけれど、その頃のラスカーダの皇帝妃や母后などは自らは踊らずに、観る側だったはず。それだけ周囲を魅了するような踊りを、どこで習得されたのかしらね……それもまた、神の与えたお力だったのかしら……」

「そうですね。いくらラスカーダの資料は多いとは言え、さすがに三百年も経つと、解明しきれない事が多くありますね。それで言えば、ルスラン大帝が皇帝となったすぐの頃に、ある宰相とその娘が謀反を起こして失敗に終わったという事件があったと聞いたのですが……ご存じですか？」

「そうね、それも聞いた事があるわ。その者達がハルやアッガーナとも繋がっていたようだとも……でも、その者達の名前は残されていないのよ。その者達が本当に存在したのかも、今となってはわからないわ」

「そうですか……」

「でも、ルスラン皇帝とイェルマ皇帝妃のお話はたくさん残されているわ。さぁ……ゆっくりお茶を飲みながら、とてもとても長いお二人の話を続けましょうか」

そう言うと、老女は目を輝かせながら再び語り始めたのだった。

番外編 ◆ 初夜

Extra Edition

同じ布団に包まって横になりながら笑顔を向けてくるルスランに、イェルマは嗄れ声で「おはようございます」と挨拶をした。

最近では、たがが外れたようにルスランと睦み合っては、声の限りに喘ぎ続けている。

その結果の声だとわかっているだけに、恥ずかしさで俯きがちになるのも仕方ない。

「昨晩も可愛かったよ、イェルマ」

「可愛いだなんて……私は、はしたないような気がしてしまって、もう少し控えないとと思っています」

「そんな事はない。また、初夜の時のように、声を聞かせてくれなくなるのは困るよ。君も私も、もう我慢する必要はないのだからね」

――そうだわ。初夜の時は、声を出すのを必死に我慢していたのよね。

かつて、ルスランに真相を打ち明けた時は、サドゥが女官達から仕入れた情報をそのまま説明していたに過ぎなかったが、今は、ルスランの柔らかな声に導かれるように、薄れていた初夜の記憶が自然と思い出された。

◆　◆　◆

夢心地のまま婚儀とその後の祝宴が終わり、イェルマはルスランに手を取られて、大きな部屋へと入った。

「これから、ここで初夜の儀を行う」

いつもより少し上擦ったようなルスランの声に頷くと、豪華な寝台へ連れて行かれた。

女官達によって、すでに装飾品やヴェールなどは外されていたものの、花嫁衣装はそのままだ。

自ら脱ぐべきか悩む間もなく、ルスランの大きな手が器用に動いて、少しずつイェルマの肌が露になっていく。

恥ずかしさに顔を逸らしていると、衣擦れの音に紛れて、ルスランの小さなため息のような息づかいまでもが聞こえてきた。

力強い腕に支えられながら、寝台に寝かされる。

ひんやりとした空気に晒されて、とうとう全てを彼に見られているのだと感じ、イェルマは両手で顔を覆って羞恥心に耐えていた。

「怖い？」

ルスランの小さな問いかけにハッとなって見つめ返すと「できるだけ、頑張るから」という不思議な事を言われて、口付けを受けた。

――私ではなくて、ルスラン様が頑張るの？

祝宴の前に湯浴みをしてから衣装を整え直した時、イェルマ付きになったと言う女官達から「皇太子殿下に嫌われないように、はしたなく声を出さぬ様に我慢する事」などと言われていた。

ルスランは何を頑張るのだろうかと疑問だらけになりながらも、彼の柔らかな唇の動きに翻弄される。ぬるっとした何かが口の中に入ってきて体を震わせると「私の舌だよ」と笑われてしまった。応じようとするも、同時に触られる乳房への刺激でそれどころではなくなる。

「痛くない？」

「は、はい……」

指先で撫でられて、必死に声を堪える。口付けが終わると、ルスランの舌が指先に代わってイェルマの体を愛撫した。

声が漏れないように耐えるが、熱い舌が足の付け根に及んだ時は「ひゃっ！」と声をあげてしまった。

「大丈夫だよ、解すだけだから」

優しい声に安心感は増すが、何がどう大丈夫なのかわからない。くすぐったさと胎の奥に響くような快感が押し寄せて、声を漏らすまいと寝具に爪を立てて堪えた。

――こんなに気持ちいいのに、声を出してはいけないなんて……！

しかし、はしたないと思われるのも嫌だった。しばらくして、どうにか耐え切ったと思った矢先、ルスランに脚を抱えられて「イェルマ、いいね？」と言われた。

何の確認をされているのか理解する前に、それは訪れた。

舌とは比べ物にならない質量の何かが、ゆっくりと入ってくる。

あまりの衝撃に息を詰めていると、ルスランの温かな手に頬を撫でられ「イェルマ、息を吐いて」と促されて、ようやく呼吸ができた。

「ルスラン様……」

「うん、ごめん。苦しいんだね……もう少しだよ」

ルスランも苦しそうに荒い息を吐きながら、宥めるようにイェルマの頬を撫で続けてくれた。

ゆっくりとしたルスランの動きに、イェルマの体もようやく反応を始める。

「イェルマ、大丈夫？」

腰を動かしながらこちらを気遣うように見つめてくるルスランに、こくこくと頷く事しかできない。

顔を真っ赤にして歯を食いしばりながら、イェルマは初めて味わう快感の波に抗い続けていた。

口を開いたら最後、あられもない声が出てしまうとわかっていたからだ。

ルスランのものが体の中を出入りする事が、こんなにも気持ちよくて、満たされる行為だとは知らなかった。

ゆるゆると揺さぶられている最中、ルスランはずっとイェルマの頬を撫でてくれていた。

――なんて優しいの……。

声にできない快感が、イェルマの足先までも痙攣させるようになった頃、ルスランが嗄れた声を出した。

「そろそろ、終わるよ」

「え……」

まだ終わりたくなかったが、そんな事を言えば全てが台無しになってしまう。

イェルマは、このままいつまでもルスランのものを受け入れ続けたい気持ちに蓋をして、小さく頷いた。

少しだけ強く引き寄せられて、中でルスランのものが激しく跳ねたように感じた。

「っ!」

胎の奥深くに流れてくる温かな精に、イェルマは身も心も満たされたのだった。

◆◆◆

エジェンと恋人同士だったという情報に踊らされていた頃は、この頃のルスランの優しさも偽りのものだったのだろうと決めつけていた。

真相を知らずに初夜の時の事を思い出していれば、ルスランの「頑張る」という言葉さえも、本当はエジェンを抱きたいのを我慢して、滞りなく婚姻を成立させるために仕方なく自分を抱くために頑張るという意味だったのだろうと、穿った解釈をしていたに違いない。

しかし、全てを思い出した今は、あの頃のルスランの言葉の意味がよくわかる。

「初夜の時のルスラン様は、私に負担をかけないようにしてくださったのですよね？　だから『頑張る』なんて言っていたのでしょう？」

「あぁ、その通りだよ。頑張って我慢するという意味で言ったんだ。ほんの少しでも、嫌な気持ちになって欲しくなかったからね。それでも、歯を食いしばって一言も声を出さないイェルマの姿に、無理を強いているのだと思っていたから、とても不安で、一刻も早く終わらせてあげなければと焦っていたんだ。だから、今は、感じるままに声を上げてくれる事が、本当に嬉しい。私のためにも、あの頃のように我慢はしないと約束してくれ」

切実な思いのこもったルスランの声に、イェルマは顔を赤らめながら頷いて答えた。

「……安心してください。もう、我慢なんてできませんから。私も、ルスラン様に求めてもらえる事が幸せなので……もう、頑張らないでくださいね」

「ありがとう、イェルマ。私も、もう頑張らないようにするよ」

現状維持の意味で伝えたイェルマだったが、ルスランにとっては、わずかに残していた配慮の部分さえも取り払っていいという意味として捉えられていたようで、この直後、イェルマはルスランに存分に愛される事になるのだった。

あとがき

このたびは、「亡国の悪妃～愛されてはいけない前世に戻ってきてしまいました～」を手に取っていただき、誠にありがとうございます。

この作品は、２０２３eロマンスロイヤル大賞の奨励賞をいただいた作品でして、素晴らしい作品が多くある中から選んでいただけるとは思っていなかったため、ずっと信じられない気持ちでいっぱいでした。

このあとがきを書いている今が一番実感しているかもしれません。人生初のあとがきに、狼狽えております。

お話の舞台は、オスマン帝国を元に、オリジナル設定を織り交ぜたラスカーダ帝国です。いつもは西洋風のファンタジーを書くことが多いのですが、歴史や文化が魅力的なオスマン帝国風のお話もがっつり書きたいと思っていたので、念願叶いました。

イエルマの名前はオリジナルなのですが、各キャラクターの名前はほとんどがトルコの方々の名前を元にして付けています。それぞれのキャラクターにちなんで考えたので、由来など興味のある方は調べてみてください。

悪女ものを書くのも、多分初めてに近かったかと思います。

漫画やゲームの悪女に転生するお話も大好きなのですが、せっかくなので歴史上の人物で悪女とされた人にスポットを当ててみようと考えました。

ネタを考えていたのはかなり前で、当初は重くてシリアスなお話になりかけてしまいましたが、どうにも筆が乗らずにコメディに大変更。おかげで、ちょっと抜けたヒロインが誕生しました。

ルスランは、絶対に褐色肌(かっしょくはだ)の紳士にしようと決めていました。

なんとなく、褐色肌のヒーローには、俺様のイメージが強かったもので、そんな自分の固定観念に抗(あらが)いたくなったんですね。俺様ではないけれどぐいぐい迫るので、愛の強さはかなりのものです。


最後に、お世話になった皆様に御礼申し上げます。

憧れのCiel先生、お忙しい中イラストをお引き受けくださり、本当にありがとうございました。受賞直後から、懇切丁寧にご指導くださった担当様始め、編集部の皆様にも厚く御礼申し上げます。

私はよく、電話でペンネームを名乗る際に噛(か)むのですが、今回も噛んでいた気がします。最近では何事もなかったかのように、しれっと本題に入る技を覚えまして、担当様には突っ込む隙(すき)を与えなかったかと思いますが……ここに懺悔(ざんげ)いたします。

この本を手に取ってくださった読者の皆様や、web投稿の頃から応援してくださっている皆様、本当にありがとうございます。

皆様のおかげで、今の私があります。お礼行脚をしたいくらいですが叶わないので、このお話で少しでも楽しんでいただけていればと願います。

また、どこかでお会いできるように頑張りますので、今後ともよろしくお願い申し上げます。

春時雨よわ

本書は「ムーンライトノベルズ」(https://mnlt.syosetu.com/top/top/)に
掲載していたものを加筆・改稿したものです。
この作品はフィクションです。実在の人物・団体・事件などにはいっさい関係ありません。

●ファンレターの宛先
〒102-8177　東京都千代田区富士見2-13-3　eロマンスロイヤル編集部

亡国の悪妃～愛されてはいけない前世に戻ってきてしまいました～

著／春時雨よわ

イラスト／Ciel

2024年3月4日　初刷発行

発行者	山下直久
発行	株式会社KADOKAWA 〒102-8177　東京都千代田区富士見2-13-3 (ナビダイヤル) 0570-002-301
デザイン	AFTERGLOW
印刷・製本	TOPPAN株式会社

●お問い合わせ
https://www.kadokawa.co.jp/（「お問い合わせ」へお進みください）
※内容によっては、お答えできない場合があります。
※サポートは日本国内のみとさせていただきます。
※Japanese text only

ISBN978-4-04-737840-7　C0093　©Yowa Harushigure 2024　Printed in Japan
定価はカバーに表示してあります。